KJB

Kathryn Littlewood ist Schriftstellerin, Schauspielerin und Comedian, lebt in New York, USA, arbeitet oft in Los Angeles – und hat eine ebenso große Schwäche für pain au chocolat wie für Kinderbücher. Sie ist eine leidenschaftliche Köchin, aber eine fürchterliche Bäckerin und gibt zu, dass ihr noch nie ein Kuchen geglückt ist. Essen tut sie ihn dennoch für ihr Leben gern!

Eva Schöffmann-Davidov, geboren 1973, hat schon als Kind alles gezeichnet, was ihr vor den Pinsel kam. Nach dem Abitur besuchte sie die Freie Kunstwerkstatt in München und studierte anschließend Graphik-Design in Augsburg. Bis heute hat sie mit großem Erfolg über 300 Bücher, vorwiegend für Kinder- und Jugendbuchverlage, illustriert. Sie lebt, liebt und arbeitet in Augsburg.

Alle Bände über ›Die Glücksbäckerei‹:
Band 1: Das magische Rezeptbuch
Band 2: Die magische Prüfung
Band 3: Die magische Verschwörung
Band 4: Die magische Verwandlung
Band 5: Die magische Rettung
Band 6: Die magische Zeit (erscheint im Herbst 2017)

Weitere Informationen zum Kinder- und Jugendbuchprogramm der S. Fischer Verlage finden sich auf www.blubberfisch.de und www.fischerverlage.de

Kathryn Littlewood

Die Glücksbäckerei
Die magische Verwandlung

Aus dem Amerikanischen
von Eva Riekert

Mit Vignetten
von Eva Schöffmann-Davidov

KJB

Zu diesem Buch ist bei Hörbuch Hamburg ein Hörbuch,
gelesen von Sascha Icks, erschienen,
das im Buchhandel erhältlich ist.

Für meine wunderbaren Leserinnen und Leser,
die wissen wollen: Wie geht es weiter?

FSC www.fsc.org
MIX
Papier aus verantwortungsvollen Quellen
FSC® C083411

3. Auflage: Januar 2017

Erschienen bei FISCHER KJB

Das amerikanische Original trägt den Titel
›Magic by the Mouthful. Book Four of the Bliss Family Bakery series‹

Published by arrangement with Inkhouse Media LLC, Brooklyn, New York, USA
Dieses Werk wurde vermittelt durch die
Literarische Agentur Thomas Schlück GmbH, Garbsen
Covergestaltung: bilekjaeger, Stuttgart,
unter Verwendung einer Illustration von Eva Schöffmann-Davidov
Lektorat: Kerstin Kipker
Satz: Dörlemann Satz, Lemförde
Druck und Bindung: CPI books GmbH, Leck
Printed in Germany
ISBN 978-3-7373-4008-3

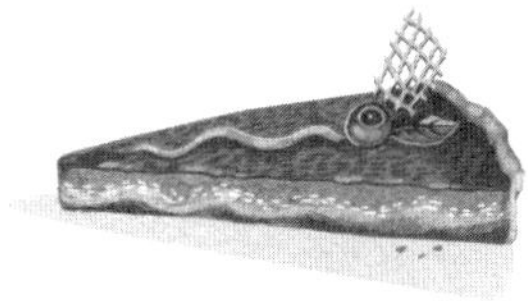

Inhalt

Prolog
Der erste Tritt

In den frühen Morgenstunden eines warmen Spätsommertages radelte Rosmarin Glyck allein mit dem Fahrrad durch Calamity Falls, im Fahrradkorb ein geöffnetes blaues Einmachglas.

So früh waren noch nicht viele Menschen auf den Beinen, schon gar nicht ganz normale dreizehnjährige Mädchen. Aber Rosmarin Glyck, die zwar dreizehn Jahre alt war und ein Mädchen, war ja auch alles andere als normal. Sie war die Meisterbäckerin der Familie Glyck – und heute gab es viel zu tun.

Das erste Licht der Morgendämmerung wirbelte als Flimmerhauch in das Einmachglas, während Rose rasch durch den morgendlichen Dunst strampelte. Die rosigen Lichtfäden blieben in gewundenen Spiralen an dem klebrigen Sirup hängen, mit dem das Glas ausgekleidet war. Als Rose die Anhöhe von Sparrow Hill erreicht hatte, war das Glas so voll mit Morgenlicht, dass es wie ein Bühnenscheinwerfer strahlte.

Rose bremste mit schlitternden Reifen auf dem leeren Parkplatz von *Stetsons Donuts und Automobilwerkstatt* und schraubte den Deckel auf das Glas. Warmer Duft nach fettgebackenen Donuts lag in der Luft, aber es war noch viel zu früh, um jemanden anzutreffen.

Genau deshalb ließ Rose fast das Glas fallen, als sich die Werkstatt-Tür unter dem Gebimmel vieler Glöckchen öffnete.

Devin Stetson trat heraus und wischte sich Maschinenöl an den Jeans und dem ehemals weißen T-Shirt ab. »Hey, Rose!«, rief er. »Was hast du denn da?« Er hatte sich in letzter Zeit die sandfarbenen Haare etwas wachsen lassen – sie kringelten sich in den Spitzen und bedeckten seine Ohren. Die aufgehende Sonne hinter ihm verlieh ihm ein fast engelsgleiches Aussehen.

»Ach, nur so eine … verrückte Spaceage-Lampe, die Basil in Paris gekauft hat.« Rose ließ das leuchtende Glas in ihrem Rucksack verschwinden, ehe Devin es richtig zu Gesicht bekam. »Ich pack sie mal weg, es wird ja schon hell.«

Das erste von ihr eingefangene Morgenlicht sollte später eine magische Zutat für eine Ladung *Schmackhafter Schönwetterschnitten* werden, aber das konnte Rose Devin nicht sagen. Auch wenn sie in der letzten Woche zusammen durch den Park geradelt waren und im Eiscafé *McSchleck* gesessen hatten – und auch wenn Devin ihre Liste der infrage-kommenden-zukünftigen Mr Glycks anführte, war er doch immer noch der Sohn eines Autoschraubers mit einer Schwäche für fettige Donuts. Er war kein Glyck, und das Geheimnis ihrer Familienbäckerei musste gewahrt bleiben.

»Eine Spaceage-Lampe? Hey, cool.« Er kam zu ihr geschlendert und hauchte ihr einen Kuss auf die Wange. »Hi.«

»Hi«, flüsterte Rose mit einem so breiten Lächeln, dass man es sogar vom Marsmobil aus hätte erkennen können. »Warum bist du schon so früh auf? Schlafstörungen? Ich könnte dir was backen, damit du besser schlafen kannst. Jetzt sofort.«

Devin legte ihr eine Hand auf den Arm. »Ich hab nur schon mal an meinem Moped rumgebastelt, ehe es in der Werkstatt turbulent wird.« Er strich sich die Haare aus den Augen und strahlte sie an. »Alles ist bestens, seit ihr eure Familienbäckerei wieder aufgemacht habt. Alles gut, Rose.«

Alles ist bestens, versuchte sich Rose einzureden. *Sei glücklich, Rose!*

Aber tief im Inneren hatte sie ein mulmiges, brüchiges Gefühl, das ihr zu zischte: *Das Glück kann nicht ewig anhalten.* Nach all den schlimmen Dingen, die passiert waren – den Versuchen, das magische Rezeptbuch der Familie Glyck zu stehlen und die Welt mit Kuchen zu beherrschen –, ahnte Rose irgendwie, dass die gute Laune von ihnen allen jederzeit zertrampelt werden könnte – und zwar von Stiletto-Schuhen in Größe 38, getragen von ihrer bösen Tante Lily. Egal, wie sehr sich Rose danach sehnte, durch und durch glücklich zu sein, sie konnte die unheimliche Nachricht nicht vergessen, die sie an ihrem dreizehnten Geburtstag erhalten hatte:

Bis bald! Grüße, L.

»Mann, du bibberst ja!«, sagte Devin. »Da, nimm mein Sweatshirt.« Er wollte es sich ausziehen, merkte dann aber, dass er ja gar kein Sweatshirt anhatte. »Hmm. Nimm mein T-Shirt!«

Rose wurde rot, als er ansetzte, sich das verschmierte T-Shirt über den Kopf zu ziehen.

»Du solltest deine Sachen vielleicht lieber anbehalten.«

»Gute Idee.« Er steckte die Hände in die Taschen und wippte auf den Füßen hin und her. »Hast du später Lust auf einen Film? Im Calamity-Plex zeigen sie einen Sci-Fi-Film, der *Armageddon der Aliens* heißt. So was magst du doch, habe ich recht?«

»Klar. Sehr gerne«, sagte Rose und strahlte.

Dann verabschiedeten sich die beiden. Rose fuhr im Leerlauf bergab. Sie fühlte sich, als hätte sie gerade eine Ladung *Luft-und-Liebe-Eclairs* gegessen.

Sicher, Tante Lily lauerte da draußen noch irgendwo, genau wie die vermaledeiten Mitglieder der Internationalen Nudelholzgesellschaft. Aber während der zehnminütigen Heimfahrt dachte Rose zum ersten Mal seit Tagen überhaupt nicht an sie.

Sie hatte ein Date.

Rose summte vor sich hin, als sie die Glücksbäckerei durchquerte und durch die Schwingtür in die Backstube stürmte.

Ihre Mutter, Polly, stand über den Küchenblock gebeugt und rührte in einer riesigen Schüssel Kuchenteig an. Ihr lockiges schwarzes Haar war mehlbestäubt, und schokoladenfarbene Fingerabdrücke zierten ihre gestreifte Schürze. Die warme Backstube roch nach Heidelbeermuffins und klebrigen Zimtschnecken und buttrigen Scones.

»Willkommen zurück«, sagte sie und gab Rose einen

dicken Kuss auf den Kopf. »Hat das Sammeln geklappt?«

Rose klopfte auf ihren Rucksack, in dem das Glas verstaut war, dann packte sie die Hand ihrer Mutter, hielt sie in die Höhe und drehte sich wie eine Ballerina – mit pinkfarbenen Shorts statt Tutu.

»Du hast also bei den Stetsons reingeschaut, wie ich merke«, sagte Polly und rührte wieder ihren Teig.

»Möglich!«, rief Rose zurück und öffnete die Tür zu dem großen Kühlraum. Eine Drehung an einem versteckten Mechanismus gab Zutritt zu dem Geheimkeller unter der Backstube der Glycks. Dorthin brachte Rose das leuchtende Glas und stellte es zu den anderen Zauberzutaten der Familie. Als sie wieder in die Backstube zurückkam, stand ihre vierjährige Schwester auf Zehenspitzen auf einem Hocker neben Polly.

Nella hatte eines von Tymos Flanellhemden wie eine Schürze um den Hals gebunden. Eifrig rollte sie den Teig für Zuckerplätzchen aus und steckte dabei hochkonzentriert die Zungenspitze zwischen den Zähnen durch.

»Sie schuftet schon den ganzen Morgen«, murmelte Polly. »Noch nie habe ich eine Vierjährige so fleißig arbeiten sehen. Sie hat alles gemacht, um was ich sie gebeten habe – sogar das Geschirr abgewaschen!« Sie drehte sich um und setzte hinzu: »Nur, dass ich jetzt kein Stück mehr finden kann.«

Rose runzelte die Stirn. Nella ließ sich eigentlich nie was sagen – rein gar nichts. Warum war sie heute morgen so hilfsbereit?

All die nagenden, bohrenden Sorgen, die von Devin Stetsons Kuss vertrieben worden waren, schlichen sich sofort wieder in Roses Kopf.

Rose beschloss, Nella im Auge zu behalten. Als ihre Mutter Nella bat, mit Ausstechformen zehn kleine Hunde und zwölf kleine Katzen auszustechen, hatte Nella die Tierplätzchen in einer knappen Minute auf dem eingefetteten und mit Mehl bestäubten Blech ausgelegt und nur ein paar winzige Teigreste übriggelassen. Und als Rose sich meldete und um ein paar saubere Rührschüsseln bat, standen sechs Schüsseln wie der Blitz auf der Anrichte, nach Größe sortiert, so wie Rose es mochte, ohne dass sie das jemals betont hatte.

Nella schlug ihre kleinen rundlichen Hacken zusammen. »Und jetzt?«

Rose und ihre Mutter tauschten besorgte Blicke aus. Sollte tatsächlich etwas mit Nella nicht in Ordnung sein oder war das nur eine Überreaktion von ihnen?

Da hatte Rose eine Idee für einen Test. Sie kniete sich

neben Nella und deutete an die Decke über dem industriegroßen Standmixer. »Siehst du all das Mehl dort oben in der Ecke?«

Mit den Augen folgte Nella Roses Finger zu den weißen Mehlablagerungen, die an der Decke klebten. Der Mixer neigte dazu, trockene Zutaten in einem Schwall nach oben zu schleudern, wenn man sie zu schnell in die Schüssel gab – und Rose vergaß manchmal, die Geschwindigkeit herunterzudrehen.

»Das muss saubergemacht werden«, sagte Rose. »Damit nichts davon in einen frisch angesetzten Teig runterfällt.«

Nella lutschte nachdenklich am Daumen. So wie man es von ihr kannte.

Ihre Mutter lächelte. »Gut. Wir müssen uns keine Sorgen machen.«

Aber schon im nächsten Moment kletterte Nella wieder auf ihren Hocker und blätterte in dem Backbuch der Familie Glyck, das aufgeschlagen auf der Anrichte lag. Sie überflog die Zeilen, die sie mit ihrem kleinen Zeigefinger verfolgte, schüttelte den Kopf, als sie das Rezept nicht fand, das sie suchte, und blätterte mit angelecktem Finger weiter zum nächsten Rezept.

»Ich wusste gar nicht, dass sie schon lesen kann«, sagte Rose zu ihrer Mutter.

»Kann sie nicht«, erwiderte Polly mit besorgt gefurchter Stirn.
Nella klatschte in die Hände, sprang von dem Hocker und machte sich an die Arbeit. Sie schmolz Butter in der Mikrowelle und rührte sie in eine Schüssel mit Krümeln von selbstgebackenen Vollkornkeksen, dann drückte sie die Mischung als Kuchenboden auf ein Backblech und gab Schokoladenflocken, Erdnussbutter und Karamell in Schichten darauf. Sie bewegte sich so blitzartig, dass sie praktisch nur verschwommen zu sehen war. Erst als Nella in dem geheimen Keller verschwand, konnte Rose einen Blick auf das Rezept im Backbuch werfen.
»*Sticky Snickers*«, las sie laut vor. Sie wandte sich verständnislos an ihre Mutter. »Schokoriegel? Da steht nicht, wofür das Rezept gut ist.«
Polly runzelte die Stirn. »Das Rezept kenne ich nicht. Aber ich glaube nicht, dass wir uns jetzt schon Sorgen machen müssen.«
Kurz darauf kam Nella aus dem Kühlraum gewatschelt und trug ein Einmachglas, das fast so groß war wie sie selbst. Sie stellte es ab, wischte sich mit dem Handrücken über die Stirn und machte laut »Puh!« Dann griff sie in das Glas, entnahm ihm zwei Fäuste einer bernsteinfarbenen, klebrigen Substanz und strich diese

dick auf die anderen Zutaten. Die Mischung blubberte und zischte wie ein Kessel mit kochendem Teer, dann wurde eine glatte, glänzende Fläche daraus.
Rose und Polly starrten sich an. Nella machte alles genau richtig. Das machte sie stutzig. Was ging hier vor?

Eine Viertelstunde später zog Nella die *Sticky Snickers* mit Tymos Hemd als Topflappen aus dem Ofen. Sie schnitt sich ein Stück mit einem Küchenmesser ab, pustete kurz, damit es abkühlte, und nahm einen großen Bissen, wobei sie sich die Wangen mit geschmolzener Schokolade und Kekskrümeln verschmierte.
»Das sieht lecker aus«, sagte Rose und lächelte, »aber ich habe eigentlich nichts davon gesagt, dass du Schokoriegel machen sollst.« Rose schraubte den Deckel auf das Einmachglas. KLEBRIGER HONIG VON DER TRANIGEN TOURISTEN-BIENE stand darauf.
»Ich erinnere mich nicht, das schon mal gesehen zu haben«, sagte ihre Mutter.
Hinter ihnen war ein sehr vernehmliches quatschendes *Schmatz!* zu hören. Rose und ihre Mutter sahen sich um, als noch so ein schmatzendes Geräusch aus der Ecke, in der der Mixer stand, ertönte.
Mit einem Kehrblech und einem kleinen Handfeger

zwischen den Zähnen – wie ein Seeräuber, der ein Entermesser hielt – kroch Nella die Wand hinauf. Es war ein ruckartiges, zögerndes, klebriges Kriechen – und es hinterließ zähflüssige Spuren an der Wand –, aber im Nu war Nella hoch genug, um das alte Mehl unbeholfen von der Decke in die Kehrschaufel zu fegen, die sie über den Kopf hielt.

»Das kann ja *ich* nicht mal«, sagte Polly und verschränkte die Arme.

In dem Moment fiel einer von Nellas Schuhen herunter und landete mit einem unheilvollen *Plumps!* in der leeren Rührschüssel unter ihr.

Polly starrte Rose an. Sie wirkte völlig ratlos.

»Kann ich mir *jetzt* vielleicht Sorgen machen?«, fragte Rose.

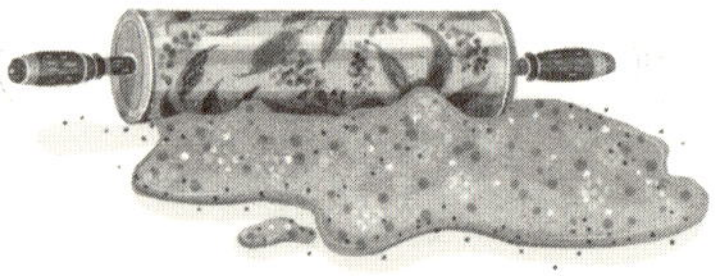

Kapitel 1
Der geheimnisvolle Keks

»Aber mein Schätzchen!«, sagte Polly. »Komm sofort runter, eh du dir noch weh tust!«

Nella reagierte nicht auf sie, sondern streckte den Handfeger vor und kratzte den letzten hartnäckigen Klumpen Mehl von der Wand. Dann hielt sie vorsichtig die Kehrschaufel gerade und kroch rückwärts wieder die Wand herunter, wobei sich jeder Fuß mit einem *Schmatz* löste, ein Geräusch, das Rose an Saugnäpfe erinnerte.

Nella watschelte zum Abfalleimer, schüttete das Mehl hinein und schlug wieder die Hacken zusammen, als sei sie Dorothy aus *Der Zauberer von Oz*.

Polly nahm Nella in die Arme. »Bitte klettere *nie wieder* die Wände hoch.«

»Zumindest nicht ohne Fallschirm!«, setzte Rose hinzu. Hätte sie ihrer Schwester bloß nie so eine gefährliche Aufgabe gestellt! Aber wenigstens war jetzt das Ausmaß der Gefahr deutlich geworden: Nella stand unter einem Zauber!

Aber wie kam das? Von wem war sie verzaubert worden?

»Was jetzt?«, fragte Nella mit erstickter Stimme aus Pollys Schürze.

Rose wandte sich ihr zu. »Kannst du uns erzählen, was du die letzten Tage alles gemacht hast?«

»Ay, ay, Sir!«, rief Nella. Sie rannte an die Wand und legte die Arme darauf. »Ich bin hoch und immer höher geklettert und habe alles saubergemacht, wie du gesagt hast!«

»Und davor?«, fragte Rose. »Von da an rückwärts.«

Nella rannte zur Anrichte, sprang auf ihren Hocker und tat, als ob sie Teig ausrollte, dann stellte sie den Wasserhahn an. »Ich habe beim Backen geholfen und das Geschirr abgewaschen!«

Mit einem Schnalzer, der ihren anderen Schuh zu dem ersten in den Mixer fliegen ließ, sprang sie wieder herunter und schlitterte auf Socken über den Küchenboden in die Essecke. »Ich habe Tymo gezeigt, wie er dicke Arme kriegt.« Sie legte einen Arm auf den Rücken und

machte mit dem anderen zehn rasche Liegestütze. »Du bist die Workout-Queen, *mi hermana*«, näselte Nella und machte Tymos Stimme perfekt nach. »Du solltest meine persönliche Trainerin werden!«
Dann sauste Nella durch die Schwingtür in den Ladenraum der Bäckerei. »Ich habe Dad geholfen, die Stühle hochzustellen!« Sie machte eine Geste zu den Bistrotischen. »Und davor war ich mit Basil zusammen!«
Rose und Polly rannten Nella nach, die nach oben sauste und die Tür zu dem gemeinsamen Zimmer von Tymo und Basil aufriss. Beide Jungen schliefen – bis Nella auf Basils Bett sprang und auf und ab zu hüpfen begann.
Mit aufgerissenen Augen schreckte Basil hoch. »Erdbeben! Rettet mein Notizbuch mit meinen Sketchen!«
Gähnend kam Roses sechzehnjähriger Bruder Tymo hinter dem Vorhang hervor, der das Zimmer in zwei Hälften teilte. Viele Mädchen aus Calamity Falls wären ohnmächtig geworden, Tymo ohne Hemd zu sehen, während Rose nur auffiel, dass er immer noch dieselben ungewaschenen Basketball-Shorts trug, die er schon die ganze Woche angehabt hatte.
»Ist schon Mittag?« Seine roten Haare waren gewöhnlich gegelt und hochgekämmt, aber so frisch aus dem Bett hing ihm sein Pony wie ein Vorhang über das Ge-

sicht. Er sah seine kleinste Schwester an, dann Rose und Polly. »Wusstet ihr, dass Nella einarmige Liegestütze machen kann? Das ist *muy increíble.*«
»Hat sie euch von meinem großen Auftritt erzählt?«, fragte Basil gespannt.
Nella hörte zu hüpfen auf. »Ich habe *viele* Zettel gemacht.«
Basil schnappte sich einen Stapel leuchtend pink- und orangefarbener Flyer und gab sie Rose. »Flyer. Für meinen ersten großen Auftritt.«
»O Mann«, murmelte Rose.
Basil war seit kurzem ganz besessen davon, seine Karriere als Comedian zu starten, obwohl die Leiterin der Talentshow der Grundschule von Calamity Falls erklärt hatte, seine Nummer sei »zu gewagt«, um aufgeführt zu werden.
»Ich finde, das hört sich gut an«, hatte Basil gesagt und an den roten Hosenträgern gezogen, die er sich für seine Nummer besorgt hatte. »*Zu gewagt* klingt, als wäre ich eine Bedrohung.«
»Ich meinte«, hatte Mrs Delfo erläutert, »dass wir nicht wagen würden, deine Nummer auf die Bühne zu bringen.«
»Auch recht! Ich brauche Sie nicht«, hatte Basil verkündet. »Die *Welt* wird meine Bühne!«

»*Der Nächste!*«, hatte Mrs Delfo gerufen und ihn weggescheucht.
Aber wie sich herausgestellt hatte, war die einzige Bühne, die Basil finden konnte, eine Parkbank gewesen, mit einer Straßenlaterne als Rampenlicht. Die Flyer, die die Show ankündigten – BASILS SCHMIERENKOMÖDIE: LASST EUCH ANSCHMIEREN –, waren in fetter Schrift geschrieben, und am unteren Rand war eine Zeichnung von Basil mit wilden roten clown-artigen Haaren und zwei großen hochgestreckten Daumen. *ZUM BRÜLLEN?* stand daneben.
»Ich verstehe nicht, warum da ein Fragezeichen ist«, sagte Basil und schaute Rose über die Schulter. »Da sollte ZUM BRÜLLEN! stehen. Wie ein Ausruf. Die Leute mögen doch Ausrufezeichen.«
»*Du* hast die gemacht?«, fragte Rose ihre Schwester.
Nella fing wieder an, auf dem Bett herumzuhüpfen. »Wenn Basil seine Witze erzählt, lachen die Leute manchmal!«
»Manchmal?«, fragte Basil.
»Süße«, sagte Polly und drückte Nella sanft die Schulter, »hast du vielleicht *sonst noch was* gemacht?«
Nella schüttelte vehement den Kopf, dann nahm sie den Daumen aus dem Mund. »Das war nach dem Essen. Vorher hab ich mit Gus im Garten gespielt und davor

geschlafen, weil ich von dem langen Spaziergang zur Post müde war.«

»Zur Post!«, rief Polly und zog die Augenbrauen hoch.

»Ganz alleine?«, fragte Rose.

Nella nickte. »Ich musste das Päckchen abgeben.«

»Was für ein Päckchen?«

»Das ich schicken sollte, wie's auf dem Zettel stand«, sagte Nella mit einem Achselzucken.

»Zettel?« fragte Rose. »Was für ein Zettel?«

»Der mit dem Keks gekommen ist.«

»Nella.« Rose setzte sich und legte ihren Arm um die Schultern ihrer Schwester. »Erzähl uns alles, was dir zu diesem Zettel einfällt.«

»Der Briefträger hat ein rosa Päckchen gebracht«, sagte Nella. »Chip hat gesagt, es sei für Pimpinella Glyck – weil sie so süß ist.«

Chip war der bullige Ex-Soldat, der in der Bäckerei half. Er war muskulös wie ein Ringkämpfer, und sein Kopf war glänzend und glatt wie eine Billardkugel. Er hätte sich gehütet, Nella ein absenderloses Päckchen zu geben, ohne es zuerst genau untersucht zu haben. Was bedeutete, dass es wohl ziemlich harmlos ausgesehen haben musste.

»Da war ein Keks drin, der war so groß wie mein Gesicht!« Nellas Grinsen war so breit wie das von einem

Halloween-Kürbis. »Der hat einen schwarz-weißen Zuckerguss gehabt, und ich habe ihn ganz aufgegessen. Fast ganz – nur den Zettel nicht, der da drin versteckt war.«

»Ein Zettel im Keks? Also wie ein riesiger gezuckerter Glückskeks? Lecker!« Basil schmatzte genüsslich. »Mom, die sollten wir ins Angebot nehmen. Wir würden Millionen verdienen! Kein Mensch mag die Glückskekse vom Chinesen.«

Polly tätschelte ihrem Sohn gedankenverloren die wilden rotblonden Locken. »Darüber reden wir später. Nella, hast du Chip gebeten, dir den Zettel vorzulesen?«

Nella schüttelte den Kopf. »Der *Zettel* hat sich selbst laut vorgelesen! Er hat gesagt, ich soll in den ...« Sie sah sich verschwörerisch um. »... den geheimen Vorratsraum gehen. Und dass ich das Glas drei-sieben-sieben nehmen und an eine Adresse schicken sollte.«

»Das ist jetzt ganz wichtig«, schärfte Rose ihrer Schwester ein. »Wo ist der Zettel?«

Ein schuldbewusster Blick huschte über Nellas Gesicht. Sie drückte den Kopf an Roses Seite und murmelte etwas, das nicht zu verstehen war.

»Ist schon gut, Schätzchen«, sagte Polly und drehte Nellas Gesicht wieder nach vorne. »Ich bin nicht böse auf dich. Wo hast du den Zettel hingetan?«

Mit aufgerissenen Augen sagte Nella: »Auf-ge-gessen.«

»Du hast ihn *aufgegessen?*«, fragte Rose.

»Das hat der Zettel gesagt! *Nachdem du dir gemerkt hast, was ich dir gesagt habe, iss mich auf!*« Sie rümpfte ihr Näschen und setzte hinzu: »Hat wie 'ne Papierserviette geschmeckt.«

Ein geheimnisvolles Päckchen. Ein verborgener Zettel. Ein Zauberkeks, der aus ihrer vierjährigen Schwester eine Marionette machte, die alles tat, was man ihr sagte. Rose wollte gar nicht dran denken, wer dahintersteckte. Die Internationale Nudelholzgesellschaft? »Wohin hast du das Einmachglas geschickt, Nella?«

»An eine Stadt, die Washington D.C. heißt«, sagte Nella.

Polly stand entschlossen auf. »Basil, dein Vater ist immer noch auf der Suche nach dem Dreiflügeligen Regenbogenschmetterling, und Großvater Balthasar ist noch nicht von der Reise zu seiner Bäckerei in Mexiko zurück. Ich will, dass du ein Auge auf Nella hast und aufpasst, dass sie nirgendwo hingeht.«

»Du kannst auf mich zählen.« Basil salutierte. »Sie kann mir bei meiner neuen Comedy-Nummer helfen, ehe die Wirkung von dem Keks nachlässt.«

»Mom hat gesagt *aufpassen,* nicht foltern«, näselte Tymo.

Polly packte Roses Hand und zog sie nach unten. »Du und ich«, sagte sie, »wir müssen alles über dieses Glas rausfinden.«

Die verborgene Tür zu ihrem geheimen Keller ging mit einer Drehung eines gut getarnten Griffs in Form eines Nudelholzes auf. Der Keller war nur von ein paar wenigen Glühbirnen schwach beleuchtet, weil sich die magischen Zutaten so besser hielten und weil der Zwerg des ewigen Schlafes außerdem tiefer schlummern konnte, wenn er nicht von Neonlicht angestrahlt wurde.

Nachdem Rose zur Meisterbäckerin ernannt worden war, hatte sie sich mit ihren Eltern und Ururgroßvater Balthasar an die Arbeit gemacht und das ganze Inventar nummeriert und etikettiert, damit man die Zutaten leichter finden konnte. Die Froschaugen standen jetzt bei den Kaulquappen-Tagträumen, die geisterhaften Seufzer und das Geheul hatten jetzt eine eigene Abteilung in der hintersten Ecke, und es gab eine ganze Wand mit allen Arten Geflüster – von ganz laut bis ganz leise.

Das neue Exemplar mit dem ersten Licht der Morgendämmerung leuchtete freundlich durch die Latten

der Regale und strahlte die blauen Einmachgläser an. Rose führte ihre Mutter zu der Abteilung mit den Gläsern 350 bis 400: alles Zutaten aus alten Mythen und Legenden.
Genau wie Nella gesagt hatte, war der Platz für Glas 377 leer. Ein sauberer Kreis in einer dünnen Staubschicht zeigte an, wo es bis vor kurzem gestanden hatte.
Polly zog ein säuberliches Etikett aus seiner Messinghalterung und kniff die Augen zusammen, um in dem dämmrigen Licht lesen zu können. GEZEITEN DER VENUS. Ihre Hand flog zum Mund. »O nein!«
»Kommt mir irgendwie bekannt vor«, sagte Rose. Der Name *Venus* erinnerte sie an etwas, das sie vergessen zu haben glaubte.
»Gezeiten der Venus – das ist eine sehr wirkungsvolle, sehr gefährliche Zutat«, erklärte ihr Polly, die ihren besorgten Ausdruck nicht verbergen konnte. »Richtig angewendet, verabreicht in zwei abgemessenen Gaben, macht es einen empfänglich für Einflüsterungen – wie eine Marionette.«
»Richtig angewendet?«, fragte Rose. »Was passiert, wenn man die Zutat *falsch* anwendet?«
Pollys Hand zitterte, als sie das Etikett zurücksteckte. »Die falsche Verabreichung? Ohne die zweite Gabe fällt der Empfänger ins Koma. Lebenslang.«

»Das hört sich sehr schlimm an«, sagte Rose. »Aber auch richtig verabreicht scheint die Wirkung der Gezeiten der Venus schrecklich zu sein.«

»So ist es.« Polly zog ein anderes Glas aus dem Regal und steckte es in die Armbeuge. »Ein paar äußerst böse Menschen haben die Gezeiten der Venus dazu missbraucht, um ganze Nationen ins Unglück zu stürzen. Hast du jemals vom Alten Rom gehört, Rose?«

»Äh –«

»Egal«, sagte Polly. »Wenigstens hat Nella nicht *das* zu sich genommen. Das wäre …« Sie schüttelte den Kopf.

Und dann fiel Rose ein, wann sie von der Zutat gehört hatte. Vor etwas mehr als einem Jahr, als sie ziemlich verzweifelt war, hatte aus dem vergitterten Schacht im Kellerboden eine Stimme zu ihr gesprochen. Die Stimme hatte ihr eindringlich vorgeschlagen, einen Tropfen aus einer Venusmuschel anzuwenden, aus einem Glas, auf dem VENUSTINKTUR gestanden hatte. *Du wirst die schöne Helena an Schönheit übertreffen. Und sogar deine Tante Lily!*

Rose hatte widerstehen können; und was für ein böses Wesen auch immer da zu ihr gesprochen hatte, es hatte sie nie wieder in Versuchung geführt. Sie wollte gerade ansetzen, ihrer Mutter davon zu erzählen – wer immer

Nella verzaubert und sie um die Gezeiten der Venus gebeten hatte, führte ebenfalls eindeutig etwas ganz Abscheuliches im Schilde –, aber Polly eilte bereits die Treppe hinauf. Rose folgte ihr.

»Ruf deine Geschwister zusammen«, sagte Polly, nahm ihre Schürze ab und reichte sie Rose. »Du musst dich heute um die Bäckerei kümmern. Trau dich ruhig, Tymo anzustellen, egal wie sehr er meckert.«

»Was hast du vor, Mom?«, fragte Rose und schlüpfte in die Schürze ihrer Mutter. Es war ein gutes Gefühl, die Uniform einer Meisterbäckerin zu tragen.

Polly stand zögernd an der geöffneten Kühlraumtür und lächelte Rose traurig zu. »Keiner darf sich mit unserer Familie anlegen – sonst bekommt er oder sie es mit dem Zorn von Polly Glyck zu tun.«

Ein Berg von Koffern stapelte sich an der Hintertür, während Rose und ihre Brüder alles vorbereiteten, um die Bäckerei zu öffnen. Basil kümmerte sich um die Zimtschnecken, Tymo siebte Puderzucker über die Muffins und Nella – immer noch unter der Wirkung des Zauberkekses – fegte wie ein Wirbelwind durch die Küche und putzte und wusch ab. Kein Tablett, keine Rührschüssel blieb länger als eine Minute schmutzig, schon hatte sie alles spiegelglatt poliert.

Alle Vitrinen waren gefüllt und die Verkaufsflächen geschrubbt, als Polly erneut aus dem Keller kam. Sie hatte ein blaues Einmachglas dabei – eines, das im Gegensatz zu den meisten Gläsern, die in der Glücksbäckerei benutzt wurden, mit einem kräftigen Hühnerdraht umwickelt war.

Rose hatte die dunkelste, tiefste Ecke für derlei Gläser reserviert, und sie wurden in einem sicheren Käfig verwahrt. Diese Zutaten landeten niemals in den Kuchen oder Keksen, die für die Leute von Calamity Falls gebacken wurden. Es waren Zutaten, die nur für schwarze Magie benutzt wurden.

Und dort hätte auch das Glas mit den Gezeiten der Venus stehen sollen.

»Was ist das, *madre*?«, fragte Tymo und zog vorsichtig seine schmutzige Schürze über das zu Igelstacheln hochgekämmte und gegelte Haar.

Polly steckte das Glas in einen der Koffer, den sie mit einem kleinen Vorhängeschloss versperrte. »Vater und ich fahren nach Washington D. C., um diese Person zu suchen und ihr das Handwerk zu legen.«

In dem Moment ging die Eingangstür zur Bäckerei auf, und eine warme Brise wehte mit dem Gemurmel von Kunden herein. Eine Sekunde später kam Albert, Roses Vater, durch die Schwingtür in die Backstube. Er hatte

Chip im Schlepptau, der murrte, als er mit seinen breiten Schultern an den Türrahmen stieß.
Albert Glyck war ein großer Mann mit feuerroten Haaren wie Tymo und sah oft so ungekämmt aus wie Basil, auch wenn Polly darauf bestand, dass er sie – genau wie seinen Schnauzbart – säuberlich kurz geschnitten hielt. Er war so schlank, dass keiner glauben mochte, dass er die guten Dinge aß, die hier gebacken wurden, doch heute war seine Jacke von einem seltsamen Klumpen ausgebeult. »Was habe ich verpasst?«, fragte er.
»Einiges«, sagte Polly. »Chip, kannst du den Laden betreuen?«
Chip nickte zackig. »Klaro, Mrs Glyck.«
Er verschwand im Ladenraum, und Albert zog ein blaues Einmachglas unter der Jacke hervor und stellte es auf eine der Arbeitsflächen. In dem Glas flatterte ein großer Schmetterling mit drei Paar schillernden Flügeln. Bei jedem Flügelschlag verwandelte sich die Farbe der Flügel von Rot zu Violett bis hin zu dem Türkis des Mittelmeeres.
»Ich hab den ganzen Morgen gebraucht, aber schließlich habe ich eines von den Schätzchen erwischt, als es aus dem Kokon schlüpfte!«, sagte Albert zufrieden. »Die Schuppen von seinen Flügeln sind die letzte Zutat, die wir für den schillernden Zuckerguss auf dem –« Er

bemerkte die sorgenvollen Blicke seiner Familie, unterbrach sich und fragte: »Was ist passiert?«

Polly nahm Albert beiseite, und nach einigen Minuten gedämpfter Unterhaltung nickte Albert ernst und fing an, die Koffer in den alten Familienvan zu tragen.

Albert konnte sich nur kurz von den Kindern verabschieden, während Polly Mrs Carlson, die alte Babysitterin, anrief, um sie zu bitten, ein Auge auf die Kinder zu haben, wenn die Bäckerei schloss und Chip Feierabend machte.

Polly seufzte, als sie auflegte, und sah zu ihren Kindern hinüber. »Wir sind zurück, ehe ihr überhaupt merkt, dass wir fort sind.«

»Das wissen wir, Mom«, sagte Rose. Alle vier umarmten Polly. »Viel Glück.«

Polly sah Rose an. »Du bist die Meisterbäckerin hier, du hast das Sagen, solange wir fort sind. Ich bin sicher, dass du immer das Richtige tust.«

Rose schluckte ihre Unsicherheit hinunter. Sie war erst seit einer einzigen Woche Meisterbäckerin – sie musste immer noch so viel lernen! Und jetzt übergab ihr ihre Mutter die Zügel für die Glücksbäckerei? Was, wenn sie noch mehr vermasselte als beim letzten Mal? Und was meinte Polly mit *das Richtige?* Woher sollte sie wissen, was in welcher Situation *richtig* war?

Aber sie wollte ihre Mutter nicht mit ihren Zweifeln beunruhigen, daher sagte Rose: »Ich werde dich nicht enttäuschen.«

»Das weiß ich.« Polly lächelte ihr kurz aufmunternd zu, dann eilte sie hinaus. Die Kinder folgten.

»Tschüs«, rief Nella und winkte dem Van traurig nach, der immer kleiner wurde und am Ende der Straße verschwand.

»Ein neuer Tag, eine neue Glyckskatastrophe«, sagte Tymo.

»Kommt jetzt ziemlich häufig vor«, stimmte ihm Basil zu.

»Los, wir helfen Chip.« Rose ging voraus in die Bäckerei. Die vertrauten Düfte nach Schokolade und Zimt beruhigten sie.

In der Backstube banden sich ihre Brüder frische Schürzen um, und alle vier lauschten dem frohen Gelächter der Kundschaft im Laden.

»Wir haben es gar nicht rausgefunden, oder?«, fragte Basil. »Wer Nella den Keks geschickt hat?«

Rose raffte ihre schwarzen Haare zu einem Pferdeschwanz zusammen und machte ein finsteres Gesicht. »Es gibt nur eine Person, die so hinterhältig und heimtückisch ist und die außerdem unseren geheimen Keller kennt.«

»*El Tiablo?*« Tymo zog erschrocken die Luft ein. Das war sein Spitzname für die raffinierte Tante Lily. »Unmöglich, *hermana*. Unsere Tante hat es doch aufgegeben, sich mit uns einzulassen. Das glaube ich nicht.«
»Ich hoffe, du hast recht.« Rose beobachtete ihre kleine Schwester, die die Kochplatten eines Herdes schrubbte, und dachte an ihre Eltern, die sich in wer weiß was für Gefahren stürzten, um die Gezeiten der Venus zurückzuholen. Sie zwang sich zu lächeln, denn als Meisterbäckerin musste sie Ruhe und Zuversicht ausstrahlen. »Ich bin *sicher*, du hast recht«, sagte sie zu Tymo.
Aber tief im Herzen wusste Rose, dass das eine Lüge war.

Kapitel 2
Große Mädchen lassen sich nicht bemehlen

Der Vormittag war grässlich hektisch.
Und auch wenn Rose normalerweise nur zu gerne bereit war, den Frauen vom Bibliothekarinnen-Bücher-Bund mit einer Ladung *Karotten-Cupcakes mit Extra-Sehschärfe-Topping* den Tag zu erhellen oder den Thistle-Bastables ihre *Schnell-wie-der-Wind-Beutel* zu reichen, damit sie ihre täglichen Besorgungen schafften – heute merkte sie, dass sie sich nur wünschte, alle würden sie einfach mal in Ruhe lassen.
Endlich um halb elf war der Laden leer. Basil war so erschöpft, dass er hinter dem Ladentisch ausruhte. Tymo war auf der Straße, umgeben von einer Schar langhaariger, glitzernder Mädchen aus der Schule.

Rose sah ihre Chance. »Chip?«

Der große Bursche fegte gerade ein paar Krümel auf ein Kehrblech und sah auf. »Was kann ich für dich tun, Rose?«

Rose warf einen Blick über die Schulter in die Backstube. »Ich bereite uns mal auf den nachmittäglichen Ansturm vor. Bestimmt werden Pasteten als Nachtisch zum Abendessen verlangt.«

»Ich putze!«, sagte Nella und flitzte durch die Schwingtür. »Und dann kann ich den Teigboden ausrollen!«

Chip streckte sich und ließ seine Muskeln spielen. »Ich mach mich an die Apfelfüllung, und du machst die Kirschfüllung.«

Rose stellte sich ihm in den Weg und setzte ein falsches Lächeln auf. »Nicht nötig, Chip! Du hast eine Pause verdient. Setz du dich doch gemütlich hin, am besten hier in den Laden, falls doch noch ein Kunde kommt.«

Er zog die Augenbrauen hoch. »Sicher?«

»Ganz sicher.«

Mit einem Schulterzucken setzte Chip sich an einen der leeren Bistrotische, zog ein Kreuzworträtsel hervor und machte sich an die Lösung von sieben waagerecht.

Rose klopfte an die Scheibe und bedeutete Tymo, hereinzukommen. Als er eintrat, schnappte sie sich Basil, und alle drei gingen in die Backstube, wo Nella schon an der Spüle stand und abwusch, wobei sie halb in einem Berg Seifenblasen verschwand.

»Wozu brauchst du uns?« Tymo warf seine zusammengeknüllte Schürze auf die Anrichte. »*Hermana pequeña* scheint doch alles im Griff zu haben und ich muss zu all meinen Freundinnen zurück. Wir wollten gerade einen spontanen Staffellauf machen.«

»Was meinst du mit *all deinen* Freundinnen?«, fragte Rose. »Du hast mehr als eine?«

Tymo wollte gerade antworten, als Rose ihn zum Schweigen brachte. »Ach, egal. Findest du nicht, dass wir rausfinden sollten, von wem Nella das Päckchen bekommen hat?«

»Mom und Dad kümmern sich doch drum, *Rosacita.*« Tymo tätschelte ihr den Kopf, als sei sie ein Hundebaby. »Es ist erst einen Monat her, seit du entführt und von einem bösen Konzern gefangen gehalten worden bist. Versuch doch mal eine Weile, ein normales Mädchen zu sein.«

Rose stöhnte und schlug das Backbuch auf. »*Normal* ist langweilig. Ich bin jetzt eine Meisterbäckerin, und eine Meisterbäckerin faulenzt nicht, vor allem nicht, wenn hinterhältige Subjekte ihre Schwester für Böses benutzen.«

»Na, gut, dass ich kein Meisterbäcker bin.« Tymo ging Richtung Hintertür. »Ich entscheide mich für normal, und *normal* bedeutet einen spontanen Staffellauf im Sampson Park. *Adios!*«

Rose sah zu Basil hinüber, der mit den Händen in den Taschen dastand und Tymo sehnsüchtig nachblickte.

»Ich nehme mal an, du willst auch gehen«, sagte sie.

»Nö.« Er strich seine Schürze glatt. »Tymos Freundinnen wollen gar nicht richtig spielen, und sie lachen auch nie über meine Witze.« Basil kratzte sich den Kopf und brachte sein zerzaustes Haar noch mehr durcheinander. »Was eigenartig ist, weil ich nämlich *echt* komisch bin –«

Etwas Schweres und Graues warf sich vom Kühlschrank und landete mit einem Plumps mitten auf dem Küchenblock.

»Hoppla!« Rose sprang erschrocken zur Seite.

Aber es war nur Gus. Der Kater blinzelte mit seinen grünen Augen und strich sich geziert mit den Pfoten über die Schnurrhaare. »Ich denke doch, *Miau* lautet die angemessene Begrüßung? Also: Miau.«

»Du solltest uns warnen, ehe du so Zeug machst!«, rief Basil. »Ich bin fast *geplotzt*!«

»Geplotzt?«, wiederholte Rose.

Basil zuckte die Schultern. »Das sagt Großvater Balthasar immer. Ich versuche, es in meiner Nummer unterzubringen. Bin aber immer noch am Überlegen, was *geplotzt* eigentlich heißen soll.«

Gus schlug mit dem Schwanz. »Du solltest immer darauf vorbereitet sein, dass eine Katze unterwegs ist, selbst wenn du keine sehen kannst.« Er leckte rasch eine seiner Pfoten ab. »Wir sind eine sehr verstohlene Gattung.«

Natürlich konnten nicht alle Kater dieser Gattung reden, aber Gus hatte einmal *Gouda-Geplauder-Gebäck* gefressen, das Ururgroßvater Balthasar gemacht hatte, und nun sprach er mit dem Akzent eines gebildeten englischen Herrn.

Meistens war das unglaublich hilfreich.

Manchmal aber auch schlicht nervig.

Mit zuckender Nase steckte Gus die Schnauze in das Backbuch und sagte: »Was bedeutet die ganze Aufregung – habe ich richtig gehört, dass Tante Lily Nella verzaubert hat?«

Rose erzählte ihm, was Nella getan hatte, seit sie den Zauberkeks gegessen hatte.

Die grünen Augen des Katers funkelten. »Jetzt verstehe ich das mit gestern Abend! Sie hat mir geholfen, mich abzuschlecken.«

Rose und Basil sahen zu Nella hinüber, die achselzuckend die Zunge herausstreckte. »Hab immer noch Haare zwischen den Zähnen«, sagte sie.

»Was immer in dem Keks war: Es hat Nella super hilfsbereit gemacht, das steht mal fest«, sagte Rose. Inzwischen hatte Nella das komplette Geschirr vom Morgen gespült, abgetrocknet und weggeräumt und fegte gerade die Terrakotta-Fliesen, wobei sie vor sich hin summte.

»Ich wäre ja versucht, sie in dem Zauberbann zu lassen, wenn ich nicht annehmen müsste, dass Böses dahintersteckt.«

Bei dem Wort *Böses* lugte ein pelziger Kopf von der Größe eines Vierteldollarstücks aus dem schmalen Spalt zwischen einem Schrank und einem der Backöfen hervor. »Ich habe alles gehört, deshalb bin ich zu eurer Rettung gekommen.« Wie Gus hatte die Maus Jacques ebenfalls von magischem *Gouda-Geplauder-Gebäck* gegessen und konnte inzwischen sprechen. Familie Glyck hatte Jacques in Paris kennengelernt, als Rose an der *Gala des Gâteaux Grands* teilgenommen hatte und seine Hilfe brauchte, um Tante Lily auszuspionieren.

Gus verengte die Augen zu Schlitzen, als Jacques auf den Küchenblock kletterte. »Und wie sieht diese Rettung aus?«

Jacques setzte sich auf die Hinterbeine und drückte eine graue Pfote auf die Brust. »Im Mehl lesen!«

»Mehl-Lesen? Ich kenne nur Kaffeesatz-Lesen.«

»*Non!*«, rief Jacques. »Im Mehl lesen, eine Art Wahrsagen, die einem gestattet, andere – wie sagt man – aus der Ferne zu sehen? Von sehr weit weg?« Er schnupperte an einem auf dem Küchenblock liegen gebliebenen Muffinkrümel, dann steckte er ihn ins Mäulchen. »Ist ein altes französisches Rezept.«

Gus fauchte und machte einen Buckel. »Mehl-Lesen ist ein Rezept *schottischer* Herkunft. Typisch Franzose, den Verdienst für hohe Küchenmagie für sich zu beanspruchen!«

Jacques reckte die Schnauze hoch. »Es kann keineswegs ein schottisches Rezept sein. Das Mehl wird nicht in einer Schweinsblase gekocht – wie die meisten eurer Nationalgerichte.«

»Leute!«, rief Rose. »Über Nationalgerichte und ihre Geschichte können wir später reden. Wenn uns diese Wahrsage-Methode zeigen kann, wer meine Schwester verzaubert hat, dann will ich sie anwenden.«

Gus peitschte ärgerlich mit dem Schwanz. »Verzeihung, Rosmarin. Aber sei gewarnt: Das Rezept ist … gefährlich.«

»Gefährlich?«, fragte Rose. »In welcher –?«

Sie wurde unterbrochen, weil die Eingangstür zum Bäckerladen aufging und eine vertraute Stimme erklang: »Hi Chip. Ist Rose in der Backstube?«

»Na klar«, hörte sie Chip antworten. »Geh durch.«

»Ist das Devin?«, fragte Basil. »Cool!« Devin war der Einzige, der über Basils Witze lachte.

Rose seufzte. Allein der Klang seiner Stimme ließ sie wünschen, eine andere zu sein – keineswegs eine Meisterbäckerin, sondern einfach nur ein normaler Teenager. Wenn Rose mit Devin zusammen war, hatte sie das Gefühl, so ein Mädchen sein zu können, sorglos und lustig, ein Mädchen, das den Samstag mit einem Jungen verbringen und einfach durch die Stadt bummeln oder Frisbee im Park spielen oder Filme im Calamity-Plex, dem einzigen Kino im Ort, ansehen konnte. Ein Mädchen, das Kleider trug, die nicht voller Backpulver waren.

Doch dann fiel ihr wieder ein, was sie zu tun hatte und dass sie ihr Leben in der Glücksbäckerei liebte, und sie fragte sich, ob sie all das jemals unter einen Hut bringen könnte: eine Meisterbäckerin zu sein *und* Devin Stetson als Freund zu haben. Allein der Gedanke setzte einen Schwarm Schmetterlinge in ihrem Bauch in Bewegung.

Dann kehrte sie wieder in die Wirklichkeit zurück – das Backbuch lag offen da, und auf dem Küchenblock saßen

zwei Tiere und stritten über Zauberei! Das Geheimnis der Glycks war in Gefahr!
Rose machte in Richtung von Gus und Jacques eine hektische Bewegung, als ob sie ihre Lippen mit einem Reißverschluss verschließen würde, und schlug mit einem Knall das Buch zu – schon kam Devin durch die Schwingtür.
»Hi, Devin!«, sagte Basil, während Rose das Backbuch in einem Schubfach verschwinden ließ. »Was macht das Donut-Geschäft? Hinterlässt ein Loch in der Mitte? Verstanden?«
Devin kicherte. »Ein Guter, Basil.«
»Echt?« Basil lachte laut. »Weißt du, das finde ich auch, aber dass du es sagst, bedeutet mir echt viel. Du bist ein toller Fan.«
Devin sah Rose an und lächelte. Dann tätschelte er Gus. »Wie geht's, alter Kater?«
Rose hatte keine gute Erklärung dafür, dass zwei Tiere – ein Kater *und* eine Maus – zusammen auf der Arbeitsfläche zum Teigausrollen saßen, aber zumindest verrieten Gus und Jacques sich nicht. Stattdessen sagte Gus einfach nur »Miau« und schlug mit einer Pfote nach Jacques, was jedoch gute zehn Zentimeter daneben ging, da die Maus zum Rand der Anrichte flitzte, nach unten auf den Boden sprang und wieder in den Spalt

hinter den Schränken huschte. Gus seufzte und ließ sich zu einem grauen Haufen zusammensinken.
Devin schüttelte die Haare aus den Augen und sagte: »Ihr braucht einen schärferen Kater. Außerdem ist das doch nicht gerade hygienisch.«
Gus sah Devin finster an und stellte die Haare auf. Rose kraulte ihn zwischen seinen krumpeligen Ohren. »Äh, hm, Gus ist gerade gewaschen worden. Also!« Sie umarmte Devin kurz, dann rückte sie wieder ab – obwohl sie ihn am liebsten den ganzen Tag gedrückt hätte. »Tja, hi. Was machst du denn hier?«
»Du hast so überfordert geklungen, als du angerufen und unser Date abgesagt hast«, erklärte er. »Ich wollte kommen und euch helfen.« Er sah sehr ansehnlich aus in seinem hochgeknöpften Hemd und mit mehr oder weniger gekämmtem Haar, und ein Teil von Rose war über seine Anwesenheit gar nicht unglücklich.
Aber der andere Teil wusste, dass sie einen magischen Zauber zubereiten musste, den Devin auf keinen Fall sehen durfte.
»Ach, danke«, sagte sie und schob ihn sanft zur Schwingtür. »Aber wir schaffen das schon. Du hast doch sicher keine Lust, den ganzen Nachmittag in einer heißen Backstube rumzuhängen, vor allem nicht in so feinen Klamotten.«

»Aber selbst deine kleine Schwester hilft.« Devin deutete in eine Ecke. Dort saß Nella jetzt und faltete Geschirrtücher und Schürzen zu säuberlichen Stapeln. Sie winkte, ohne ihren Rhythmus zu unterbrechen.

»Sie hält es für ein Spiel«, flüsterte Rose. »Du weißt schon – so tun, als ob man erwachsen wäre und einen Beruf hätte … Macht ziemlich … Spaß.«

»Ich kann auch mit ihr spielen. Ich kann machen, was immer du für mich zu tun hast, Boss.« Devin sah sie unter seinem Pony mit einem kleinen Grinsen an, und Rose schmolz dahin. Er war gekommen, um ihr zu helfen – wie süß war das denn! Sie durfte ihn nicht verletzen.

Aber in der Küche konnte er auf keinen Fall bleiben.

»Na gut«, sagte sie und lächelte. »Aber mit deinen Klamotten kannst du nicht backen! Komm mit.«

Sie packte seine Hand – ein bisschen rau, ein bisschen warm – und zog ihn in den Verkaufsraum. Chip saß noch immer am Tisch an der Tür, kaute auf seinem Stift und brütete über seinem Rätsel.

»Sagt mal ein anderes Wort für *Lügner*?«, bat er sie. »Mit zehn Buchstaben.«

»*Schwindler.*« Rose schluckte und wischte sich ein paar Schweißtropfen von der Stirn. »Devin übernimmt eine Weile die Kasse.«

»Das muss ich ihm zeigen.« Chip stand auf und überragte Devin wie ein massiger Berg. »Bist du bereit, mir aufs Wort zu gehorchen, Rekrut?«

Devin nickte. »Jawohl, Sir.«

Chip deutete mit seinem fleischigen Finger auf den Ladentisch. »Marsch auf deinen Posten. Nimm Haltung an. Haltung gegenüber Kunden ist unerlässlich.«

»Viel Glück«, flüsterte Rose und verschwand eiligst in der Backstube.

»Ist er weg?«, kam eine Stimme zwischen den Backöfen hervor.

»Chip beschäftigt ihn erst mal, aber wir müssen uns beeilen.« Rose ging in die Hocke und ließ Jacques auf ihre Hand krabbeln. Sie trug ihn wie ein rohes Ei und setzte ihn erneut auf den Küchenblock neben Gus. Leise sagte sie: »Warum hast du gesagt, dass der Zauber gefährlich ist, Gus?«

Basil stellte sich auf die Zehenspitzen und lugte über die Schwingtür, um Devin im Auge zu behalten. »Ich wette, er ist gar nicht wirklich gefährlich«, sagte er. »Wir haben doch schon mit Geistern geredet und sind verrückten Tintenfisch-Robotern entkommen. Wir werden mit allem fertig.«

»Aber in *den* Fällen half euch ein Überraschungseffekt«, sagte Gus. »Bei dem Mehl-Lesen könnt ihr zwar die Per-

son sehen, die Nella das Päckchen geschickt hat, aber *sie* kann *euch* möglicherweise auch sehen.«
Jacques lief erregt im Kreis herum. »Ich habe Dutzende Male Mehl-Lesen gemacht, und nie hat uns jemand gesehen!«
»Mäuse sind viel kleiner als Menschen«, gab Rose zu bedenken. »Uns kann man leider nicht so leicht übersehen.« Sie zog das Backbuch aus dem Schubfach, legte es auf seinen Ständer und blätterte in den vergilbten Seiten. »Trotzdem, das Risiko ist es wert. Ich muss nur das Rezept finden.«
»Nicht nötig«, sagte Jacques. »Ich kenne es auswendig. Zuerst –«
Die Schwingtür ging auf, und Devin schob sich an Basil vorbei. »Ms Driplet da draußen sagt, dass sie einen Spezialpreis für ein Bäckerdutzend *Schokoladen-Hafer-Kekse* kriegt.« Devin verstummte und starrte mit großen Augen auf die Arbeitsfläche. »Hey, da ist wieder die Maus!«
»Das ist eine Deko-Maus«, sagte Rose schnell. Jacques erstarrte auf der Stelle. »Wir haben sie der echten Maus nachgebildet. Sie ist aus … Fondant.«
»Das ist ein vornehmes Wort für Zuckerguss«, erklärte Basil. »Was für ein Genuss – ein Nagetier aus Zuckerguss!« Er wartete auf eine Reaktion. »Na? Na?«

Devin sah Jacques skeptisch an. »Sieht so ... echt aus.«
»Du sollst deine Fragen an Chip stellen, Gefreiter Devin«, rief Basil. Er verschränkte die Arme. »Wir hier drin haben zu tun.«
»Chip ist ein Sandwich kaufen gegangen«, erwiderte Devin.
Rose lächelte ihn mit ihrem falschen Lächeln an, was ihr wie ein Verrat vorkam. »Nimm von Ms Driplet einfach den normalen Dutzendpreis, aber tu noch einen Keks dazu.«
Devins Blick huschte von der erstarrten Maus zu Gus, der sich ganz harmlos die Pfoten leckte. »Okay, kapiert. Danke.« Er verschwand wieder durch die Schwingtür.
Jacques schnappte nach Luft, nachdem er so lange den Atem angehalten hatte.
»Das war geistesgegenwärtig«, sagte Gus widerwillig.
»*Mais oui!*«, sagte Jacques. »Wenn überall Riesen rumstehen, muss eine Maus lernen, zuerst zu handeln und dann zu denken.«
»*Wir* müssen handeln, ehe wir wieder unterbrochen werden«, sagte Rose drängend. »Jacques, was müssen wir machen?«
»Zuerst«, wies Jacques sie an, »brauchen wir ein Stück von dem Päckchen, in dem der verzauberte Keks drin

war. Ich nehme doch an, dass ein Band drumgewickelt war, *oui?*«

Basil sah sich in der Küche um. »Ein Band? Hab keins gesehen.«

»Ach ja, ein Band …«, sagte Gus langsam und beschäftigte sich auf einmal eingehend mit Pfotenputzen. »Ich habe *vielleicht ganz zufällig* mit einem hübschen Streifen von einem Seidenband hinten im Garten gespielt«, räumte er ein. »Könnte von dem Keks-Päckchen gewesen sein. Bänder! Da kann ich einfach nicht widerstehen!«

Rose verdrehte die Augen. »Katzen!« Sie bat Gus, das Band aus dem Garten zu holen. In der Zwischenzeit zerrten sie und Basil einen der großen Mehlsäcke herbei. Jacques befahl ihnen, das pudrige Mehl auf dem Küchenblock anzuhäufen, bis sie einen Hügel hatten, der so hoch war wie Nella.

Als Gus zurückkam, beschnupperte Jacques das Band und stieß auf drei Flecken von einem weißen Pulver – »Backpulver oder Backsoda, nehme ich an!« Gemäß seiner Instruktionen kratzte Rose so viel von dem Pulver ab, wie noch möglich war, und streute es auf den Mehlhügel.

»Jetzt? Die Spiegel«, sagte Jacques. *»Die gefrorenen Spiegel.«*

»Gefrorene Spiegel!«, sagte Basil. »Klingt wie ein Witz.«
»Ah, aber ich meine es ernst«, beharrte Jacques. »Sie sind wie die Eissteine, aber nicht so rar.«
»Meinst du Eis*würfel*?«, fragte Basil.
»Non«, schnaubte Jacques. »Die sind ja nur gefrorenes Wasser.«
Die Schwingtür ging wieder auf. »Hey«, rief Devin und winkte lässig. »Ich habe jemanden reden gehört und gedacht, dass vielleicht eine Lieferung gekommen ist. Braucht ihr Hilfe?«
Alle erstarrten außer Nella, die einen besonders hartnäckigen Fleck in einem der Backöfen bearbeitete.
»Sind immer noch nur wir«, sagte Rose zwischen zusammengepressten Zähnen und mit ihrem gekünstelten Lächeln.
Devin sah sich misstrauisch um. »Ich hätte schwören können, zwei Männerstimmen hier drin gehört zu haben. Eine hat französisch geklungen, die andere eher britisch …«
»Ach so! Ähm … das war ich«, sagte Basil. »Ich habe für meine Nummer geübt, wie Benedict Cumberbatch zu reden. Du weißt schon, Sherlock Holmes?« Er räusperte sich und nahm einen nasalen, hohen Akzent an. »Oi, Watson – das ist doch elementar, alter Freund! Lass

uns mit der Droschke zum Sportplatz fahren und Fußball gucken! Big Ben! Kronjuwelen! Ein Tässchen Tee, mein Lieber?«

Mit jedem Wort, das Basil aussprach, zuckten Gus' grüne Augen heftiger.

»Beeindruckend«, sagte Devin unsicher. »Irgendwie gelingt es dir, britischen Slang ganz unbritisch klingen zu lassen.«

»Er ist ein Wunderkind, nicht wahr?«, sagte Rose. Wenn ihre Mutter nur da wäre! Polly gelang es immer, mit einem abweisenden Lächeln die Leute davon abzuhalten, in den Zauberkram der Familie einzudringen. Wie machte sie das nur? »Es ist keine Lieferung gekommen, aber etwas könnten wir tatsächlich brauchen …«

»Walnüsse«, sagte Basil aufs Geratewohl.

»Walnüsse!«, wiederholte Rose. »Von Borzini. Könntest du vielleicht mit deinem Moped hinfahren und ein Pfund holen?«

Devin deutete mit dem Daumen über die Schulter. »Braucht ihr mich nicht an der Kasse?«

»Das kann Basil machen«, sagte Rose mit einer zuckersüßen Stimme, die, wie sie hoffte, verbarg, wie schlimm es für sie war, Devin anzulügen. Er wollte ja schließlich nur helfen. »Wir brauchen die Nüsse nämlich dringend. Es sind die Nüsse, die wir am dringendsten brauchen.«

»Wir sind so ge-nuss-süchtig!«, kreischte Basil.

»Das merke ich«, sagte Devin. »Okay, ich bin zurück, ehe ihr es merkt.«

»Lass dir Zeit!«, rief ihm Rose nach. »Fahr vorsichtig – und langsam! Lass dich nicht von den Autos abdrängen!« Als sie die Tür ins Schloss fallen hörten, seufzte Rose erleichtert auf. »Wie haben es Mom und Dad jemals hingekriegt, ihr Zaubergebäck zu backen, ohne dass wir etwas davon gemerkt haben?«

»Lasst uns die Spiegel holen, bevor der Junge mit den Hängefransen zurückkommt«, sagte Jacques. »*Comme il est beau!*«

»Richtig – die gefrorenen Spiegel.« Rose rannte in den Keller hinunter, um ein Glas davon zu holen. Sie standen zwischen den Gläsern mit den Etiketten SPITZE EINES ANTARKTISCHEN EISBERGS und ERSTE SCHNEEFLOCKEN AN WEIHNACHTEN.

Als sie zurückkam, schimpfte Gus mit Basil. »Wir Schottischen Faltohrkatzen klingen total anders, und ich bin im Namen des gesamten Vereinigten Katzenkönigreichs gekränkt.«

Rose stellte das Glas neben den Mehlhügel, dann fröstelte sie und rieb sich die Hände. »Was machen wir damit?«

Jacques deutete mit dem Schwanz auf den Herd. »Basil,

stell einen Topf auf die Platte und dreh die Flamme ganz hoch. Rose, benutz die Topflappen und nimm einen der Spiegel heraus. Lass ihn schmelzen. Aber er darf nicht kochen! Wir wollen nur, dass er leicht schmort.«
Rose zog drei Paar Ofenhandschuhe über. Es war schwierig, damit das Glas aufzuschrauben, aber schließlich war der Deckel ab. Ein Wölkchen von kühlem blaugrauem Nebel wallte heraus. Vorsichtig griff sie hinein und zog einen der Spiegel heraus, der sich als ein Stück Milchglas in Form eines Handspiegels entpuppte.
Vorsichtig legte sie ihn in den Kochtopf, den Basil auf den Herd gestellt hatte. »Ob das wohl wirklich funktioniert?«, fragte Basil.
Seine Frage wurde fast umgehend beantwortet. Während sie zusahen, verlor der Spiegel seine Form. Er wellte sich in alle Richtungen und zerschmolz zu einer glänzenden metallischen Pfütze wie das Blei beim Bleigießen. Als die ersten kleinen Dampfwölkchen über die glasige Oberfläche schwebten, zog Rose den Topf vom Herd und goss den Inhalt in eine Mulde mitten im Mehlhügel.
»Vorsichtig«, sagte Jacques. »Jetzt ganz vorsichtig!«
Die warme Flüssigkeit zischte – und das Mehl klumpte zu Tausenden von winzigen perfekten Silberkügelchen zusammen. Rose staunte, als die Kügelchen übereinan-

der rollten wie magnetische Kugellager, zu einem Berg anwuchsen und dreidimensionale Formen bildeten. In einer davon erkannte Rose eine Person.

»Das war's?«, fragte Basil und betrachtete das kreiselnde Diorama, das sich gebildet hatte. »Also, schon cool, aber man erkennt ja nicht mal, wer das ist! Wie soll uns das weiterhelfen?«

»Dafür ist der *andere Spiegel*«, sagte Jacques und deutete auf das geöffnete Glas.

Mit ihren Ofenhandschuhen hielt Rose den anderen Spiegel hoch. Als sie hineinspähte, wurden die verzerrten Formen aus Mehl und geschmolzenem Spiegel deutlicher und klarer, als würden Bilder auf einen High-Definition-Bildschirm projiziert.

Jetzt wurde eine Szene sichtbar: eine Frau, die an einem langen Tisch arbeitete, der mit Backzutaten übersät war. Hinter ihr war eine Wand mit Profi-Backöfen, wie die großen in der Backstube der Glycks, nur dass diese alle metallisch blau schimmerten. Darüber hing ein großes Transparent mit der Aufschrift *KIKK*. Die Frau, die eine große hölzerne Rührschüssel in dem einen Arm hielt und mit dem anderen darin rührte, drehte sich um.

Rose erkannte die hochgewachsene, schöne, dunkelhaarige Bäckerin.

»*Tante Lily*«, flüsterte sie.

Sie hatte also recht gehabt. Tante Lily hatte das Päckchen geschickt und ihre kleine Schwester verzaubert. Die elektrischen Funken, die aus der Rührschüssel stoben, verrieten, dass Lily offenbar wieder einmal damit beschäftigt war, ein Gebäck voller schwarzer Magie zu erschaffen. Und nun trat sie zur Seite, um ein blaues Einmachglas zu öffnen.

»Ich wette, das sind die Gezeiten der Venus!«, rief Rose.

In dem Moment fuhr Lilys Kopf herum, als hätte sie etwas gehört. Sie stellte das Glas ab und drehte sich langsam um – bis sie direkt in den Spiegel sah.

Mit einem kalten Grinsen hob sie drohend den Finger.

»Wir sind entdeckt worden!« Gus sprang in die Luft, direkt durch den Hügel des silbrigen Mehls. Er explodierte zu einer weißen Wolke, die den Raum erfüllte, und alle mussten niesen und husten.

»Warum kann sie uns nicht einfach in Ruhe lassen?«, jammerte Basil.

Rose wedelte die Mehlwölkchen weg, die noch in der Luft hingen. »Sie hat mich gewarnt, dass wir uns bald sehen würden – ich hätte darauf gefasst sein sollen. Wir müssen es Mom und Dad erzählen.«

»Wow. Ihr wart ja vielleicht fleißig.«
Rose drehte sich um. Devin stand mit großen Augen im Türrahmen. In der Hand hatte er eine Tüte mit Nüssen.
Die Glycks-Kinder samt der beiden Tiere waren von einer Mehlschicht überzogen – Rose konnte spüren, wie sich das Mehl von Kopf bis Fuß auf ihrer Haut festgesetzt hatte, und sie konnte den trockenen Mehlstaub schmecken, wenn sie sich die Lippen leckte. Basils Gesicht und sein Wuschelkopf sahen aus, als sei er in ein Schneegestöber gekommen, nur seine blinzelnden Augen waren klar. Aber Gus hatte das meiste abbekommen, an seinem gesamten Körper klebten schwere, feuchte Klumpen. Nur Nella war der Mehlexplosion entgangen, weil sie einen der großen Backöfen von innen geschrubbt hatte. Nun kam sie hervor und begann munter, die Mehl-Schweinerei zu beseitigen.
Rose riss sich die Ofenhandschuhe von den Händen. »Wir haben ein neues Rezept ausprobiert. Ist nicht so gut gelaufen.«
»Wahrscheinlich, weil die Walnüsse fehlten«, sagte Devin und wedelte mit der Tüte.
In dem Moment wurde die Hintertür so heftig aufgerissen, dass sie fast aus den Angeln fiel. Chip kam mit

seinem Handy hereingerannt. Er sah sich mit offenem Mund um, brachte aber kein Wort heraus.
»Chip, was ist los?«, fragte Rose. Ihr Herz klopfte so, dass sie Tante Lily und das Mehl-Lesen und Devin unter der Tür vergaß. Chip regte sich nie auf, verlor niemals die Nerven und sah nie so aus wie jetzt – völlig in Panik, wie Rose feststellte.
»Es geht um eure Eltern«, sagte Chip und schnappte nach Luft. »Sie sind festgenommen worden.«

Kapitel 3
Vergesslichkeits-Krapfen

»Festgenommen?«, rief Rose. »Warum?«

»Man hält sie für Terroristen!« Chip rannte wie blind durch die Küche und hinterließ in der Mehlschicht Schuhabdrücke in Größe 48. Nella folgte ihm und fegte hinter ihm auf.

»Eure Eltern haben versucht, in Washington D.C. einen Kongress zu besuchen, der KIKK heißt, und der Geheimdienst hat sie verhaftet. Weil sie angeblich ein verdächtiges Päckchen dabei hatten.«

KIKK. Rose erinnerte sich, die Initialen an der Wand von Tante Lilys Küche gelesen zu haben. Wahrscheinlich steckte sie hinter dieser Festnahme.

»Wow, das ist ja verrückt«, sagte Devin. »Warum sollte

jemand auf die Idee kommen, dass zwei Bäckersleute *Terroristen* sind?«

Gus, der immer noch mit Mehl überzogen war, heulte laut und klopfte mit der Pfote auf das Backbuch.

»Rose, ich glaube, Gus will uns was mitteilen«, sagte Basil mit gedämpfter Stimme.

Rose warf einen Blick auf Devin. Der Traum vom einfachen Leben, dem sie noch vor einigen Stunden nachgehangen hatte, verflüchtigte sich in einer Mehlstaubwolke. Sie hätte jetzt im Kino sein sollen. Devins Arm würde ihren streifen, während sie einen großen Eimer mit buttrigem Popcorn teilten. Aus diesem Leben würde wohl nichts.

Aber ihre Eltern waren in Schwierigkeiten, und Rose hatte keine Zeit, sich in Selbstmitleid zu suhlen. Nachdem Polly und Albert im Gefängnis saßen, gab es nur noch eine Meisterbäckerin, die Tante Lily aufhalten konnte – Rosmarin Glyck höchstselbst.

»Basil, ich bin gleich wieder da. Hilf Nella beim Putzen.« Rose nahm Devin bei der Hand und zog ihn durch die Schwingtür hinaus in den Laden. »Du musst mir einen großen Gefallen tun«, sagte sie zu ihm.

»Was du willst«, sagte Devin. »Ich würde alles tun, um dir zu helfen.«

Rose schluckte. »Kannst du uns ein Auto besorgen?«

»Ein Auto?«, fragte Devin verwirrt. »Solltest du dir nicht eher Sorgen darum machen, dass deine Eltern verhaftet worden sind?«

Rose seufzte. »Das tue ich, glaub mir. Deshalb musst du Tymo im Park suchen, ihm sagen, was los ist, und dann ein Auto ausleihen, damit uns Tymo nach Washington D.C. fahren kann.« Mit fahrigen Händen überlegte sie sich eine weitere Lüge – irgendeine Erklärung, die vernünftig klingen konnte. »Nur ich und meine Brüder können meine Eltern aus diesem Schlamassel retten und –«

»Ich mach es«, fiel ihr Devin ins Wort.

»Wirklich?«

Devin grinste. »Wirklich.« Er gab ihr einen Kuss auf die Wange, die immer noch von Mehl überzogen war, dann rannte er zu seinem Moped. Er winkte kurz und sauste dann davon. Immer mehr wurde Devin zu einem unersetzlichen Teil in Roses Leben, fast schon wie ein Familienmitglied. Was sollte sie nur ohne ihn machen?

Wenn er nur wirklich Teil der Familie Glyck wäre! Dann müsste Rose aus ihrem wahren Leben nicht so ein Geheimnis machen. (Wenn die Vorstellung auch abstoßend war, ein Familienmitglied zu *daten*!) Vielleicht konnte sie ihn ja trotzdem einweihen …

Nein. Sie hatte geschworen, den Zauber geheim zu halten. Selbst vor Jungen, die sie sehr mochte. Rose konnte die Worte ihrer Mutter noch hören. *Ich bin sicher, dass du immer das Richtige tust.*

Die Küche war makellos sauber, als Rose zurückkam. Basil reinigte Gus von den letzten Mehlresten, während der Kater mit ausgefahrenen Klauen vorsichtig die Seiten des Backbuchs umblätterte. Nella saß auf dem Küchenblock, umgeben von mehligen Putzlappen.

»Alles sauber!«, piepste sie.

Rose brodelte innerlich, weil Nella immer noch unter dem Bann von Tante Lilys Zauber stand. Sie hob ihre Schwester von der Arbeitsfläche und stellte sie auf den Boden. »Willst du nicht mal eine Pause machen und draußen ein bisschen spielen?«

Nella nickte. »Ich gehorche deinen Anweisungen, Rosie!«

»Ich weiß«, sagte Rose skeptisch. »Das beunruhigt mich ja gerade.«

»Macht euch keine Sorgen, Kinder«, sagte Chip, während Nella in den Garten hüpfte. Er umklammerte sein Handy. »Ich krieg das schon alles wieder hin.« Mit zusammengebissenen Zähnen setzte er hinzu: »Und macht jetzt bloß nichts Unüberlegtes. Überlasst die Sache den Erwachsenen. Verstanden?«

»Ganz und gar«, log Rose.
Chip nickte und verschwand durch die Schwingtür, das Handy bereits wieder am Ohr.
»Du willst doch nicht wirklich *nichts* machen, Rose, oder?«, fragte Basil.
»Natürlich nicht.« Rose schnappte sich einen von Nellas Lumpen und wischte sich das Gesicht ab. »Mom hat mir die Verantwortung übertragen, und ich lasse sie nicht im Stich. Wir fahren nach Washington D. C., legen Tante Lily das Handwerk und retten Mom und Dad. Wir müssen es nur schaffen, uns zu verdrücken, ohne dass Chip und Mrs Carlson uns daran hindern.«
»Ich bin dir schon Meilen voraus, Rose« – Gus schlug mit dem Schwanz –, »und habe einen perfekten Plan ausgearbeitet.« Er tippte mit der Pfote auf das aufgeschlagene Backbuch. »Ein Rezept, das eure Babysitter in einen leichten Zustand der Verwirrtheit stürzt, nur so lange, bis wir zu unserer Rettungsaktion aufgebrochen sind.«
Rose kraulte Gus an den Ohren und sah sich das Rezept an. »*Französische Vergesslichkeits-Krapfen*«, las sie laut vor.
»Ah, ein französisches Rezept!« Jacques tauchte zwischen den Backöfen auf. »Wieder einmal muss mein

Katzenfreund die Überlegenheit französischer Backwaren eingestehen.«
Gus gähnte. »Krapfen sind von den Holländern erfunden worden. Die Franzosen haben einfach nur runde Dinger draus gemacht.«
Rose las das Rezept durch.

Französische Vergesslichkeits-Krapfen
Um unrechtmäßig erworbenes Wissen zu vergessen.

Es war im Jahr 1673 in dem moldawischen Dorf Gelosoras, da belauschte die erfolglose Geigerin Valeria Văduva die Pläne des Milchmädchens, davonzulaufen und an der Académie Royale de Musique in der wunderbaren Stadt Paris Flügelhornistin zu werden.

Rose blickte auf. »Was ist denn ein Flügelhorn?«
»Ah!«, sagte Jacques wissend. »Das ist eine Kreuzung aus Klavier und Horn!«
»Klingt nicht überzeugend«, sagte Rose.
»Das liegt – wie üblich – daran, dass sich die Maus täuscht«, sagte Gus. »Ein Flügelhorn ist ein Blechblasinstrument.«
»Wisst ihr, was das Horn zur Trompete sagte?«, fragte Basil augenzwinkernd.

»Sei still?«, erwiderte Gus. »Nein, halt, das sage ich zu dir.«

Grün vor Neid plante Valeria, das Dorf gegen das Mädchen aufzuwiegeln, damit seine musikalischen Künste ihre eigenen nie übertreffen würden.

Aurora Glyck, die Dorfbäckerin und ausgewiesene Kennerin der Klagetöne des Flügelhorns, vereitelte Valerias Plan, indem sie ihr eine besonders unwiderstehliche Art von Krapfen offerierte, wie sie die Geigerin noch nie zuvor gekostet hatte. Valeria verschlang ein ganzes Dutzend dieser Krapfen und vergaß jeden der Krapfen schon wieder, kaum dass sie ihn gegessen hatte. Angenehm satt war sie auf einmal völlig unsicher, welche Gerüchte sie über das liebliche Milchmädchen hatte verbreiten wollen. Dann half Aurora dem Milchmädchen beim Packen, und das Mädchen reiste ab und wurde eine Meisterhornistin.

Aurora Glyck ließ in einem Eisentopf ein Paket Butter aufschäumen, fügte anderthalb Eicheln Zucker hinzu, eine Eichel Salz und zwei Kellen frisches Quellwasser. In den entstandenen Sirup rührte sie zwei Fäuste Mühlenmehl und drei Hühnereier. Dann knetete sie jeweils eine Handvoll Teig zu Rollen und drehte sie zu Kringeln nach französischer Art, zwölf Stück insgesamt, und garte diese in kochendem Öl.

In einer Holzschüssel verquirlte Aurora vier Fäuste Puder-

zucker, einen Fingerhut Kuhmilch und eine Prise gekühlten Dunst, der den Geist vernebeln sollte. In die entstandene Glasur tauchte sie die fettgebackenen Krapfen und reichte sie, solange sie noch warm und klebrig waren.

»Es handelt sich also mehr oder weniger um eine besondere Art von Donut, der Gedächtnisverlust auslöst«, sagte Rose und sah von dem Buch auf.
»Korrekt!«, sagte Gus. »Du gewinnst einen Preis!«
»Was für einen Preis?«, fragte Basil. »Hä? Hä?«
»Einen Moment Schweigen von Basil«, sagte Gus.
»He!«, sagte Basil. »Das ist aber nicht nett.«
Rose wusste, dass sie die beiden eigentlich unterbrechen musste, ehe ihr Geplänkel in einen Streit ausartete, aber sie konnte nur daran denken, dass Devins Eltern einen Donutladen hatten. Er hätte ihr bei der Herstellung eine große Hilfe sein können ... wenn nicht die Zauberzutat gewesen wäre, von der er ja nichts wissen durfte.
Na ja. Sie würde die *Französischen Vergesslichkeits-Krapfen* selbst backen müssen.
»Was kann ich machen?«, fragte Basil, drehte Gus den Rücken zu und tat so, als gäbe es ihn gar nicht.
Rose deutete auf die Seite. »Lies dir das Rezept durch und stell alle normalen Zutaten bereit. Ich bin ziemlich

sicher, dass ich den gekühlten Dunst im Keller katalogisiert habe.«

Nachdem alle Zutaten – magische und andere – zusammengetragen und abgemessen waren, rührten Rose und Basil den Teig an, formten die Kringel und erhitzten einen großen Topf voll Öl. »Du besorgst das Ausbacken der Krapfen«, sagte Rose zu Basil, nahm ihre Schürze ab und ging durch die Hintertür nach oben. »Bin gleich wieder da. Brenn aber bitte das Haus nicht ab.«

»Ich versuche es!«, sagte Basil. »Ich meine, ich versuche, es *nicht* zu tun!«

Rose wollte auf alle Knüppel vorbereitet sein, die Lily ihnen zwischen die Beine werfen konnte. Das bedeutete *Zutaten*. Und es bedeutete, dass sie ihren Spezialbehälter auffüllen musste.

Der Behälter war ein nachträgliches Geburtstagsgeschenk von Großvater Balthasar gewesen. Rose hatte seinen Koffer so bewundert, den er damals nach Paris mitgebracht hatte; er war voll mit allen Arten von Zauberzutaten, die man in einer Notlage brauchen konnte. Daher hatte er ihr ein paar Tage nach ihrem Geburtstag ein riesiges Paket übergeben, das in Zeitungspapier eingewickelt war – hauptsächlich in vierzig Jahre alte Seiten mit den Witzen und Cartoons. In dem Einwickelpapier steckte ein kanariengelber Kasten mit einem Blütenmuster in Rosa und Hellgrün und mit glänzenden silbernen Beschlägen.

»Ein Freund hat das Ding in den Siebzigerjahren in meiner Bäckerei zurückgelassen«, gestand Balthasar. »Es war aber nicht so ganz nach meinem Geschmack, deshalb habe ich es nie benutzt. Jetzt gehört es dir.« Rose umarmte ihn und versicherte ihrem Großvater, dass er es nie bereuen würde und dass sie ihn stolz damit machen würde. Er lachte und sagte, er hätte ihr den Kasten auch nicht geschenkt, wenn er etwas anderes vermutet hätte.

Im Gegensatz zu einem normalen Koffer wurde der Behälter oben in der Mitte geöffnet. Jede Hälfte war bestückt mit Schubfächern, in die sie kleine Tüten mit getrockneten Zutaten gelegt hatte. Darunter waren runde Vertiefungen, in die man Dutzende von blauen Reagenzgläsern stecken konnte, dazu ein geschnitztes Kästchen für Quirle und Rührlöffel, die mit alten keltischen Mustern verziert waren. Im Seidenfutter befanden sich Taschen, und sie hatte sogar ein Geheimfach entdeckt, in dem eine einzelne leuchtend rote Feder steckte, die sich beim Berühren heiß anfühlte.

Jetzt schleppte sie die Kiste nach unten in die Backstube.

»Fertig«, sagte Basil und holte den letzten Krapfen aus dem Topf mit zischendem Öl und legte ihn zum Auskühlen auf ein Drahtgestell, wo schon elf Stück lagen. »Und ich sag dir, die riechen *einmalig*. Ich würde sie am liebsten *mit einem Mal* aufessen.« Er lachte leise. »Mann, sind deine Wortspiele gut, Basil.«

»Bitte«, sagte Gus von der Arbeitsfläche, »kann ihm mal jemand den Mund verbieten?«

Rose stellte ihren Behälter neben die Hintertür. »Schluss jetzt mit deinen Kalauern, Basil. Dein nächster Auftrag ist, nach oben zu schleichen und Sachen für dich, mich und Tymo einzupacken.«

»Ay, ay, Käpt'n.« Basil rannte mit fliegenden Haaren los.

Rose spürte ein Zupfen an ihrem T-Shirt und sah erstaunt auf Nella hinunter.

»Ihr rettet Mom und Dad, nicht wahr, Rosie?«, fragte ihre kleine Schwester.

»Natürlich«, sagte Rose.

»Ich möchte mit dir und Basil und Tymo mitkommen«, sagte Nella. »Ich kann auch helfen.«

Rose ging in die Hocke. »Das weiß ich doch. Du warst heute eine wunderbare Hilfe. Aber es ist sicherer, wenn du hierbleibst, bei Chip und Mrs Carlson.«

Nellas Unterlippe zitterte, und Rose bekam ein schlechtes Gewissen. Sie wusste, wie es war, ausgeschlossen zu werden. »Pass mal auf«, sagte Rose und nahm ihre Schwester in den Arm. »Ich muss ein paar Zutaten zusammenpacken. Ich schreibe auf, was ich brauche, und du kannst sie in meine Kiste einordnen. Das wäre eine riesige Hilfe.«

Rose machte eine Liste – durch den Zauber konnte Nella immer noch lesen – und schickte ihre Schwester mit Gus und Jacques in den Keller. Während Rose die Krapfen mit Zuckerguss überzog, trotteten der Kater und die Maus die Kellertreppe auf und ab, wobei Jacques auf Gus' Schulter saß wie ein Maharadscha auf einem Elefanten. In den Pfoten hielt er Glasfläschchen, die er zusätzlich mit dem Schwanz absicherte. Zusammen ordneten sie die Zutaten in die Kiste, fast ganz ohne zu streiten.

»Gut gemacht, Leute!«, sagte Rose, die stolz war auf die gute Zusammenarbeit.

Endlich waren die Krapfen glasiert, Roses Kiste war bis obenhin voll, und Basil hatte eine Reisetasche nach unten gebracht, in die er ihre Kleider und Zahnbürsten gestopft hatte. Und das alles gerade noch rechtzeitig, denn plötzlich brach ein Höllenlärm los: Ein Auto fuhr in die Einfahrt und ließ den Motor aufheulen.

»Hört mit dem Lärm auf!«, polterte Mrs Carlson mit

ihrem starken schottischen Akzent. »Das hier ist eine Bäckerei, keine Monstertruck-Rallye!«

Mrs Carlson war die Nachbarin der Glycks, eine gedrungene Frau mit einem aufgetürmten Wuschel blonder Locken auf dem Kopf. Sie kam in ihrem üblichen Aufzug: einem blumigen Top mit Pailletten in den Farben einer Pfauenfeder und sehr engen Leggins. Ihre offenen Sandalen flippten und floppten mit jedem Schritt.

»Können Sie die Küche bewachen, Mrs Carlson?«, fragte Rose, ehe die Frau protestieren konnte. »Bin in einer Minute zurück!«

Draußen stand ein schicker roter Cabrio. Tymo lehnte sich aus der Fahrertür und grinste durch eine gestylte Designersonnenbrille.

»Dein Freund hat uns dieses süße Schätzchen besorgt«, sagte Tymo, als Rose über den Rasen kam. Neben ihrem Bruder saß Devin, dessen blonde Haare ungewöhnlich proper saßen – obwohl er doch mit offenem Dach gefahren war. »Schick, was?«

»Klar« sagte Rose und musterte das Auto. »Aber vielleicht ein ganz klein bisschen *auffällig*.«

Devin sprang vom Beifahrersitz. »Es war das Einzige, das wir in der Werkstatt hatten.«

»Es wird schon gehen«, entschied Rose. »Wir fahren

einfach immer unter der Geschwindigkeitsbegrenzung, damit wir nicht rausgewinkt werden. In Ordnung, Tymo?«

»Aber sicher doch, *mi hermana.*« Tymo hielt eine Plastikkarte zwischen zwei Fingern. Das Bild auf der Vorderseite war identisch mit seinem lächelnden Gesicht, nur ohne die Sonnenbrille. »Ich hab den Führerschein und kenne die Verkehrsregeln.«

»Seit zwei Wochen«, murmelte Rose.

»Devin hat irgendwas erzählt, dass Mom und Dad festgenommen worden sind?«, fragte Tymo, als er ausstieg. »Ich hab nicht genau zugehört – war gerade dabei, mit einer meiner Freundinnen zu reden. Mann, die können vielleicht sabbeln.«

Rose erzählte Tymo, was passiert war, und berichtete von ihrem Plan, ohne auf Zaubereinzelheiten einzugehen, die Devin ja nicht hören durfte.

Als sie fertig war, sagte Devin: »Ich hab 'ne Überraschung für dich: Mein Vater hat gesagt, ich könnte euch begleiten!«

Rose erstarrte. Wenn sie schon ein schlechtes Gewissen hatte, weil sie Devin zwei Stunden lang angeschwindelt hatte, wie schlimm würde es sein, während der ganzen Fahrt zu lügen? Sie konnte ihn auf keinen Fall mitkommen lassen.

Aber ehe sie etwas sagen konnte, meldete sich Tymo zu Wort. »Super, *amigo*! Wir können einen Autoschrauber brauchen, falls wir Ärger mit der Karre haben.«
Rose schluckte ihre Einwände hinunter. »Okay, könnt ihr zwei dann meine Kiste und unsere Reisetasche in den Kofferraum stellen? Ich muss Chip und Mrs Carlson noch die Krapfen geben.«
»Ich kenn mich aus mit Donuts«, sagte Devin, »aber nicht mal die leckersten werden einen Erwachsenen davon überzeugen, euch alleine mit einem ungeübten Fahrer auf eine Autofahrt zu lassen.«
Tymo tätschelte ihm die Schulter. »Ein Glycks-Donut hat ein bisschen mehr drauf, Alter.«
In der Bäckerei fand Rose Chip und Mrs Carlson in ein tiefes Gespräch verwickelt.
»Um ungefähr acht Uhr heute Morgen haben mir Polly und Albert Glyck die Aufsicht über das Geschäft übertragen«, erläuterte Chip. »Gegen elf bekam ich einen dringenden Anruf von Albert, der mir sagte –«
Rose räusperte sich und nahm den Teller mit den *Französischen Vergesslichkeits-Krapfen.* Hinter ihr stritten sich Tymo, Devin und Basil mit gedämpften Stimmen und ließen die Kiste mit lautem Gepolter fallen.
»Was war das für ein Geräusch?«, fragte Mrs Carlson und schaute misstrauisch an Rose vorbei.

Rose lenkte sie ab, indem sie ihr in jede Hand einen Krapfen steckte, dann tat sie das Gleiche mit Chip. »Die räumen nur auf«, sagte sie.

Chip schnupperte an dem Krapfen. »Was ist das?«

»Ein Dankeschön!« Rose stellte den Teller auf den Tisch. »Und außerdem könnt ihr mir einen Gefallen tun, indem ihr als Erste mein neues Krapfenrezept ausprobiert.« Als sie Rose nur anstarrten, lachte sie und fügte nervös hinzu: »Ein französisches Rezept. Habe ich in Paris abgeguckt.«

»Französisch!«, rief Mrs Carlson. »Warum hast du das nicht gleich gesagt?« Sie biss herzhaft hinein, dann seufzte sie selig auf.

»Ich habe Mrs Carlson gerade auf den neusten Stand gebracht –«, begann Chip, da schob ihm Mrs Carlson ihren zweiten Krapfen in den Mund. »Das kann warten.« Sie schloss die Augen und wiegte sich hin und her. »Ah, etwas an der Glasur erinnert mich an die dunstigen Moore daheim.«

Innerhalb von Sekunden verschlangen Chip und Mrs Carlson die Krapfen, so schnell, als wären sie zwei Rasenmäher, die durch den Garten sausten.

»Das müssen ja irrsinnige Donuts sein«, flüsterte Devin ehrfurchtsvoll, der aus der Küche kam und sich einen nehmen wollte.

Rose schlug seine Hand weg. »Die willst du nicht essen. Sie sind glutenfrei, und ich weiß, wie sehr du Gluten liebst.«

»Schon gut«, sagte Devin. »Aber ich habe noch nie jemanden gesehen, der auf einen Stetson-Donut so wild war.« Er stieß sie sanft mit dem Ellbogen an. »Vielleicht sollte ich ein paar von euren Familiengeheimnissen stehlen.«

Rose zwang sich zu lachen, aber eigentlich achtete sie nur auf Chip und Mrs Carlson. Nachdem sie aufgegessen hatten, standen die beiden mit belämmertem Ausdruck herum. Rose konnte sich nicht erinnern, die beiden je so *glücklich* gesehen zu haben.

»Haben wir gerade über was geredet?«, fragte Chip nach einem Moment.

»Ich glaube, ich habe einen köstlichen Krapfen gegessen«, sagte Mrs Carlson und fuhr herum, um zu sehen, ob sie noch weitere entdecken könnte, »aber anscheinend sind keine mehr da.«

Chip sah auf die Zeitangabe auf seinem Handy. »Dreizehn Uhr! Wo ist Mrs Glyck eigentlich abgeblieben?«

»Was ist denn mit den beiden los?«, flüsterte Devin.

»Zuckerschub«, flüsterte Rose zurück. »Geht vorüber. Kannst du am Auto auf mich warten?«

»Klar.«

Die Lüge war ihr so leicht über die Lippen geflutscht, dass Rose ein bisschen mulmig wurde. Sie sah, wie Chip und Mrs Carlson in der Bäckerei herumräumten, Vitrinen auffüllten und die Kasse überprüften, aber immer mitten in der Arbeit vergaßen, was sie gerade taten und zu etwas Neuem übergingen.
»Wie war dein Tag, Rose?«, fragte Chip, als sein Blick auf sie fiel.
»Ganz großartig, Chip«, log Rose. *Schwindlerin,* dachte sie. »Einfach großartig.«

Als sie losfuhren, drehte sich Rose ein letztes Mal um und sah, wie sich Chip und Mrs Carlson immer noch im Laden zu schaffen machten. Nella, die sie zurückgelassen hatten, saß an einem Bistrotisch am Fenster und sah Rose, Tymo und Basil traurig nach. Basil winkte vom vorderen Beifahrersitz, bis die Bäckerei nicht mehr zu sehen war.
Hinten lag Gus zusammengerollt wie ein graues Komma zwischen Rose und ihrem Rucksack, und Rose konnte die Ausbuchtung in der aufgesetzten Rucksacktasche sehen, in der Jacques schlief. Devin, der hinter Tymo saß, lehnte sich zurück und sagte: »Eine Rettungsaktion im Cabrio! Das ist ein viel besseres Date als irgendein blöder Film.«

»Alles okay, *hermana*?« Tymo warf Rose einen Blick im Rückspiegel zu. »Du siehst aus wie eine meiner Freundinnen, als sie plötzlich alles über meine anderen Freundinnen rausfand.«

Rose schüttelte unglücklich den Kopf. Den ganzen Morgen über hatte sie Devin angelogen, und jetzt hatte sie gerade mit Magie die Köpfe von Chip und Mrs Carlson verwirrt. Sie fühlte sich furchtbar schuldig. So eine Person wollte sie eigentlich nicht sein – aber sie wusste: Eine Meisterbäckerin musste in Notsituationen tun, was nötig war. All das hatte schließlich einen guten Grund: ihre Eltern zu retten. Dafür hatte sie eben in Kauf nehmen müssen, ein paarmal zu lügen und Menschen, die ihr nahestanden, zu verzaubern, oder nicht?

»Ich fühl mich schuldig, und es tut mir leid«, brachte sie schließlich heraus. »Es ist nur – die französischen Krapfen … Ist es nicht genau das Gleiche, was Tante Lily mit Nella gemacht hat?«

Devin wirkte verwundert, doch Tymo verstand sofort.

»Jetzt hör mal zu«, sagte er. »Manchmal muss man Sachen machen, die ein bisschen schlimm sind, um ganz viel Gutes zu erreichen. Wie damals, als mich Jenna Schuyler gefragt hat, ob sie hübsch sei. Ich wollte nicht sagen: ›Nein, Jenna, du siehst wie eine geschorene Katze mit Aknepickeln aus.‹ Daher sagte ich: ›Klar doch!‹ Was 'ne Lüge war. Und Lügen sind schlimm. Aber in dem Fall war sie gut, weil sie Jenna glücklich machte.« Er sah Rose über seine Sonnenbrille an. »Verstehst du?«

Rose wusste nicht, was sie sagen sollte, daher zwang sie sich nur zu ihrem millionsten falschen Lächeln an diesem Tag. »Klar verstehe ich das«, sagte sie. Was bedeutete schon eine weitere kleine Lüge nach den ganzen anderen?

Sie fuhren fast drei Stunden über eine lange, leere Autobahn durch die wilde Landschaft. Die ganze Zeit brüstete sich Tymo damit, weder schneller noch langsamer als erlaubt zu fahren, und Basil riss einen lahmen Witz nach dem anderen.

»Was haben eure Eltern denn eigentlich gemacht, dass sie festgenommen worden sind?«, fragte Devin und kraulte Gus gedankenverloren die Ohren.

»Sie haben gar nichts *gemacht*«, sagte Basil. »Sie haben nach unserer Tante Lily gesucht.«

»El Tiablo«, knurrte Tymo mit starrem Blick auf die Straße.

Devin zog die Augenbrauen zusammen. »Ist das ein

mexikanisches Gericht? Hat das eure Tante gemacht?«
Basil schüttelte den Kopf. »Nein, es ist ein Wortspiel – *Tia* bedeutet *Tante* und *el diablo* heißt *der Teufel*. Tymo hat das zusammengesetzt zu … *El Tiablo*!«
»Ist das wieder einer von deinen Witzen?«, fragte Devin neugierig.
»Nein«, sagte Basil entnervt. »Es ist schlicht die Wahrheit.«
Neben Devin krallte sich Gus mit den Klauen in den Ledersitz. Am Beben seines Mauls konnte Rose sehen, dass er sich krampfhaft bemühte, nicht zu reden, aber Devin dachte nur, dass der Kater nervös war und löste seine Krallen sanft aus dem Polster. »He, Katerchen, lass das mal. Das Auto ist nur geliehen.« Mit einem Blick auf Rose setzte er hinzu: »Dein Kater benimmt sich so komisch.«
»Beachte Gus einfach nicht«, sagte Tymo. »Ich glaube, er hat Elektroschocks gekriegt, ehe wir ihn adoptiert haben.«
Gus legte die Ohren an und schüttelte wütend den Kopf.
»Wow«, sagte Devin. »Er sieht fast so aus, als ob er das verstanden hat.«
»Schön wär's!«, sagte Basil zu laut. »Der Kater versteht nicht die Bohne!«

Gus fauchte und hob eine Pfote mit ausgefahrenen Krallen, als wolle er nach Basil schlagen.

»Jetzt sieht er aus, als ob er dir eine wischen will«, sagte Devin verblüfft.

»Genug gelabert, Jungs und Mädel – und Kater!«, sagte Tymo und mischte sich zum Glück ein, ehe Devin noch etwas fragen konnte. »Wir sind nämlich da!«

Kapitel 4
Tanz der Kellner

Was führte Tante Lily in der Hauptstadt der Vereinigten Staaten im Schilde?
Rose hatte schon oft im Fernsehen Bilder von Washington D.C. gesehen, aber in Natura war die Stadt viel beeindruckender. Die Gebäude waren hoch und weiß und stattlich, und über allem ragten der unvergleichliche Obelisk und die Kuppel des Kapitols.
Aber sie, Tymo, Devin und Basil waren nicht zum Sightseeing gekommen.
Tymo hielt vor einem glänzenden Glasgebäude, das sich über einen ganzen Block erstreckte. »Das ist die Adresse, die Chip bekommen hat.«
»Seht mal, da ist dieses Logo!« Basil deutete hinauf.

Fahnen hingen von den Außenwänden des Kongresszentrums, alle mit dem Logo KIKK. Unter dem Logo stand ausgeschrieben *Kongress für Internationale Kulinarische Kooperation.*

Mit entschuldigendem Blick sagte Rose: »Tja, Gus – wir müssen dich jetzt eine Weile im Auto lassen. Mach keinen Unsinn!«

»Ihr behandelt den Kater ja wie einen Menschen«, sagte Devin.

»Du hast ja keine Ahnung«, murmelte Rose und stieg aus.

»Warum ist die Luft so schlecht?«, sagte Basil. Es stimmte: Die Luft war drückend vor schwerer, schwüler Hitze.

»Dieses Wetter tut meinen Haaren aber *gar nicht* gut«, maulte Tymo und tätschelte seine Igelstoppeln. »Steh stramm, Haar.«

»Washington D.C. ist so feucht, weil es auf einem Sumpfgebiet gebaut ist«, sagte Devin, als sie die Stufen zum Eingang hinaufstiegen.

»Vielleicht ist das der Grund, warum Dad alle Politiker außerirdische Reptilien nennt«, sagte Basil.

Vor dem Eingang standen zwei Wachleute. Einer war ein bulliger Mann mit einem ausladenden, gezwirbelten Schnurrbart. Die andere Person war eine grimmige

Frau. Sie hatte die Haare so straff zurückgekämmt, dass ihre Augenbrauen sie aussehen ließen, als wäre sie die ganze Zeit sehr erstaunt.

»Stehenbleiben«, sagte die Frau. »Ihr müsst hier verschwinden.«

»Warum?«, fragte Rose und verschränkte die Arme. »Was ist denn das überhaupt für ein Kongress?«

»Weil, junge Dame, das hier das Jahrestreffen des KIKK ist!«, sagte der Schnurrbartmann näselnd. »Alle kulinarisch verantwortlichen Führungspersonen der Welt sind anwesend, sogar der Präsident der Vereinigten Staaten. Eine ganz große Sache. Heute Abend ist die Eröffnungsfeier, und morgen wird der Jubiläumskuchen angeschnitten. Sie haben eine ausgewählte Konditorin angeheuert, eine Meisterin, die eine Torte bäckt, wie sie noch keiner gesehen hat!«

»George, tu doch nicht so, als ob wir was davon abkriegen.« Die weibliche Wachperson verdrehte die Augen. »Wie auch immer, ihr müsst gehen, Kinder.«

»He!«, rief Basil. »Wir haben hier aber was zu tun, Ma'am. Unsere Eltern –«

»– warten wahrscheinlich schon auf uns«, unterbrach ihn Rose und schob ihre Brüder und Devin die Stufen hinunter. »Vielen Dank für die Information.«

Unter den Blicken der Türsteher kehrten die Vier auf

den Gehweg zurück. Beim Auto zog Rose ihre Brüder und Devin zu einem Kreis zusammen.

»Warum hast du mich unterbrochen?«, fragte Basil.

»*Weil*«, sagte Rose, »die ausgewählte Konditorin, die der Wachmann erwähnt hat – du weißt schon: die Meisterin! – … Tante Lily sein *muss*. Leute, sie serviert ihren Kuchen den *Anführern der Welt*.«

»Na und?«, sagte Devin. »Klingt doch nach einer großen Ehre. Was hat das alles mit euren Eltern zu tun?«

Rose hoffte, dass ihre Brüder es begreifen würden. Zu Hause hatte sie ihnen ja von den Gezeiten der Venus erzählt. Wie gefährlich diese Zutat war. Und welche Wirkung sie hatte. Und nun mussten sie erfahren, dass Lily vorhatte, die Torte mit genau dieser gefährlichen Zutat den mächtigsten Menschen der Erde zu servieren. Egal, in welch schlimmen Schwierigkeiten ihre Eltern steckten, Rose und ihre Brüder mussten erst mal Tante Lily außer Gefecht setzen.

»Sie will all diese Menschen zu ihren Marionetten machen.«

»Wer?«, fragte Devin. »Was für Marionetten?«

»Das ist ja noch schlimmer als der *30 Minuten Zauber mit Lily*!«, sagte Tymo mit einem leisen Pfiff.

»Eher wie *30 Minuten fauler Zauber*«, sagte Basil.

Rose lächelte trotz des schlechten Kalauers. Ihre Brüder verstanden, was auf dem Spiel stand.

Im Gegensatz zu Devin. »Ich raff's nicht«, sagte er. »Marionetten? Und was soll an einer *Torte* so schlimm sein?«

»Du musst uns einfach vertrauen«, sagte Rose zu ihm. »Es steht wirklich schlimm. Wir *müssen* Lily daran hindern, die Torte zu backen. Auch wenn wir dadurch unsere Eltern leider warten lassen müssen.«

Devin runzelte die Stirn. »Natürlich vertraue ich euch. Aber wie wollt ihr sie aufhalten, wenn wir nicht mal in das Kongresszentrum kommen? Das ist doch aussichtslos!«

Tymo lehnte sich an das Cabrio und setzte die Sonnenbrille auf. »Nichts ist aussichtslos, wenn *mi hermana* dabei ist.«

»Wir kommen rein, weil wir rein *müssen*«, sagte Rose und starrte zu dem riesigen Glaspalast hoch. »Ich bin eine Meisterbäckerin, und mich können keine Wachen und verschlossenen Türen aufhalten.«

Devin pfiff leise. »Rose, seit wann bist du so taff?«

»*Miau*«, machte Gus, als sie das Auto abschlossen. »Miau? Miau! Miiiieeee-auuu.«

»Pscht, Katerchen.« Basil hielt Gus in beiden Armen

wie ein Baby. »Wir versuchen uns unauffällig zu verhalten.« Der Kater machte ein großes Theater und miaute, schlug mit den Pfoten um sich und drehte den Kopf hin und her.

Während Rose einen Plan zu entwickeln versuchte, wie sie in das Kongresszentrum kommen könnten, und während Devin ihr dabei zusah, fingen ein paar vorbeigehende Touristen an, mit den Handys Videos von dem rundlichen rothaarigen Jungen mit seiner panisch zappelnden Katze zu machen. Angeregt durch seine Sonnenbrille tat Tymo so, als sei er Basils Bodyguard.

»Hier gibt's nichts zu sehen, Leute«, sagte er. »Nur ein Junge, der mit seinem dicken Kater ringt! Das ist hier in den USA was ganz Alltägliches und Normales!«

Plötzlich reckte Gus den Kopf hoch. Seine Nase zuckte.

»Fisch!«

Devin fuhr herum. »Hast du gerade was gesagt?«, fragte er Basil.

»Jep, hab ich!«, erwiderte Basil. »Bin immer noch dran, meinen Slang zu verbessern.« Er deutete auf einen Lieferwagen, der in der Nähe stand, und sagte: »Foiner Fisch. Vielleicht hammse ja auch Chips, Kumpel!«

»Du schaffst das einfach nicht mit dem britischen Zungenschlag«, sagte Devin. »Das war sogar noch schlechter als in der Bäckerei.«

»Danke!«, sagte Basil. »Aber das mit *Fish and Chips* sollte kein Scherz sein. Hat sonst noch jemand Hunger?«

Rose machte sich den Moment zunutze und steckte Jacques in die Tasche ihrer Shorts.

»Wie unwürdig!«, sagte Jacques verschnupft und machte es sich bequem.

»Pscht!«, warnte ihn Rose. Mit einem Blick auf den Lieferwagen fügte sie dann hinzu: »He Leute – ich hab 'ne Idee. Kommt mit.«

Es war ein langer weißer Lieferwagen. Ein steter Strom von Servicekräften kam und holte Schachteln voller Lebensmittel heraus – einschließlich des Fischs, den Gus gerochen hatte. Sie schoben große Rollgestelle, die mit Tabletts beladen und mit Plastikfolie umkleidet waren, vor sich her. Die Prozession der Lebensmittel und Speisen bewegte sich um das Kongresszentrum herum auf den Hintereingang zu.

Beaufsichtigt wurden die Servicekräfte von einem großen, schlanken Mann in schwarzer Hose und schwarzem Rollkragenpullover, der Daumen und Zeigefinger unter das Kinn gelegt hatte. Sein dunkles Haar war in der Mitte gescheitelt und glänzte wie die Plastikhaare eines LEGO-Männchens, und auf seiner Nasenspitze saß eine Sonnenbrille mit kreisrunden Gläsern. »Ach, wir sind so hinter der Zeit her!«, jammerte er mit einem seltsamen Akzent. »Es ist einfach unmöglich, gutes Personal zu finden!«

»Nichts ist unmöglich, wenn man Phantasie hat«, sagte Tymo, der sich mit Rose, Devin und Basil näherte.

»Was? Wer seid ihr? Verschwindet!« Der Mann ging, während er sprach, auf und ab, und seine langen Beine trugen ihn so graziös, als tanze er auf einer Bühne. »Ein halbes Dutzend der Servicekräfte sind nicht gekommen! Nur wegen eines verrückten Paars mit einem blauen mit Hühnerdraht umwickelten Einmachglas.«

»Mom und Dad«, sagte Basil, doch Rose gebot ihm, den Mund zu halten.

»Wir haben keine Angst vor Einmachgläsern«, sagte Tymo. »Oder?«

»Einmachgläser?« wiederholte Basil. »Natürlich nicht. Wie sollten wir sonst jemanden einmachen?«

»Und gegen Hühnerdraht haben wir auch nichts.« Devin warf einen Blick auf die Glyck-Kids. »Ich *liebe* Hühner.«

Der Mann zog die dicken Augenbrauen hoch. »Ihr seid allesamt seltsam«, sagte er. »Und sehr klein. Was wollt ihr?«

»Die Agentur schickt uns«, sagte Rose, trat vor und streckte die Hand aus.

»Die Agentur?« Der Mann schüttelte den Kopf. »Ich habe keine Agentur beauftragt …«
Rose überlegte schnell und sagte: »Das war Lily Le Fay – sie hat nach uns verlangt.«
»Ah, die Konditorin!«, sagte der Mann, dem es zu dämmern schien. »Ihr seht ein wenig jung aus, aber das muss wohl gehen.«
Aus dem Inneren des Lieferwagens holte er vier weiße Hemden, vier Paar schwarze Hosen und vier pinkfarbene Fliegen. »Eure Uniformen«, sagte er und reichte den Kindern die Sachen. Bei Basil blieb er stehen, riss die Augen auf und deutete auf Gus. »Dieses Viech darf aber *nicht* in den Küchenbereich! Stellt euch bloß mal vor, wenn die Präsidentin von Uganda ein Katzenhaar in ihrem doppelt gedämpften Barsch finden würde!« Er schauderte. »Den müsst ihr auf der Stelle entfernen.«
»Kein Problem, Boss«, sagte Basil. »Wir haben ihn entdeckt, wie er dem Fischgeruch aus dem Wagen nachgeschnüffelt hat. Ich bring ihn eine Straße weiter.«
Gus' Ohren zuckten hin und her, aber er wehrte sich nicht, als Basil ihn außer Sichtweite um den Lieferwagen herum trug.
Der Mann seufzte tief auf und rieb sich die Nasenwurzel. »Darf ich mich vorstellen? Ich bin Sir Zsigismond, der *Maestro de Service* für diese Veranstaltung.«

»Sir *was?*«, fragte Devin.

»Zsigismond«, wiederholte der Mann. »Das ist Ungarisch.«

»Können Sie das noch mal im Ganzen wiederholen?«, bat ihn Tymo.

»Ja«, erwiderte der Mann. »Mein Name ist *Sir Zsigismond,* und ihr seid mir unterstellt.« Er faltete die Hände hinter dem Rücken. »Ich erwarte absolute Professionalität. Ihr redet nur, wenn ihr angesprochen werdet, lächelt, wenn der Herzog von Herzegowina sich über eure Frisur lustig macht, und ihr bittet die Gäste nie, *niemals* um Autogramme oder« – er schauderte – »um Selfies.« Mit gerunzelter Stirn blickte er die Straße entlang und fragte: »Wo ist der Junge mit der Clownsfrisur abgeblieben?«

»Hier bin ich!« Basil kam angerannt. Auf dem Kopf trug er eine ausladende weiße Kochmütze. Während Basil sich verbeugte, bewegte sich die Mütze etwas. Rose vermutete, dass darunter Gus steckte, der sich ungemütlich in Basils Haarnest klammerte.

»Und du«, sagte Zsigismond zu Tymo, »nimm die Sonnenbrille ab. Du bist doch kein Promi.« Tymo reagierte, als habe er eine Ohrfeige bekommen, und Zsigismond lächelte zum ersten Mal, seit sie ihm begegnet waren. »Und nun – ab in den Küchenbereich. Folgt mir!«

Sir Zsigismond führte sie einen langen Gang entlang. Ein Stimmenmeer schwoll an, bis sie durch eine weitere Tür kamen und in der größten Küche landeten, die Rose seit ihrer Gefangenschaft im Greatcake-Snack-Gebäck-Konzern gesehen hatte.

Schimmernde silbrige Backöfen und Kühlschränke standen an den Wänden zu beiden Seiten des Raumes, und im Mittelgang waren Reihen von Edelstahltischen und Kochfeldern. Hunderte von Köchen aller Nationalitäten schnitten Gemüse in Lichtgeschwindigkeit, andere zerhackten Hühnerknochen oder rührten in riesigen Töpfen, die auf den Kochfeldern blubberten.

Der Traum eines Meisterkochs.

Nur schade, dass sie in einem Glyck-Albtraum steckten.

»Hier geschehen die Zauberwunder!«, rief Sir Zsigismond durch das Stimmengewirr und den Küchenlärm. »Die besten Köche aus aller Welt sind hier!«

»Mann, Mann«, sagte Basil, dem praktisch das Wasser aus dem Mund tropfte. »Wann gibt's denn was zu essen?«

Zsigismond schob sie zu einer Seitentür, die in einen düsteren Raum führte. »Kantine und Pausenraum des Personals«, erklärte er. Auf dem Tisch standen Wasserflaschen und Tüten mit Salzkräckern.

»Mehr kriegen wir nicht?«, fragte Devin und stupste gegen eine der Kräckertüten.
»Ihr bekommt natürlich ein Abendessen«, sagte Zsigismond und massierte sich die Stirn. »Wir sind doch keine *Monster.* Aber das Bankett ist nicht für Leute wie euch!« Er deutete auf eine Wand mit grünen Schließfächern. »Hängt eure Uniformen da drin auf, bis es Zeit ist zum Umkleiden. Ihr wollt doch die feinen Leinensachen nicht schmutzig machen.«
»Wenigstens könnten sie uns ein bisschen Käse zu diesen Kräckern geben«, murmelte Tymo, während sie ihre Hemden, Hosen und Fliegen in den Schließfächern verstauten. »Wir sollten die Agentur anrufen und uns über diese Arbeitsbedingungen beschweren.«
»Es *gibt* doch keine Agentur«, erinnerte ihn Rose.
»Aber Sir Zsigismond hat gesagt –«
»Wir sind doch keine *richtigen* Kellner«, zischte Rose. »Das weißt du doch!«
Tymo sah einen Moment nachdenklich aus. »Ach so, klar.«
Sir Zsigismond führte sie durch die Hauptküche zu einer geschlossenen Metalltür. »Das ist der Raum, in dem die Desserts auf die Teller kommen. Den dürft ihr unter keinen Umständen betreten.«
Alle vier nickten.

»Weiter geht's!« Zsigismond geleitete sie in die andere Richtung durch eine Schwingtür mit zwei runden Fenstern.

Rose warf einen Blick zurück. Das war also die Backstube. Hatte sich Lily dort versteckt? Ein paar Köchinnen kamen und gingen, während Rose die Tür beobachtete, aber keine sah wie ihre Tante aus.

Sie betraten einen riesigen Bankettsaal. Kristallkronleuchter hingen von der Decke. Sie glitzerten wie riesige Diamanten über einer kleinen Armee von Kellnern, die steife, weiße Tischdecken auf Tafeln ausbreiteten. Über den Tafeln hingen die leuchtend bunten Fahnen der verschiedenen Teilnehmernationen, und über der Bühne in der Mitte des Saals hing ein Transparent mit der Aufschrift: *KIKK – Wir lösen die Probleme der Welt, indem wir sie aufessen!*

»Hier werdet ihr unsere Gäste bedienen«, sagte Zsigismond mit einem Blick durch den Saal. »Stumm. Ohne Blickkontakt. Und ich wiederhole noch mal, *keine Selfies.*«

»Dann geht es bei diesem Event also darum, dass berühmte Leute schmausen?«, fragte Devin.

Sir Zsigismonds Hand flatterte schockiert an seine Brust. »Lieber Junge, *nein.* Beim *Kongress für Internationale Kulinarische Kooperation* treffen sich die Anführer aus der ganzen Welt. Sie diskutieren die Möglichkeiten, Gesundheitsprobleme durch den kulturellen Austausch kulinarischer Geheimnisse in den Griff zu kriegen.« Er lächelte verträumt. »Sie tun wundersame Arbeit. Und wir – wir spielen darin eine Rolle! Wir sind Darsteller in der Darbietung eines gastronomischen Events historischen Ausmaßes!«

Basil verzog das Gesicht. »Das ganze Essen ist also *gesund?*«

»Ah, keine Angst, kleiner Kellner«, sagte Sir Zsigismond. »Gesund kann auch delikat sein. Warte nur, bis du die Überraschung siehst, die als Dessert aufgetragen wird.« Er rückte seine Brille zurecht. »So, und ihr seid natürlich mit dem Service-Ballett vertraut?«

»Äh«, sagte Tymo.

»Hmm«, sagte Basil, wandte den Blick ab und scharrte ungemütlich mit den Füßen.

»Aber *natürlich.*« Rose zwang sich zu einem unschuldigen Nella-Lächeln. »Wer kennt nicht das Kellner-Ballett?«

Zsigismond sah sie skeptisch von oben herab an. »Mehr Leute, als du vermuten würdest. Mein Eliteteam an Oberkellnern trainiert seit Jahren, um die Choreographie immer weiter zu verfeinern.«

»Um genau zu sein«, sagte Devin mit einem Blick

auf Rose, »sind meine Tanzkenntnisse ein bisschen eingerostet. Könnte ich eine kurze Auffrischung bekommen?«

Sir Zsigismond warf einen Blick auf seine Armbanduhr. »Ich nehme an, der Maestro kann etwas Zeit erübrigen, um die Choreo mit euch nochmals durchzugehen.«

Er scheuchte Kellner aus dem Weg und führte die Kinder an einen Tisch. Rose, Tymo, Basil und Devin sahen zu, wie Zsigismond so tat, als würde er ein Tuch über den einen Arm werfen, dann hob er den anderen Arm, als würde er ein unsichtbares Tablett balancieren, und drehte sich schließlich in gekonnten Pirouetten von Gedeck zu Gedeck. »Ihr müsst zu einer unsichtbaren inneren Uhr mitzählen«, wies Zsigismond sie an. »Eins, zwei drei, vier – Verbeugung, zwei, drei, vier. Nun du«, sagte er zu Devin.

Roses Herz schlug ein bisschen schneller, als sie beobachtete, wie Devin es Zsigismond gleichtat. Er stellte sich überraschend geschickt an, fast, als ob er sich auskannte.

»Bravo!«, sagte Zsigismond zum Schluss. »Du hast Talent. Aber nun muss ich los.«

Basil bewegte die Arme und versuchte die Bewegungen nachzumachen. »Wenn meine Komikerkarriere nichts

wird, kann ich vielleicht Tänzer werden. Ich bin ein Naturtalent!«
»Hmm«, machte Tymo. »Eher 'ne Natur*katastrophe.*«
Basil zuckte zusammen bei Tymos Spott, aber ehe Rose ihrem jüngeren Bruder Mut zusprechen konnte, kam die erstickte Stimme von Gus unter Basils Kochmütze hervor. »Hör mit dem elenden Gedrehe auf! Ich versuche zu schlafen!«
Sir Zsigismond, der schon ein paar Schritte weiter war, drehte sich um. »Mit meinem *elenden Gedrehe*?«
Basil schluckte. »Nein, äh, ich sagte, dieses Tanzen sei ein elegantes Schweben.«
»Hrrmpf!«, sagte Sir Zsigismond unbeeindruckt. »Nur kurz noch die Vorspeisen-*Jetés*!« Er machte lange Sprünge zwischen den Tischen wie eine menschliche Gazelle, setzte gestreckten Fuß um gestreckten Fuß auf und nahm nie den rechten Arm herunter. Dann tanzte er über den Boden des Bankettsaals davon.
Tymo erhob sich auf die Zehenspitzen und ließ sich wieder herunter. »Ich glaube, ich bin bereit, den einen oder anderen Schritt zu lernen, wenn es hilft, die Welt zu retten oder was auch immer.«
Jacques piepste aus Roses Hosentasche: »Ist die Luft rein? Kann man mich aus meinem Taschengefängnis befreien?«

»Entschuldige, Jacques, noch nicht ganz«, sagte Rose leise. Ein Schwarm Kellner stob vorbei, und am Ausgang zur Lobby entstand auf einmal ein Tumult. Die Luft war von Stimmen erfüllt.

»Wir sind immer noch umzingelt, aber wir suchen bald ein Plätzchen, wo wir dich rauslassen können.«

»Das waren ein paar tolle *Grands Jetés*!«, rief Basil Sir Zsigismond nach und streckte die Daumen in die Luft.

Plötzlich rief eine Stimme durch den Raum: »Das Daumenzeichen!«

Basil blieb mit erhobenen Daumen stehen. »Das Daumenzeichen?«

»Da ist er!« Die Wachen von der Eingangstür und ein halbes Dutzend weiterer Wachen rasten durch den Raum. Sie schoben einen Rollstuhl mit einer in Schottenkaro gekleideten Schaufensterpuppe.

Direkt auf Rose und ihre Brüder zu.

Ehe Basil seine Daumen herunternehmen konnte, waren die Kinder von den Wachen umringt.

Der schnurrbärtige Wachmann vom Eingang, George, schnauzte: »Hast du *wirklich* geglaubt, dass du dich unter einer Kochmütze verstecken kannst? Dass du hier einfach reinplatzen kannst, ohne dass dich jemand erkennt?«

Rose hatte das Gefühl, die Fliesen unter ihren Füßen würden nacheinander weggezogen und sie würde in ein tiefes, dunkles Loch fallen. Sie waren erwischt worden. Jetzt schon.
Und aus ihrer Tasche zischte Jacques: »Unsere Tarnung! Ist geplatzt!«

Kapitel 5
Die Maus im Baiser

»Aus dem Weg!«, schrie eine Stimme, die Rose ganz stark an Mrs Carlson erinnerte. »Lasst ihn mich sehen!«

Die Kellner und Wachleute wichen zurück und machten den Mittelgang frei. Am einen Ende stand Basil; am anderen waren ein halbes Dutzend gedrungene, bärtige Männer in Schottenröcken und Schärpen und vor ihnen die Gestalt in dem Rollstuhl.

Rose konnte jetzt sehen, dass es keine Schaufensterpuppe war, sondern stattdessen eine sehr alte Frau in Schottenkaros. Ihr Gesicht sah würdevoll aus, aber ihre Haut war gegerbt wie altes Leder und ihre Augen rund wie zwei stumpfe Murmeln. Ihr rot-grün-karier-

tes Kleid bauschte sich von der Taille abwärts und bedeckte den Rollstuhl vollständig, so dass sie wie auf einer Wolke zu gleiten schien.
Dicke fette Tränen quollen ihr aus den Augen. »Das feuerrote Haar!«, schluchzte sie. »Die fast durchscheinende Haut! Die unglückseligen Sommersprossen all überall! Es könnte kein anderer sein!«
Zwei ausdruckslose Männer mit Sonnenbrillen packten Basil an den Ellbogen und zogen ihn vor.
»Hände weg!«, wehrte sich Basil und zappelte. »Ich kenne meine Rechte!« Er sah sich nach Rose um. »Ich *hab* doch Rechte, oder?«
Die Männer mit den Sonnenbrillen ließen Basil vor den Füßen der königlichen alten Frau los. Ihre Unterlippe schien eine volle Minute lang zu beben, dann sagte sie: »Du bist endlich wieder zurück!«
Basil rief etwas, aber sein Rufen wurde erstickt, als ihn die Frau in die Falten ihres Kleides riss.
»Wahnsinnig kräftig für 'ne alte Dame in einem Rollstuhl«, murmelte Tymo.
»Geben Sie uns unseren Bruder zurück!«, schrie Rose und stürzte auf sie zu.
Sie wurde sofort von drei lächelnden Frauen in Hosenanzügen daran gehindert. Sie sahen fast wie eineiige Drillinge aus – alle drei hatten sie schwarze Haare, die

zu Pferdeschwänzen gebunden waren, und Brillen mit schwarzem Gestell.

»Hi, tut uns so leid«, sagte die erste mit einem Achselzucken, »aber das ist nicht dein Bruder.«

»Doch, ist er –«, sagte Rose.

»Nein, tut uns echt leid«, sagte die zweite Assistentin. »Du bist wohl ein bisschen durcheinander. Passiert Kindern schon mal.«

Die dritte sagte: »Er ist *in Wirklichkeit* der lang vermisste Sohn des O'Malley-Clans.« Mit einer Handbewegung deutete sie auf die Männer in Schottenröcken.

»*Sie* sind wohl durcheinander«, sagte Rose. »Das ist mein kleiner Bruder Basil. Ich glaube, ich wüsste es, wenn er irgendein O'Malley wäre. Er ist ein Glyck.«

»Die Haare! Die Haare sind unverkennbar«, sagte die erste Assistentin.

»Und vergiss nicht das Daumenzeichen!«, meldete sich die zweite Assistentin zu Wort.

»Er ist *zweifelsohne* der vermisste O'Malley-Erbe«, ergänzte die dritte und drehte sich nach Basil um, der jetzt wie ein Baby in den Armen der alten Dame lag. »Lang vermisst … und nun endlich gefunden.«

»Wie hat der O'Malley-Clan denn einen Sohn verlieren können?«, fragte Tymo. »Einen Menschen verlegt man doch nicht wie ein Handy, oder?«

Die dritte Assistentin ließ ihre weißen Zähne aufblitzen und sagte: »Es war tragisch.«
»*Überaus* tragisch«, warf Assistentin Nummer zwei ein.
Die Männer in den Kilts murmelten alle »tragisch!« vor sich hin.
»Seamus O'Malley und seine Familie wurden verbannt, nachdem sie versuchten, die traditionellen Familienkaros zu verändern«, erklärte die dritte Assistentin.
»Es war ein Skandal.« Assistentin Nummer eins schauderte. »Gefolgt von einer Tragödie.«
»Wie traurig«, sagte Devin.
»Pflichte ihnen nicht auch noch bei!«, fuhr Rose ihn an, dann setzte sie an die Assistentinnen gerichtet hinzu: »Das müssen Sie uns schon noch mal genauer erklären!«
»Eines Abends«, begann Assistentin Nummer drei, »lagerten Seamus und seine gesamte Familie an den Ufern von Loch Lappish. Ein Geißbock kam herbei, angelockt von dem unwiderstehlichen Klagen der Dudelsäcke. Er suchte eine Partnerin; stattdessen fand er die O'Malleys vor.« Sie ließ den Blick sinken. »Ich kann nicht weitererzählen.«
»Ich übernehme!«, sagte Assistentin zwei. »In seiner Wut stieß der Geißbock die gesamte Familie mit den

Hörnern zu Tode.« Mit perfekt manikürten Fingern deutete sie auf Basil. »Alle mit Ausnahme von Seamus junior. James verschwand an diesem Tag und wurde nie mehr gesehen. Genau wie die Zarenprinzessin Anastasia, nur, dass er ein Junge war.«

Assistentin Nummer drei fuhr mit der Hand über ein iPad, das sie aus dem Mantel gezogen hatte, und lud eine Klatschseite auf das Display. In einer fetten Schlagzeile stand da: *Baby Seamus endlich gefunden?* Darunter war ein Foto von Basil, das erst kürzlich gemacht worden war: Er stand vor dem Kongresszentrum und kämpfte mit Gus. Rose konnte sich an die Leute erinnern, die ihn fotografiert hatten, und stöhnte auf.

»Man hat ihn sofort erkannt«, sagte die Assistentin. »Er sieht genau aus wie sein Vater in dem Alter. Und als er jetzt noch den berühmten O'Malley-Daumen hochgehalten hat, war es endgültig bewiesen.«

»O Mann«, sagte Tymo leise. »Vielleicht ist Basil gar nicht unser Bruder … das würde eine Menge erklären. Seinen Sinn für Humor. Warum er keine Freundinnen hat.«

Rose wollte gerade etwas einwenden, als aus allen Richtungen Blitzlichter aufleuchteten und sie blendeten. Eine Handvoll Reporter war in den Bankettsaal gestürzt, und alle schrien durcheinander. »Lächle in die

Kameras, Baby Seamus!«, rief einer. »Was trägst du für Labels?«, wollte ein anderer wissen. »Sag uns, bist du von Bergbewohnern entführt worden?«

Basil strampelte sich aus der Umarmung dar alten Frau los, rückte seine Kochmütze gerade und blickte in die vielen Gesichter, die ihm zugewandt waren. Der Saal wurde still, man wartete gespannt auf seine Antwort.

Rose erwartete, dass ihr Bruder den Fehler aufklären würde. Er musste ja nur sagen, dass er ein Glyck sei und mit den O'Malley-Leuten kein bisschen verwandt und dass alles ein riesiges Missverständnis sei. Dann würden sie gemeinsam zu ihrem wahren Auftrag zurückkehren können – Tante Lily aufzuhalten und ihre Eltern zu retten.

Aber als Rose Basils Gesichtsausdruck wahrnahm, krampfte sich ihr Magen zusammen. »O nein.«

»Was denn?«, fragte Tymo.

Ein riesiges Grinsen breitete sich auf Basils Gesicht aus. Endlich einmal schenkte man ihm Beachtung.

»Basil hat mit einem Mal ein großes Publikum vor sich«, erklärte Rose. »Und er ist begeistert.«

Basil hob wieder die Daumen und sagte mit einem Augenzwinkern: »Genaugenommen hat mich der *Geißbock* entführt.«

Die Menge stöhnte auf, und die Fotografen stürzten

vor. Die drei Assistentinnen rannten zu der alten Frau, um sie zu schützen, und das Security-Team hielt die Paparazzi zurück.

»Beschützt den Erben!«, rief einer der Wachen. »Sichert den Schauplatz!«

Wachen, Fotografen, die Königin im Rollstuhl und ihr restliches Gefolge – alle stürzten in einem lauten, chaotischen, verschwommenen Wirbel auf die Ausgänge zu – und zogen Basil mit sich. Rose konnte noch so eben die Spitze seiner Kochmütze sehen, die über dem Tumult hin und her wankte. Bestimmt war Gus da oben auf Basils Kopf völlig krank vor Panik.

»Sie haben unsere ganze Arbeit ruiniert!«, klagte Sir Zsigismond. »Die Böden? Verdreckt. Die Wände? Verschmiert. Alles ist schmutzig, schmutzig, schmutzig – und das ausgerechnet heute!«

»Was zum Teufel ist da gerade abgelaufen?«, fragte Devin. »Wie sollen wir deinen Bruder zurückkriegen *und* deine Eltern retten *und* deine verrückte Tante Lily stoppen?«

Rose konnte Basils Stimme immer noch aus der Ferne hören. »Und da sagte ich zu dem Geißbock: *Nicht beim Barte meines Kinns!* Versteht ihr? Weil Ziegen doch einen Bart haben!« Die Menge grölte vor Lachen.

Rose wollte ihrem Bruder eigentlich nachlaufen und

ihn auffordern, die Menge aufzuklären. Aber gleichzeitig machte sie sich riesige Sorgen wegen des hinterhältigen Plans von Tante Lily mit den Gezeiten der Venus. War nicht Lily das dringender zu lösende Problem?
»Ich glaube, Basil kommt erst mal allein zurecht«, sagte sie und versuchte, überzeugt zu klingen. »Er genießt es doch, und er hat Gus –« Schnell schloss sie den Mund, als sie merkte, was sie da gesagt hatte.
»Wer ist Gus?«, fragte Devin. »Halt mal, du meinst euren *Kater*?«
»Äh, nein, nicht *den* Gus«, sagte Rose schnell. »G. U. S.«
»Das ist wie ein GPS«, sagte Tymo, »aber eines, das *uns* findet. Wir haben einen Tracker drin.«
Devin sah Rose von der Seite an. Er glaubte ihr kein Wort. »Wenn ihr das sagt.«
Tymo schüttelte den Kopf. »Ich weiß einfach nicht, warum sie ausgerechnet Basil für ihren lang vermissten Erben halten. Ich bin doch viel prinzlicher. Also, seht mich doch an.« Er stemmte die Hände in die Hüften, reckte die Schultern und starrte blasiert in die Ferne.
»Rose«, sagte Devin. »Ich meine das jetzt ganz lieb: Deine Familie ist schon ziemlich abartig.«
Nachdem sich der Tumult gelegt hatte, kehrten die Kellner an die Arbeit zurück.
»Wir müssen Tante Lily finden, solange es möglich

ist«, sagte Rose. »Bisher habe ich sie noch nirgends entdeckt.«

»Vielleicht ist sie in der Backstube und macht die große Torte?«, schlug Devin vor.

»Nein!«

Die drei Kinder fuhren zusammen.

Sir Zsigismond stand mit verschränkten Armen dicht hinter ihnen.

»Uff!«, sagte Tymo. »Sie können sich ja vielleicht anschleichen.«

»Ein Maestro muss während des Bedienens wie aus dem Nichts auftauchen können – damit er die Gäste nicht stört. Deshalb bin ich der Beste der Welt.« Er machte eine wegwerfende Handbewegung. »Aber das tut jetzt nichts zur Sache. Ich habe euer Gespräch gehört. Ihr dürft auch nicht nur in die Nähe dieser Torte! Nicht mal die anderen Bäcker und Konditoren dürfen sie sehen. Drei Kellner, die noch Teenager sind? Ihr könnt euch glücklich schätzen, dass ihr im Saal bleiben dürft, wenn sie morgen bei der Feier von oben herabschwebt.«

Tymo stieß einen Pfiff aus. »Vom Himmel?«

»So in der Art. Am Höhepunkt des Abends, nachdem sich die Gäste an Unmengen von üppigen Gaumenfreuden gütlich getan haben, wird die Torte enthüllt. Locker und weiß wie eine Wolke, angestrahlt von einem goldenen Scheinwerfer, wird sie herunterschweben …« Sir Zsigismond deutete auf eine Öffnung in der Wand neben den Schwingtüren zur Backstube. »… in diesem Speiseaufzug.«

Hinter einer Luke in der Wand befand sich eine Art Mini-Paternoster. Er war viel größer als die Speiseaufzüge, die Rose bisher gesehen hatte – die meisten waren so klein, dass gerade mal eine große Platte mit Essen hineinpasste. Dieser hingegen war so groß, dass sie vermutete, sie und Devin würden zusammen hineinpassen, wenn sie beide nichts dagegen hätten, dass es ein bisschen eng würde.

»Es wird ein umwerfendes Finale!« Sir Zsigismond tupfte sich die Stirn mit einem Leinentaschentuch ab. »Aber genug gebummelt jetzt. Geht und zieht eure Uniformen an, und kommt heraus, wenn die Glocke ertönt.«

Der große Mann entfernte sich schlenkernd und gab den anderen Kellnern im Bankettsaal Anweisungen.

»Wir sabotieren also den Speiseaufzug, was?«, sagte Tymo und spielte anzüglich mit den Augenbrauen.

»Klarer Fall«, sagte Rose und ging auf den Mini-Paternoster zu. »Jetzt wissen wir, warum wir Lily nicht gesehen haben. Ihre Backstube muss da oben sein, wo der

Speiseaufzug hinfährt.« Ein Plan, so empfindlich wie ein Soufflé, ging in ihrem Kopf auf, aber den konnte sie nicht mit Devin teilen. »Es wird zu auffällig, wenn wir zu dritt hier herumspionieren. Warum geht ihr zwei euch nicht schon mal umziehen, und ich komme in einer Minute nach?«

»Ich kenn mich gut mit technischen Dingen aus«, sagte Devin. »Wenn du ihn sabotieren willst, kann ich behilflich sein.«

Das stimmte natürlich. Devin kannte sich traumwandlerisch gut mit allen Arten von Maschinen aus. Aber Rose brauchte jetzt jemanden, der unauffällig war, jemanden, der auch etwas von Magie verstand.

Jemanden, den sie in Devins Gegenwart nicht befragen konnte.

Rose drückte ihm die Hand. »Ich hab's im Griff. Keine Sorge.«

Tymo führte Devin in die Küche zurück. »Vertrau *mi hermana*. Sie hat *mucho mojo*.«

Rose stieß zitternd die Luft aus. Devin beargwöhnte inzwischen alles, was sie tat oder sagte, und warum auch nicht? Rose schwindelte ihn fast die ganze Zeit an. Das war der Preis, den sie zu zahlen hatte, um die Welt vor Lilys magischer Tyrannei zu retten: Es waren nur ein paar kleine Lügen, wenn auch gegenüber jemandem, der für Rose zu den wichtigsten Menschen der Welt gehörte.

Aber das war noch nicht das Schlimmste: Sosehr sie hasste, es zugeben zu müssen: Als Devin außer Sichtweite – und ihr vom Leibe – war, fühlte Rose *Erleichterung*. Er war ihr im Weg. Er hätte nie mitkommen dürfen!

Eine erstickte Stimme ertönte aus ihrer Hosentasche. »Ich habe vergessen, wie es aussieht: das Sonnenlicht.«

»Ach Jacques, tut mir furchtbar leid.« Rose zog die Maus heraus und hielt sie in der gewölbten Hand. Jacques lief in kleinen Kreisen zwischen ihren Fingern umher.

»Frische Luft! Endlich!« Mit zuckenden Barthaaren schnupperte er herum. »Was ist das für ein Duft? Der von frischem Baguette? *Mon dieu*, bin ich hungrig!«

»Du kannst später was essen«, sagte Rose. »Vorerst habe ich einen sehr wichtigen Auftrag für dich.«

Jacques verbeugte sich und beschrieb mit der Pfote einen Schnörkel. »Zu Diensten, Mademoiselle.«

Rose setzte ihn sanft auf den Boden des Speiseaufzugs. »Ich schicke dich da hinauf, wo das Ding hinfährt. Ich glaube, es ist Tante Lilys Backstube. Untersuche den

Ort, dann komm zurück und berichte über alles, was du gesehen hast.«

»Oui!«, sagte Jacques, legte den Kopf zurück und spähte in die Dunkelheit über ihm. »Ah, Tante Lily ausspionieren für die Familie Glyck. Wie in alten Zeiten.«

Rose drückte auf den AUFWÄRTS-Knopf in der Wand, und zwei silbrige Türen glitten mit einem leisen Zischen zusammen. Ein hohes Sirren erklang, als der Mini-Aufzug im Dunkel verschwand und Jacques in Lilys Geheimküche brachte, wo sie höchstwahrscheinlich die gefährlichsten Backwaren ihres Lebens buk.

»Sei vorsichtig«, warnte sie ihn noch. *Ich habe schon Basil und Gus auf dieser Reise verloren; ich kann dich nicht auch noch verlieren.*

Rose eilte an Dutzenden von Köchen vorbei, als sie den Weg durch die geschäftige Küche nahm. Da alle Öfen und Herde auf Hochtouren liefen, war sie verschwitzt und mit einer dünnen Schicht Fett überzogen, bis sie ihren Bruder und Devin vor dem Pausenraum erreichte. Beide hatten bereits ihre weißen Hemden mit den pinkfarbenen Fliegen und ihre schwarzen Hosen ausgezogen, und Rose konnte nicht umhin festzustellen, dass Devin besonders süß aussah.

Und *verschnupft*. Seine Lippen waren zu einer festen Linie zusammengepresst.

»Alles in Ordnung«, sagte sie. »Der Speiseaufzug ist außer Gefecht. Als Nächstes müssen wir –«

»Hast du die Räder blockiert? Die Drähte durchgeschnitten?« Devin verschränkte die Arme. »Die Gegengewichte entfernt?«

»Nichts dergleichen«, sagte Rose und versuchte, seine finstere Miene zu übersehen. Ihr Vorrat an Lügen ging allmählich aus. »Was anderes.«

»Wie, *was anderes?* Woher weißt du, dass es klappt?«

Rose gefiel der Ton seiner Stimme nicht, ganz und gar nicht. »Du brauchst nur zu wissen, dass alles nach Plan läuft«, sagte sie zwischen zusammengebissenen Zähnen.

»Was für ein Plan soll das sein?«, fragte Devin. »Ich erinnere mich nicht, dass wir einen Plan gemacht haben. Du, Tymo?«

»Ich muss mich umziehen«, sagte Rose. Devin vermied es, sie anzusehen, als sie an ihm vorbei in den Pausenraum ging, wo sie in ihre Uniform schlüpfte und die rosa Fliege umband. Als wie wieder herauskam, hatte Devin sich ein wenig beruhigt.

Er sah zu Boden. Seine blonden Fransen fielen ihm übers Gesicht. »Tut mir leid. Ich würde alles vielleicht besser verstehen, wenn ihr mich einweihen würdet, was eigentlich los ist.«

»Ich verspreche, dass ich dir alles erkläre«, sagte Rose, obwohl sie wusste, dass sie das Versprechen nicht halten konnte. »Aber wir haben jetzt keine Zeit. Das Essen findet schon in ein paar Stunden statt, und wir haben bis dahin eine Menge zu erledigen.«

»Dann gib mir Arbeit«, sagte Devin und lächelte freundlich. »Was brauchst du?«

Auch wenn Rose Devin nicht die Wahrheit sagen konnte, seine Hilfe konnte sie wahrhaftig brauchen.

»Eine private Küche«, sagte Rose erleichtert. »Eine, in der wir ungestört arbeiten können. Die Seitenküche hinter dem Vorbereitungsraum wäre ideal – wenn wir nur die drei Köche rauslocken könnten.«

Devin lachte. »Wie wär's, wenn einer der Backöfen kaputt ginge?« Seine blauen Augen hatten plötzlich ein teuflisches Funkeln. »Würde das in deinen geheimnisvollen Masterplan passen?«

»Total«, sagte Rose.

Devin streifte die Ärmel hoch. »Bin schon dabei. Komm gleich zurück.«

Sobald er fort war, sagte Tymo: »Dein Freund stellt ja viele Fragen. Er ist wie Lois Lan, falls du Superman bist, *mi hermana.*«

Freund? War Devin ihr Freund? Zum Glück musste Rose nicht lange darüber nachsinnen, denn in dem Moment ertönte die Glocke. Sie hallte durch die Küche, dass die Schüsseln klapperten – sie war mindestens so laut wie die Glocken von Notre-Dame.
»Sir Zsigismonds Signal!«, sagte Rose. »Lass uns hören, was der Maestro will.«

Im Bankettsaal hatten die Kellner neben den Tischen eine säuberliche Linie gebildet. Sie standen mit den Gesichtern in Richtung Bühne und hatten die Hände auf dem Rücken gefaltet. Rose zupfte an Tymos Ärmel, und die beiden stellten sich ans Ende der Reihe neben dem Speiseaufzug. Die Türen des Mini-Aufzugs waren noch geschlossen. Rose hoffte, dass es Jacques gut ging.
Auf der Bühne klopfte Sir Zsigismond an sein Mikrophon. »Ihr könnt mich hören, ja?«
»Oui, Maestro«, sagten die Kellner wie mit einer Stimme.
»Sehr gut.« Zsigismond nahm seine Brille ab und putzte sie mit dem Rand seines Rollkragenpullovers. »Erstens, unser internationales Team hat ein Essen für euch zubereitet, mit dem ihr euch jetzt erst mal stärken werdet.« Er setzte seine Brille wieder auf und sah sie an,

bis einige der Kellner höflich klatschten. »Keine Ursache. In genau zwei Stunden beginnt dann euer Auftritt. Wir fangen mit dem ersten von 47 Gängen an und enden drei Stunden später mit – ja, ich kann das Gerücht bestätigen – mit dem berühmten Marsch für die Eisbombe namens *Baked Alaska.*«

Die Kellner klatschten vergnügt.

Sir Zsigismond schnippte mit den Fingern. »Genug!«

Die Kellner wurden wieder still.

Sir Zsigismond sah an der Reihe entlang. »Nehmt Platz. Es ist Zeit für euer Essen. Aber bitte seht uns genau zu, wie ich und mein Eliteteam der Oberkellner die heutige Service-Choreographie vorführen.«

»Oberkellner?«, rief jemand vorne in der Reihe. »Ich dachte, *wir* wären Ihr Eliteteam!«

Sir Zsigismond bellte ein scharfes *Ha* heraus. »Ihr und *Oberkellner*? Ihr alle seid einfach nur *Kellner.* Nein, der Titel *Oberkellner* gebührt nicht jedem. Mein Team ist seit Jahren mit mir zusammen, und sie sind wie meine Kinder, nur, dass sie nicht verwandt mit mir sind und ich ihnen nicht emotional verbunden bin. Kommt herein!« Er klatschte in die Hände.

Die Küchentüren flogen auf, und Sir Zsigismonds Eliteleute rollten die Servierwagen mit Speisen heraus. Anders als die einfachen Kellner trugen die Oberkellner rosafarbene Seidenhemden und schwarze Fliegen, und sie bewegten sich mit der geölten Präzision einer Militäreinheit.

»Bemüht euch, heute Abend beim Bedienen makellos zu tanzen, dann werdet ihr *eines Tages* vielleicht aus den Rängen der einfachen Kellner befördert und stoßt zu meinem Team von tanzenden Oberkellnern.«

Oooohhh ertönte es von den Kellnern.

»Aber macht auch nur einen Fehler, und ihr werdet aus der Gemeinschaft des Ensembles entfernt.« Seine Stimme erhob sich theatralisch. *»Für immer.«*

In die Stille, die folgte, sagte Zsigismond: »Okay, Essenszeit!«

Die Stühle scharrten leise über den Boden, als sich die Kellner setzten. Rose und Tymo nahmen ebenfalls Platz.

Und dann, mit perfektem *Port de Bras* und gestreckten Fußspitzen begannen Sir Zsigismond und seine Oberkellner ihr Ballett.

Zwei Oberkellner, jeder mit einem Tablett voller Speisen, flogen aufeinander zu, stießen mitten im Sprung mit der Brust aneinander und drehten sich wieder, noch ehe sie landeten, verbeugten sie sich und stellten die Tabletts vor das hungrige Servicepersonal.

Es war beeindruckend – und einschüchternd! –, trotzdem konnte Rose nicht den Blick von dem Speiseaufzug abwenden. »Tante Lily macht also eine Eisbombe mit Baiserhaube«, sagte sie und versuchte sich an die Worte ihrer Mutter zu erinnern. »Tymo, Mom hat gesagt, dass man die Gezeiten der Venus zweimal verabreichen muss, damit sie wirken.«

Drei Oberkellner in rosa Hemden wirbelten in Pirouetten vorbei.

»Das heißt also, Lily tut die Dosis *numero uno* in die Eisbombe«, sagte Tymo nickend. »Hast du eine Idee, was ein Gegenmittel sein könnte?«

Rose schüttelte den Kopf. »Dazu brauche ich meine Kiste aus dem Auto. Dann – falls Devin es schafft, die Seitenküche frei zu machen – können wir etwas ausprobieren.« Geräuschlos glitt ein Tablett vor Rose auf den Tisch, und mit einem graziösen Schwung wurde die silberne Glocke von dem Teller gehoben. Darunter befand sich eine Blätterteigpastete in einem Nest rötlicher Kartoffeln, die wie Austern geschnitzt waren und in der Mitte jeweils eine glänzende Perle aus Käse hatten. Rose stach in den Blätterteig, der ein Fleischstück umhüllte: *Steak Wellington.* Rose blickte auf, um ihrem Kellner zu danken, der jedoch schon mit einem *Grand Jeté* beim nächsten Tisch war.

Tymo schnupperte an seinem Teller, verzog das Gesicht

und schob ihn weg. »Meinst du, dass sie auch Hotdogs haben?«

Sir Zsigismond klopfte an sein Mikrophon. »Gerade habe ich eine wunderbare Nachricht erhalten!«, sagte er. »Unsere großartige Konditorin Lily Le Fay hat in einem Moment unermesslicher Güte entschieden, das gesamte Servicepersonal zu beglücken und auch euch ihre unnachahmlich delikate Eisbombe *Baked Alaska* kosten zu lassen!«

Applaus erfüllte den Saal. Rose war ziemlich sicher, einen jungen Mann gesehen zu haben, der ohnmächtig von seinem Stuhl zu Boden glitt. Ein anderer fing zu beten an. Ein Scheinwerfer richtete einen goldenen Lichtstrahl auf die Türen des Speiseaufzugs. Rose konnte hören, wie die Räder und Zugseile surrten.

Lily hatte also vor, jede einzelne Person zu verzaubern, die bei dem Kongress anwesend war!

»Wir müssen das verhindern«, sagte Rose und sprang auf.

Der Speiseaufzug hielt mit einem *Krrck!* an, und zischend öffneten sich die Türen. Aber der goldene Scheinwerferstrahl beleuchtet nicht irgendeine Eisbombe. Stattdessen erblickte man ein riesiges, fluffiges Eiskunstwerk mit zartestem Baiserüberzug. Und mit-

tendrin saß eine graue Maus mit einer weißen Baiserhaube, die wie eine Perücke aussah – Jacques.
Er zuckte mit dem Näschen und blinzelte in den grellen Scheinwerfer.
»O nein«, flüsterte Rose.
»*Das* hast du mit dem Speiseaufzug gemacht?«, fragte Tymo. »Du hast Jacques nach oben geschickt?«
Alle anderen im Bankettsaal starrten die Maus stumm an. Ihre Gabeln waren auf dem Weg vom Teller zum Mund in der Luft hängen geblieben. Von einer Ecke des Saals ertönte der vereinzelte hohe hysterische Schrei einer Kellnerin.
Und Sir Zsigismond bellte in sein Mikrophon: »Tötet die Maus!«

Kapitel 6
Folge deinem Artischockenherzen

»Ich töte sie!«, schrie Rose, ehe irgendjemand sonst reagieren konnte. Sie wollte ja nicht riskieren, dass jemand Jacques *tatsächlich* etwas antat. Daher riss sie die silberne Speiseglocke von einem der Servierwagen und rannte – schneller als ein olympischer Sprinter, schneller, als sie selbst je gelaufen war – auf den Speiseaufzug zu.

Jacques quiekte und flitzte in Zickzacklinien über den Berg der Baiserspeise und rief: »Non, non, non! Ich bin nicht der Feind!« Er sprang auf den Boden und sauste davon, wobei er eine Pfotenspur geschmolzener Eiscreme hinterließ.

»Still«, zischte Rose ihm zu. »Lass mich dich fangen!«

Aber Jacques war zu sehr in Panik, um sie zu hören. Blitzschnell rannte er in eine Ecke des Saals – und donnerte mit Karacho gegen eine Wand.
Benommen und zitternd blieb er auf einer Bodenfliese sitzen.
Rose klatschte die Speiseglocke mit einem lauten *Peng!* neben ihm auf den Boden und rief: »Ich hab sie!«
Die anderen Kellner pfiffen anerkennend von ihren Plätzen.
»Spring rein – schnell!« Sie hielt die Seitentasche ihrer schwarzen Uniformhose auf.
»Oh, Mademoiselle Rose«, sagte Jacques und kletterte verwirrt an ihrem Hosenbein hoch, »die Dinge, die ich gesehen habe! Ich muss dir alles berichten.«
»Gleich«, sagte Rose. »Jetzt versteck dich erst mal, ehe dich jemand sieht!«
Seine Schwanzspitze war kaum in der Tasche verschwunden, als zwei Oberkellner auftauchten.
»Hier drunter«, sagte Rose und deutete auf die silberne Glocke. Die beiden schoben schnell einen Teller unter die Glocke und trugen beides durch eine Seitentür hinaus.
»Nein, nein, nein«, jammerte Sir Zsigismond, griff mit der Faust in die zerlaufende Eisbombe und roch daran. »Ruiniert! Die schöne Eisbombe *Baked Alaska* … Ungenießbar gemacht von einem Nagetier!«

Einer der Hilfskellner, eine Frau mit einem langen schwarzen Zopf auf dem Rücken, stocherte mit der Gabel in der Masse herum. »Vielleicht können wir das ja doch noch essen. Wir müssen eben jeden Bissen nach Mausehaaren absuchen.« Die Kellner in ihrer Nähe machten einen Riesenschritt zurück.

»Was denn? War das keine gute Idee?«

Sir Zsigismond drehte sich langsam um. Ohne etwas zu sagen, drückte er auf den Knopf an der Wand. Die Türen des Speiseaufzugs schlossen sich, und die ruinierte Nachspeise wurde wieder nach oben befördert. In der unbehaglichen Stille rasselten die Räder zehn Mal lauter als gewöhnlich.

»Allein schon die *Vorstellung*«, sagte Sir Zsigismond, »dass wir die größte Konditorin der Welt entwürdigen könnten, indem wir um Mausehaare herum essen, ist so beleidigend, dass ich keine Worte dafür finde, um meinen Zorn auszudrücken.«

Die Kellnerin zog den Kopf ein. »Sir Zsigismond, ich –«

»Es gibt diesmal eben kein Dessert!«, unterbrach er sie. »Es war nur diese eine Eisbombe für uns vorgesehen, daher müssen wir darauf verzichten.« Er tupfte sich die Haut unter den Augen ab. »So ist das Leben – voller herzzerreißender Enttäuschungen. Nun esst eure

Hauptspeise auf. Wir haben unseren Zeitplan.« Er stapfte zur Bühne zurück und blieb direkt davor stehen. »Bitte beachtet mich nicht weiter, während ich meinen Kummer tänzerisch ausdrücke – mit einem leidenschaftlichen *Pasodoble.* Musik!«

Die lebhaften Klänge einer rhythmischen Orchestermelodie füllten den Bankettsaal, und Sir Zsigismond und ein Oberkellner ließen die Füße im Takt zu Trommelwirbeln knallen. Während der Maestro seinen Tanz ausführte, machten sich die Kellner über ihr Abendessen her.

»Wow«, sagte Tymo. »Ganz schön heftig.«

»So, jetzt.« Rose hob Jacques vorsichtig aus ihrer Hosentasche und setzte ihn in den Schatten einer Blumenvase. Es war keiner in ihrer Nähe, und da alle von dem Tanz abgelenkt waren, vermutete sie, dass die kleine Maus in Sicherheit war.

Jacques setzte sich auf die Hinterbeine und drückte eine Pfote auf seine pochende Brust. »Mein Herz, es rast.«

»Trink ein bisschen Wasser.« Rose ließ ein paar Tropfen in Jacques' aufgesperrtes Mäulchen fallen.

»Du hast Jacques also nach oben geschickt, damit er das Dessert ungenießbar macht«, sagte Tymo.

Rose schob ihr Essen auf dem Teller herum, damit es so

aussah, als würde sie speisen. Allein der *Gedanke* an eine Mahlzeit verursachte ihr jedoch in dem Moment nichts als Übelkeit, und sie und Tymo waren die Einzigen im Saal, die nicht zulangten. »Ich habe ihn nur zum Spionieren hingeschickt. Der ruinierte Nachtisch war auch für mich eine Überraschung.«

»Es ist schrecklich dort oben«, sagte Jacques zitternd. »Überall Maschinen aus blauem Stahl mit blinkenden roten Lichtern. Und ein Glasschrank, der voll ist mit blauen Einmachgläsern, die mit Draht umwickelt sind!« Er schloss die Augen. »Das Schlimmste aber: Dort sind Hunderte von winzigen Eisbombenportionen auf Fließbändern. Wie eine Autobahn nimmer endender Süßspeisen!«

»Wir müssen alle Eisbomben-Teller ungenießbar machen!«, sagte Tymo. »Könntest du über sie hinweg laufen wie bei der großen Portion?«

»Nein«, sagte Jacques und zog den Kopf ein. »Sie bewegen sich zu schnell, und es sind zu viele, und die Mademoiselle überlässt nichts dem Zufall. Es ist mir nur gelungen, die große Portion von diesem *Baked Alaska* zu zertrampeln, weil sie in dem Speiseaufzug versteckt war.«

»Wir müssen uns was anderes überlegen«, sagte Rose und blätterte im Geist das Backbuch durch.

Die Musik schwoll zu einem donnernden Radau an, die Lichter flackerten wie Blitze, und Rose ließ ihre Gabel fallen. »Ich hab's!«

»Sir Zsigismond hat seinen Partner gerade in die Luft geworfen«, sagte Tymo bewundernd. »Das erwarten sie doch aber nicht von *uns*, oder?«

»Konzentrier dich, Tymo«, sagte Rose. »Ich weiß, was wir machen können. *Folge-deinem-Artischockenherzen-Muffins* helfen einem, auf seine eigenen Wünsche zu hören, statt sich denen einer anderen Person unterzuordnen. Das Rezept sollte als Gegenmittel für das taugen, was Tante Lily fabriziert!«

»Wir können nicht einfach Muffins auf die Eisbombe setzen«, sagte Tymo. »Das würde doch jeder merken.«

Jacques legte nachdenklich die Pfoten aneinander. »Oui, das ist wahr, aber vielleicht könnte man die Muffins pürieren und als Glasur nehmen.«

Tymo verzog das Gesicht. »Wir können auch keine Artischockenpampe auf die Eisbomben schmieren. Das ist widerlicher als das Essen hier, das alle in sich reinschaufeln.«

Dadurch kam Rose erneut auf eine Idee. »Tymo … du hast total recht!«

»Wirklich?«, sagte Tymo. »Ich meine … *natürlich* habe ich recht.«

»Hier sind Köche aus aller Welt versammelt«, sagte Rose. »Und ihre Speisen sind so fremdartig wie ihre Heimatländer. Die Leute erwarten doch sicher, dass die vorgesetzten Gerichte fremdartig schmecken – oder sogar eklig.«

»Aber doch nicht *so* eklig!«, sagte Tymo. »Obwohl, du könntest ja ein bisschen Schokolade reinmischen. Schokolade liebt doch jeder. Vor allem meine vielen –«

In dem Moment endete die Musik, und die Kellner beklatschten Sir Zsigismond und seinen Partner.

Jacques sank in sich zusammen und sagte: »Zurück in die Dunkelheit, nehme ich an.«

»Tut mir leid.« Rose ließ ihn in ihre Tasche klettern. Nach ein paar Sekunden merkte sie, wie die Maus sich zusammenrollte und eindöste.

Ein Stuhl gegenüber von Rose scharrte über den Boden, und Devin ließ sich darauf fallen. Er hatte sein weißes Hemd aufgeknöpft und aus der Hose gezogen, und darunter sah man das ölige T-Shirt, das er trug, wenn er in der Autowerkstatt seiner Eltern arbeitete.

»Was hab ich verpasst?«, fragte er, sah sich im Saal um und machte ein listiges Gesicht.

»Nur Essen und eine Tanzvorführung.« Rose schob ihren Teller neben den von Tymo, der ebenfalls nicht angerührt war. Alle echten Kellner hatten ihre Teller leergegessen – einige leckten sogar das Porzellan sauber. »Und? Wie ist es gelaufen?«

»Ach, gar nicht so übel.« Devin sah auf seine Armbanduhr. »In der Küche wartet eine Überraschung in drei … zwei …«

Hinter den Doppeltüren ertönte ein gedämpfter Knall, gefolgt von Schreien. Die Türen wurden aufgestoßen, und eine Schar Köche kam herausgerannt. Sie husteten und wedelten mit ihren Schürzen den dicken schwarzen Rauch fort, der hinter ihnen herausquoll.

»Was bedeutet der Rauch?«, rief Sir Zsigismond. »Was geschieht mit meiner Veranstaltung?«

Die Köche drängten sich zusammen und stritten, während zwei der Oberkellner mit Feuerlöschern in die Küche stoben.

Rose beugte sich über den Tisch und packte Devins Handgelenk. »Du solltest doch nur einen *Backofen* kaputt machen, nicht eine ganze Küche!«

»Entspann dich.« Er strich sich die Haare hinter die Ohren. »Es ist nicht viel passiert. Ich dachte einfach, eine kleine Darbietung würde sie womöglich alle verscheuchen, und keiner würde dich mehr stören.«

»Klingt schlau, finde ich, *hermana*«, sagte Tymo.

Rose musste zugeben, dass sie es auch ziemlich schlau fand. Sie verspürte wieder ein Schuldgefühl, weil sie so viele Geheimnisse vor Devin verbarg, und das, obwohl er sich als so große Hilfe herausstellte. Aber was blieb ihr anderes übrig?

»Rose?«, sagte Devin. »Alles in Ordnung?«

»Bestens«, sagte Rose. Sie drückte Devin die Hand. »Danke.«

»Kein Problem.« Devins Lächeln wurde breiter, so dass sie sich nur noch schlechter vorkam. »Nachdem wir die Küche jetzt haben, wie geht's weiter?«

»Jetzt brauchen wir das Rezept«, sagte Rose, »das sich in dem Backbuch zu Hause befindet. Tymo, kann ich dein Handy ausleihen?«

Tymo war der Einzige der Glyck-Kinder, der ein eigenes Handy besaß, und meistens tat er so, als würde sich das Ding in Einzelteile auflösen, sobald es jemand anders berührte. Jetzt zog er das schicke Smartphone aus der Tasche. »Sei aber vorsichtig damit, okay? Ihr Name ist Siri, und sie liegt mir am Herzen.«

»Ich verspreche, sanft mit ihr umzugehen«, sagte Rose, als sie das Handy nahm. Trotzdem biss Ty sich in die Knöchel und beobachtete sie, während sie das Bild von Tymos lächelndem Gesicht auf dem Display wegwischte und zu Hause anrief.

»Glücksbäckerei«, meldete sich Chip.

»Hi, Chip!«, sagte Rose munter. »Ist Nella da?«

»Rose? Bist du das? Warst du nicht gerade noch hier?« Chip verstummte einen Moment. »Wer ist dran?« Die Krapfen vernebelten wohl immer noch sein Gedächtnis. Wenn das alles vorbei war, schuldete Rose Chip und Mrs Carlson eine ganze Welt – nein, ein *Universum* – an Entschuldigungen.

»Hi, Chip! Hier ist Rose«, sagte sie. »Ich brauche Nella.«

»Klar, hier ist sie.«

Am anderen Ende der Leitung rumorte es, dann kam Nellas fröhliche Stimme. »Hihihihi! Ich bin's!«

»Hi, Nella, hier ist Rose. Kannst du noch immer lesen?«

»Rosie! Ja, ich kann lesen. Ich hab den ganzen Tag gelesen seit Mrs Carlson behauptet hat, ich sei doppelt so schwierig wie sonst und sie würde Kopfweh von mir kriegen.«

»Prima, Nella«, sagte Rose. »Deshalb habe ich *dich* angerufen. Du musst mir ein Rezept aus dem Backbuch heraussuchen. Es sind Muffins mit dem Namen *Folgedeinem-Artischockenherzen.*«

»Ay, ay!«, sagte Nella.

Rose sah sich um, während sie hörte, wie Nella einen Stuhl über den Küchenboden zerrte. Auf dem Tisch nebenan hatte einer der Oberkellner einen Stift liegen las-

sen, Rose schnappte ihn sich und strich eine Serviette glatt, da hatte Nella das Rezept auch schon gefunden und meldete sich wieder.
»Okay«, sagte sie. »Es geht los.«

Folge-deinem-Artischockenherzen
Muffins für die Klarheit des Geistes, wenn schwierige Entscheidungen getroffen werden sollen.

Es war im Jahr 1932 in der Hafenstadt Kardiápóli in Griechenland, als der junge Athlet Dorian Argyris am Vorabend seiner Reise zu den Olympischen Sommerspielen in die Vereinigten Staaten eine Vertrauenskrise hatte. Dorian beichtete seinem Freund, dem Bäcker Balthasar Glyck, der gerade zu Besuch war, seine Ängste. Er hielt sich nicht für fit genug, an den Ausscheidungen im griechisch-römischen Ringen teilzunehmen, obwohl sein Vater überzeugt war, er sei ein geborener Ringer, seit er mit fast sieben Jahren einen wilden Schäferhund niedergerungen hatte.
Balthasar bereitete für Dorian ein Blech Folge-deinem-Artischockenherzen-Muffins zu, in der Hoffnung, dass diese Dorian davon überzeugen würden, zu den Wettkämpfen anzutreten.
Doch schon nach einem Bissen hatte Dorian die Erleuchtung, dass Wettkampfringen nicht sein Traum war. Obwohl diese

Entscheidung mit viel Geschrei seitens seines Vaters abgelehnt wurde, teilte sich Balthasar die Muffins mit der restlichen Argyris-Familie, worauf fast alle umgehend die Stadt verließen, um sich ihre Träume zu erfüllen, und es Dorian überließen, seinem neuen Ruf zu folgen, nämlich Familien in aller Welt zu unterhalten, indem er in der Manege einer berühmten Zirkustruppe mit Bären kämpfte.
Um die Muffins herzustellen, siebte Balthasar vier Fäuste Mehl, eine Eichel Salz und eine Eichel Backpulver in eine Holzschüssel, dann rührte er zwei Fäuste vom feinsten Cheddar aus Großbritannien dazu. Anschließend verrührte Balthasar drei Tassen Kuhmilch, drei Hühnereier, eine Walnuss geschmolzener Butter mit einem Stich Joghurt. Sodann wurden beide Mischungen vermengt, und Balthasar rührte noch zwei Fäuste zerkleinerter Artischockenherzen und eine gute Prise geronnener Versprechen darunter. Der Teig wurde nun in Muffinförmchen geschöpft und bei sieben Flammen über eine Zeitspanne von drei Liedern gebacken.

Rose hatte alles mitgeschrieben. »Vielen Dank, Nella.«
»Ich will auch zum Zirkus, Rose!«, sagte Nella begeistert. »Ich will Clown werden!«
»Gleich, wenn wir wieder zurück sind«, sagte Rose. »Bis dahin pass gut auf Chip und Mrs Carlson auf, okay?«
»Ganz klar, Rosie! Komm bitte, bitte, bitte bald heim!«

Rose reichte Tymo das Handy zurück, der das Rezept mitgelesen hatte. »Mann, Mann – ich wusste gar nicht, dass *abuelo* mal in Griechenland war.«
Der Gestank nach öligem Rauch hatte sich allmählich verzogen, und eine lange Reihe von murrenden Köchen kehrte in die Küche zurück.
»Das Feuer muss gelöscht sein«, sagte Rose und stand auf. »In der Speisekammer dort wird es bestimmt alle Zutaten geben, die wir brauchen.«
»Aber nicht das geronnene Versprechen, *hermana.*« Tymo gab seinem Handy einen flüchtigen Kuss und ließ es in die Tasche zurückgleiten. »Hast du so was in deiner Kiste?«
»Nein, an diese Zutat habe ich nicht gedacht.«
Devin hatte stumm dabei gesessen, doch jetzt meldete er sich zu Wort. »Ein geronnenes Versprechen? Ist das so 'ne Art Geheimcode von euch?«
Schon wieder eine Lüge, dachte Rose. »Ein Versprechen gerinnt, sobald es gebrochen wird«, erwiderte sie und entschied sich dafür, diesmal nur halb zu lügen. »Ist so ein alberner Aberglaube der Familie Glyck! Nur, dass ich dem Rezept lieber genau so folgen würde, wie Großvater Balthasar es gemacht hat.«
»Aber wo sollen wir ein geronnenes Versprechen finden?«, fragte Tymo. »Wer würde so etwas Schlimmes

machen, etwas zu versprechen und dann genau das Gegenteil zu tun?«

Devin lachte. »Ihr macht wohl Witze, was?« Er winkte mit der Hand zum Ausgang. »Wir sind in Washington D.C. – unserer Hauptstadt. Mein Vater sagt, dass diese Stadt *voll* von Leuten ist, die ständig ihre Versprechen brechen.«

»Verbrecher?«, fragte Rose.

»Noch schlimmer«, antwortete Devin. »Politiker.«

Kapitel 7
Geronnene Versprechen

Tymo öffnete den Kofferraum des roten Cabrios, und Roses Kuriositätenkiste kam zum Vorschein und leuchtete zitronengelb im Sonnenschein.

»Wie sieht unser Plan denn genau aus?«, fragte Devin.

»Das überlege ich mir noch«, sagte Rose.

In einer verborgenen Tasche in der Kiste hatte Rose ein Notizbuch mit Tipps und kurzen Hinweisen, die sie aus dem magischen Rezeptbuch abgeschrieben hatte. Auf der siebten Seite, unter einer Formel für das richtige Mischen von Butter mit Stillem Wasser, das tief gründet (was man gewöhnlich in einem unterirdischen See fand), entdeckte Rose, was sie suchte.

»Bin gleich wieder da«, sagte sie und sammelte die Gegenstände ein, die sie brauchte.
Einen Augenblick später tauchte Rose unter dem Kofferraumdeckel auf. »Wir benötigen das hier«, sagte sie und hielt ein Stückchen Mull hoch. »Käseleinen«, erklärte sie, »getränkt in ...« Fast hätte sie gesagt in *Gelee Royal aus der Wabe einer Bienenkönigin,* aber das wollte sie Devin nicht erklären müssen. Daher sagte sie stattdessen: »Honig.«
»Käse und Honig?«, fragte Tymo zweifelnd. »Ist *das* dein Supervorschlag?«
»Käse*leinen*«, wiederholte Rose.
Tymo machte Würgegeräusche. »Macht man aus Käse Leinen? Wie eklig, *hermana.*«
»Klingt wirklich eklig«, sagte Devin.
»Kein Leinen für Kleider«, sagte Rose und verdrehte die Augen. »Mit Käseleinen macht man *Käse.* Dank dieses besonderen Honigs verändert sich ein gebrochenes Versprechen, wenn es durch dieses Tuch sickert, von weiß zu grün. Wenn das ganze Tuch dunkel verfärbt ist, haben wir genug geronnene Versprechen.«
»Hm«, machte Tymo. »Wir suchen also einen Politiker, klatschen ihm das Tuch aufs Gesicht und bringen ihn zum Reden. Klingt echt einfach.«
»Natürlich müssen wir es irgendwie so anstellen, dass

es nicht nach einer Entführung aussieht«, sagte Rose. »Vielleicht können wir es einfach jemandem unauffällig vors Gesicht halten, oder?«

»Klar können wir das.« Devin ging an einen Zeitungskiosk gegenüber und kam mit einer Tageszeitung zurück. »Seht mal, dieser Typ, Senator Frettchen –«

Tymo hob einen Finger. »Ich glaube, den spricht man *Frätt-schen* aus.«

Devin zuckte die Schultern. »Wie du meinst. Er gibt in einer Dreiviertelstunde eine Pressekonferenz. Gerade noch genug Zeit für uns, dort hin und wieder zurück zu kommen, ehe das Kellnern fürs Abendessen anfängt.« Er deutete auf das triefende Stück Mull, das Rose in der Hand hielt. »Wenn wir das wie ein Mikrophon aussehen lassen, dann tut er uns bestimmt den Gefallen.«

»Das ist perfekt!« Rose wollte ihn für diese Idee am liebsten drücken, doch da redete er schon weiter.

»Nur … *wozu* tun wir das?« Devin kniff die Augen zusammen. »Wozu lassen wir einen Typen in ein klebriges Pseudo-Mikrophon reden? Nur wegen eines dummen Aberglaubens?«

Devin hatte allen Grund, diese Frage zu stellen, aber es fiel Rose immer schwerer, Antworten zu finden. »Das erkläre ich dir später«, sagte sie mal wieder. Immer nur *später.* »Versprochen.«

Devin nickte. »Na gut. Aberglaube gewinnt. Wir beeilen uns besser, wenn wir ein paar Lügen einfangen wollen.«

Über einer breiten Treppe erhob sich mächtig die schimmernd weiße Kuppel des Kapitols. Der Bau war schön und beeindruckend und … belagert von Reportern und Kameraleuten. Sie standen Schulter an Schulter mit ihren Mikrophonen und Kameras, die alle auf einen grauhaarigen Herrn in stahlgrauem Anzug gerichtet waren – Senator Frettchen. Er stand auf den Stufen und sah zu der Menge hinunter, ein Plastiklächeln im Gesicht.

»Bist du bereit?«, fragte Rose Tymo, als sie bei der Menge angekommen waren.

Tymo hatte eine Anzugjacke an, die sie aus dem Schließfachraum der Kellner »geliehen« hatten. Vor der Selfie-Kamera seines Handys fuhr er sich mit den Fingern durch die Haare, um sicher zu gehen, dass jede Strähne gut saß. Rose musste zugeben: Er sah fast wie ein richtiger Reporter aus.

Tymo ließ sein Handy sinken. »*Hermana,* mein Mikrophon bitte.«

Rose griff in ihren Rucksack, wobei sie versehentlich den schlafenden Jacques anstieß.

»*Non*« murmelte die Maus im Traum. »*Ich* esse den Käse, nicht der Käse *moi*!«

»Entschuldige«, sagte Rose, und Jacques schnarchte nur zur Antwort.

»Wofür entschuldigst du dich?«, fragte Devin.

»Für gar nichts … Besonderes – und nichts, das mit einer Maus zu tun hat«, sagte Rose.

Devin starrte Rose fragend an. »Ich glaube, der lange Tag bringt uns alle um den Verstand.«

Endlich fand Rose das sogenannte Mikrophon, das neben dem Fläschchen mit Gelee royale, noch einem Stück Mull und einem zweiten Reagenzglas sowie ein paar weiteren Zutaten lag, die Rose in den Rucksack eingepackt hatte.

Tymo nahm das falsche Mikro und hielt es an den Mund. »Test, eins zwei«, sagte er, dann grinste er. »Ich bin für meine Nahaufnahme bereit.«

Devin hatte ein »Mikrophon« gebastelt, indem er das zusammengerollte und getränkte Mulltuch zu einer Kugel geballt und mit einem Gummiband über den Rand eines der blauen Reagenzgläser gezogen hatte. Dann hatte Rose eine rechteckige Karte mit einer großen Vier unter das Mulltuch geklebt. Das sah gar nicht realistisch aus, aber Devin versicherte ihr, dass der Senator das nicht mal bemerken würde.

»Dem ist doch nur wichtig, wie er vor den Kameras wirkt«, sagte Devin, und nachdem Rose Senator Frettchen jetzt gesehen hatte, wusste sie, dass Devin recht hatte. Frettchen starrte direkt in die vielen Kameras und sah nicht die Leute an, die sich versammelt hatten, um ihn zu hören. Und es waren viele Leute – die meisten in Anzügen, aber auch viele andere in normalen Klamotten. Einige hielten Tafeln mit Protestbekundungen hoch, andere winkten mit amerikanischen Flaggen, und einige, die wie Studenten aussahen, machten Videos oder Fotos.

Rose zog Tymos Fliege gerade. »Pass auf, dass du es nah genug an ihn ran hältst, aber nicht *zu* nahe, okay? Wir wollen ja nicht, dass jemand was merkt.« Es wurde stiller in der Menge. »Es geht los. Dräng dich rein!« Rose gab Tymo einen Schubs.

Tymo boxte sich mit hochgerecktem Kinn unbeirrt durch die Studenten und Protestierenden. »Machen Sie Platz, treten Sie zur Seite. Thymian Glyck, Kanal 4, *Nachrichten für Leute von morgen*, lassen Sie mich durch.«

Devin nahm Roses Hand und zog sie sanft außen um die Menge herum. »Mal sehen, ob wir einen guten Platz finden, um zuzusehen.« Sie erstiegen ein paar Stufen – von dort hatte man einen guten Überblick. »Da ist er!«

Tymo hatte sich seitwärts durch die Menge gequetscht und hielt sein Mikrophon hoch. Zwischen den mindestens zwanzig anderen fiel es gar nicht auf. Senator Frettchen würde mit Sicherheit nicht merken, dass er in ein verklebtes Stück Käseleinen reden würde.
»– Und dank meiner Leistung bewegen wir uns jetzt im Eiltempo auf Freiheit, Gerechtigkeit und … das ganze übliche Gedöns zu. Danke.« Frettchen räusperte sich. »Ich habe fünf Minuten für Ihre Fragen.«
Eine zierliche Reporterin mit langen Haaren sagte: »Sie hatten ursprünglich neue Schulen versprochen. Stattdessen haben Sie den Schuletat gekürzt.«
Der Senator legte einen Finger ans Kinn. »Aber wir haben *zehn* neue Warbucks-Trainingszentren gegründet – was gewissermaßen auch Schulen sind. Dort erlernen junge Leute wirklichkeitsnahe, jobgerechte Fähigkeiten und bereiten sich auf lukrative Berufe als Café-Baristas vor. Das sind Schulen, auf die Sie bauen können!«
Rose sah, wie sich das Mulltuch hellgrün verfärbte – verunreinigt von den geronnenen Versprechen des Senators!
»Sie haben versprochen, neue Arbeitsstellen im Energiesektor zu schaffen!«, rief ein anderer Reporter. »Stattdessen sind Hunderte von Stellen in den Kraftwerken gestrichen worden.«

Senator Frettchen verzog seine schmalen Lippen zu einem mickrigen Lächeln. »Gestrichen worden? Wohl kaum. Ich habe den Arbeitern einen Gefallen getan. Sie befanden sich jobmäßig in Sackgassen, jetzt jedoch können sie eine neue aufregende Karriere anstreben. Das nenne ich die Eröffnung von Möglichkeiten!«

Das Mulltuch wurde dunkler und schimmerte grün wie ein Smaragd.

»Wow, es verändert sich tatsächlich«, sagte Devin voller Ehrfurcht. »Macht Tymo etwas damit?«

Wenn du nur wüsstest, dachte Rose. *Tymo macht überhaupt nichts.*

Es ist Magie.

»Senator«, warf ein anderer Reporter ein, »Sie haben nicht mal Ihre *kleinsten* Versprechen eingehalten. Der Stadt Crestwood haben Sie versprochen, einen neuen Park zu bauen. Stattdessen haben Sie einen Parkplatz gebaut.«

Senator Frettchens linkes Auge begann zu zucken. »Ich habe den Leuten eine Menge mehr Platz für eine Menge mehr Autos gegeben! Sie sagen Park, ich sage Parkplatz, reden wir also quasi nicht über das Gleiche?«

Hinter den Reportern rief ein Protestler: »Intrigantes Frettchen!« Und die anderen Protestler sowie die Studenten begannen »Frett-chen, Frett-chen, Frett-chen« zu skandieren.

Zwei Männer in Anzügen brachten den Senator ins Kapitol zurück, ein dritter verkündete: »Das ist alles. Der Senator bedankt sich für Ihre Unterstützung!«

Brüllend stürmte die Menge die Stufen hinauf und verschluckte Tymo wie eine Horde von Zombies. »Vorsicht – seid doch vorsichtig mit meiner Frisur!«, rief er. Ein paar Momente später tauchte Tymo zerzaust aus dem Pulk auf und versuchte hektisch von seinem hochgegelten Pony zu retten, was noch zu retten war. »Ein Haufen Irrer!«, murmelte er.

Rose und Devin rannten auf ihn zu. »Du hast's geschafft!«, sagte Rose und nahm ihm das Reagenzglas ab.

»Ich musste ja eigentlich nichts tun außer nett auszusehen«, sagte Tymo, nachdem er sich vergewissert hatte, dass seine Haare noch wie Igelstacheln hochstanden. »Eine Spezialität von mir. Fragt einfach meine –«

»Wow!« Devin beugte sich vor, um besser sehen zu können. »Was *ist* das für ein Zeug?«

Dunkler, zäher Gelee füllte das Reagenzglas fast bis zum Rand. Luftbläschen ließen das Gebräu wie eine dicke, grüne sirupartige Limonade sprudeln.

»Erklär ich dir später«, sagte Rose wieder einmal. Wie

oft konnte sie Devin noch vertrösten? Irgendwann würde zwangsläufig aus dem *Später* ein *Jetzt* werden.
»Kommt, wir müssen schnell zurück!«
Ehe Devin nachfragen konnte, sprang Rose die restlichen Stufen hinunter, immer zwei auf einmal, so dass ihr der Rucksack auf den Rücken schlug.
Ein erschrockenes Quieken drang heraus. Jacques! Arme Maus! Rose hatte ganz vergessen, dass ihr kleiner Freund im Rucksack saß.
Sie wurde langsamer – und verhakte sich mit der linken Fußspitze hinter dem rechten Knöchel. Sie flog nach vorne.
Sie warf die Hände hoch, um sich abzufangen – und das Reagenzglas sauste in die Luft.
Rose knallte auf den Gehweg und schürfte sich auf dem Beton die Handflächen auf, aber sie spürte den Schmerz gar nicht. Sie spürte nur ihre Hilflosigkeit, als sie mit ansehen musste, wie sich das Reagenzglas in der Luft drehte und auf dem Beton zerschellte.
»Alles in Ordnung, *hermana*?«, fragte Tymo und half Rose auf die Beine.
Rose machte sich von ihm los und hockte sich neben das zerschellte Reagenzglas. Kleine blaue Glassplitter lagen in einer dünnen graugrünen Pfütze. Das Mulltuch war spröde und braun geworden wie getrockneter Schlamm.

Während sie zusah, wurde die grüne Geleepfütze hart und grau.
Die geronnenen Versprechen waren ruiniert.
All ihre aufwändigen Bemühungen. Rose merkte, wie ihr die Tränen kamen. Ihre Eltern hatten einen Fehler gemacht, ihr die Bäckerei anzuvertrauen und zu glauben, dass Rose eine fähige Meisterbäckerin sei – die Aufgabe war zu schwer, um sie zu bewältigen. Ihre Eltern steckten in Schwierigkeiten, Lily war dabei, die Präsidenten und Führungsspitzen der ganzen Welt zu vergiften, und Rose log Devin wegen allem und jedem an. Man konnte ihr nicht vertrauen. Nicht mal zutrauen, geradeaus zu gehen. Und jetzt hatte sie alles verdorben – ganz und gar, vollständig und hundert Prozent *vermasselt*.
»Rose«, sagte Devin und legte ihr die Hand auf die Schulter. »Bist du verletzt?«
»Alles in Ordnung.« Sie wischte sich die Augen und versuchte, ihre Panik in den Griff zu bekommen. Sie musste es wieder richten – *unbedingt*. »Ich habe mich vorbereitet, falls etwas schiefgehen würde. Wir schaffen es.« Sie setzte sich auf den Bordstein und kramte in ihrem Rucksack. Mit zitternden Fingern machte sie sich daran, ein neues Mikrophon zu basteln. Zuerst verteilte sie Gelee Royal auf ein Stück Käseleinen, dann

versuchte sie den Mull mit einem Gummiband an einem neuen Reagenzglas zu befestigen.
Sie stand auf und zeigte ihrem Bruder und Devin das neue Mikrophon. »Okay, es ist bereit. Stellt dem Senator noch eine Frage.«
»Es ist zu spät, Rosie«, sagte Tymo. »Das Frettchen hat sich *verpieselt wie ein Wiesel.*«
Rose hatte gar nicht gemerkt, dass sich die Menge aufgelöst hatte und die Ü-Wagen schon dabei waren, abzufahren. Erneut stieg Panik in ihr auf, aber sie kämpfte sie nieder. Sie hatte schon viel schlimmere Situationen überstanden. Sie würde auch diese überstehen. »Es muss doch sonst noch jemanden geben. Die Stadt ist voll von Politikern. Vielleicht können wir einfach in das Gebäude gehen und –«
Devin nahm Rose sanft beim Arm. »Hey, das wird schon alles. Du hast doch gehört, wie der Mann seine Versprechen gebrochen hat. Dieses Wissen reicht doch wohl, um das Rezept deines Großvaters zu machen, oder?«
Rose riss sich los und trat zurück. »*Falsch*. Das ist kein Spaß, Devin. Wir müssen das Rezept genau richtig machen, sonst wirkt es nicht.«
»*Was* wirkt nicht?«, fragte er aufrichtig verwirrt. »Ich weiß nicht mal genau, was du überhaupt machen willst!

Den Nachtisch schlecht schmecken zu lassen? Wie soll das jemandem helfen?«

»Das *tut* es eben, okay?«, sagte Rose in flehendem Tonfall. »Ich erklär dir das später. Wir brauchen –«

Devin warf die Hände hoch. »Immer nur *später*! Das hast du auch schon vor Stunden gesagt, jetzt ist es also *später*. Wenn du willst, dass ich ins Kapitol renne und womöglich verhaftet werde, weil ich einem Senator ein Mulltuch unter die Nase halte, dann musst du mir schon sagen, was los ist.« Er starrte sie direkt an. »Du hast es *versprochen*.«

Inzwischen hatten sich ein paar Touristen um die drei versammelt. Tymo winkte und sagte: »Hier gibt's nichts zu sehen, Leute. Ist nur eine Führung für diese zwei netten Touristen.« Er legte die Arme um Rose und Devin und schob sie den Gehweg entlang. »Sprecht lieber nicht so laut über Attacken auf Senatoren.«

Er führte sie zu einem abgeschiedenen Ort um die Ecke. »Okay«, sagte er. »Jetzt könnt ihr reden.«

Aber Rose wusste nicht, was sie sagen sollte.

Sie wollte Devin ja alles erzählen. *Meine Familie stammt von einer langen Linie von Zauberbäckern ab. Wir wenden Magie an, um die Welt zu retten, und du bist dabei eine wunderbare Hilfe!*

Aber damit würde sie ihre Eltern hintergehen, die

ausdrücklich gewünscht haben, das Glyck-Geheimnis *geheim* zu halten. Denn jedes Mal, wenn in der Vergangenheit jemand herausgefunden hatte, wozu die Familie Glyck fähig war, hatte er oder sie versucht, den Zauber an sich zu reißen oder ihn dazu zu benutzen, um Macht zu erlangen. Nicht nur Lily, sondern auch die Internationale Nudelholzgesellschaft.

Rose kam sich vor wie ein Karamellbonbon, an dem von zwei gegenüberliegenden Seiten gezogen wurde und das immer länger und dünner wurde – und jetzt war sie kurz davor zu zerreißen.

Sie durfte das Zaubergeheimnis nicht preisgeben.

Sie durfte aber auch Devin nicht weiter anlügen.

Oder vielleicht doch.

Rose merkte, wie sich das Karamellbonbon verklumpte, und sie begriff, was sie tun musste.

»Wollt ihr zwei mir jetzt sagen, was da vor sich geht«, wiederholte Devin, »oder nicht?«

Rose konnte Devin nicht ansehen, als sie das falsche Mikrophon hochhob und sagte: »Wir sind nicht nach Washington D. C. gekommen, um meine Eltern zu retten. Wir sind gekommen, um Boris und Natascha zu retten, die Erben des Zarenthrons, die sich für unsere Eltern ausgegeben haben, bis die unrechtmäßigen Erben rausgeschmissen werden können.«

Devins Gesicht verzog sich zu einer Grimasse, als ob sich mehrere Dutzend verschiedener Gefühle gleichzeitig zeigen wollten. »Was?«, sagte er fassungslos.

Rose überlegte nicht weiter, denn wenn sie zögerte, würde ihr Schuldgefühl sie dazu bringen, mit allem auszupacken. Das Mulltuch hatte die Farbe eines Spätsommerfeldes angenommen.

»Wir Glyck-Kinder sind nicht miteinander verwandt«, fuhr sie fort. »Basil ist tatsächlich der vermisste schottische Prinz.« Im Reagenzglas begann es dickflüssig zu tropfen.

»Wir sind alle Teil eines internationalen Spionagerings«, fuhr sie fort. »*El Tiablo* ist ein genetisches Experiment, das schief gegangen ist. Wir sind gekommen … um sie festzunehmen und sie denen wieder zuzuführen, die sie erschaffen haben – den außerirdischen Reptilien, die unsere wahren Regenten im Weißen Haus sind!«

Die Lügen waren so absurd – und ihr Versprechen, die Wahrheit zu sagen, so ins Gegenteil verkehrt –, dass sich das Reagenzglas fast bis zum Überlaufen mit einem dicken, grünen Brei füllte.

Devin sah sie ausdruckslos an. »Ich bin also nichts als ein Witz für euch. Ha, ha, erzählt Devin Lügen und macht euch über ihn lustig, wenn er versucht, mit alten

Kellnern in Rollkragenpullovern ein Ballett aufzuführen.«

»So ist es keineswegs, *amigo*«, warf Tymo ein und versuchte Frieden zu stiften. »Ich weiß nicht, warum Rose auf einmal so –«

Aber Devin hörte nicht mehr zu. Stattdessen starrte er Rose finster an und deutete mit dem Kinn auf das Reagenzglas. »Gut gemacht. Jetzt hast du ja dein geronnenes Versprechen doch noch: dein eigenes.« Und mit diesen Worten stürmte er davon.

Rose wollte ihm nachlaufen, seinen Arm packen und ihn bitten zu bleiben – aber die traurige Wahrheit war, dass es viel einfacher sein würde, die *Folge-deinem-Artischockenherzen-Muffins* ohne Devin herzustellen.

Rose hatte das Gefühl, dass ihr ganzer Körper wie ein Wackelpudding zitterte. Sie hatte, was sie benötigte, aber um welchen Preis? Devin hasste sie. Er würde sie nie wieder so ansehen wie am heutigen Vormittag, und sie nie wieder als seine Freundin bezeichnen. War das das Schicksal einer Meisterbäckerin? Musste sie ihre Freundschaften aufgeben, nur um das Geheimnis zu bewahren?

»Das ist es nicht wert«, murmelte sie.

»Keine Sorge, *mi hermana*, er kommt zurück«, sagte Tymo und legte den Arm um ihre Schultern. »Schließlich muss er ja mit uns nach Calamity Falls zurückfahren.«

Rose merkte kaum, wie ihr Bruder pfiff und ein Taxi rief. »Das war ein kluger Schachzug«, sagte er. »Du hast dein geronnenes Versprechen! Lass uns zum Kongresszentrum zurückkehren und mit Backen anfangen!«

Sie war Rosmarin Glyck. Sie hatte unehrliche Menschen und intrigante Gesellschaften davon abgehalten, Böses zu tun, hatte gefährliche Backfabriken außer Gefecht gesetzt und das uralte magische Rezeptbuch der Glycks gerettet. Und – das versprach sie sich – sie würde Tante Lily davon abhalten, die Präsidenten und Führungsspitzen der gesamten Welt zu Marionetten zu machen. Und sie würde ihre Eltern aus dem Gefängnis befreien.

Aber während sie hinten in das gelbe Taxi stieg, das nach abgestandenem Zigarrenrauch stank, fühlte sie nichts als Verzweiflung. Rosmarin Glyck konnte vielleicht die Welt retten, aber sie würde es wohl niemals schaffen, die Freundin von Devin Stetson zu werden.

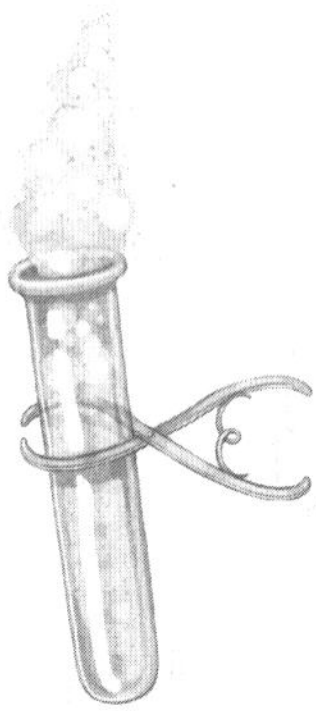

Kapitel 8
Der Kater im Hut

»Aus dem Weg!«, rief ein Koch und raste vorbei.
Rose und Tymo drückten sich an die Wand, und Tymo presste Roses Kiste an sich.
»Der Ort hier macht mir ein bisschen Angst«, sagte Tymo.
Rose wollte es nicht zugeben, aber die Vorbereitungsküche machte auch ihr etwas Angst.
Erstens war es drückend heiß. Hunderte von Töpfen köchelten über Hunderten von Gasflammen, und die zahlreichen Backöfen im Raum waren alle mit Backen, Grillen und Braten beschäftigt, alle auf der höchsten Temperaturstufe.
Zweitens war der Lärm ohrenbetäubend. Köche schrien

in allen Sprachen der Welt durcheinander, während sie Fleisch scharf anbrieten, Saucen rührten sowie schnitten und hackten und zerteilten. Ihre scharfen Messer klirrten so laut, dass es Rose in den Ohren weh tat. Drittens roch alles delikat. Die hunderterlei unterschiedlichsten Düfte ließen Rose praktisch das Wasser im Mund zusammenlaufen – es wurden Zwiebeln karamellisiert, Gewürze in Öl angeröstet, Kartoffeln gebraten und Brot gebacken, was Roses Lieblingsduft war. Sie wollte gerade etwas zu Devin sagen und drehte sich um, doch dann fiel es ihr ein. Er war ja nicht mehr da.

Der einzige friedliche Ort war der kleine altmodische Raum, in dem Devin den Backofen sabotiert hatte. Das Licht war aus, und über den Türrahmen war ein Kreuz aus gelbem Absperrband gespannt.

»Komm!«, zischte Rose und hielt das Band für Tymo hoch. »Ehe uns jemand sieht.«

Tymo wollte gerade unter dem Band durchschlüpfen, als eine ohrenbetäubende Musik den Raum erfüllte: näselnde, in hohen Tönen gellende Pfeifen mit einer schrillen Melodie – *Dudelsäcke.*

Wie auf ein Zeichen legten alle in der Küche die Arbeit nieder und nahmen Habacht-Stellung ein.

Eine Prozession von Männern in Schottenröcken kam im Gänsemarsch herein. Alle hatten karierte Mützen schräg auf dem Kopf und eine Schärpe im gleichen Karomuster umgebunden, die von der Schulter zur Hüfte reichte. Acht spielten Dudelsack, zwei Männer hinter ihnen schlugen auf Trommeln, die ihnen um den Hals hingen.

»Was soll denn diese aufdringliche Show?«, fragte Tymo.

»Ich will lieber gar nicht fragen«, erwiderte Rose.

Als die Musik endete, traten die Musiker zur Seite, und drei Leute marschierten durch die Mitte. Vorneweg ein dürrer Junge im Teenageralter mit glatten roten Haaren, die ihm halb übers Gesicht hingen. Die Haarspitzen waren in schwarze Farbe getaucht worden. Er starrte völlig unbeeindruckt aus schwarz umrandeten grünen Augen vor sich hin.

Als Nächstes kam eine gehetzte junge Frau, in deren blondem Haarknoten Bleistifte steckten. An beide Ohren drückte sie Handys und murmelte abwechselnd in das eine und das andere.

Die dritte Person war Basil.

Das war nicht mehr der kleine Bruder, der schmutzige T-Shirts und Jeans trug und sich nie die Haare kämmte. Basil war jetzt in einen rot-grün-karierten Kilt, weiße Kniestrümpfe und ein bauschiges weißes Hemd gekleidet, darüber trug er eine schwarze Anzugjacke mit glit-

zernden goldenen Knöpfen. Und über seinen Locken saß eine verdächtig ausgebeulte Mütze – eine Art schief sitzende Haube in den gleichen Farben wie sein Kilt – mit einer runden Bommel in der Mitte.
Der Anführer der Dudelsackspieler stampfte mit dem Fuß auf und verkündete: »Wir präsentieren den vermissten Prinzen von Schottland, Seamus O'Malley junior!«
Die Köche klatschten höflich. Basil hob die Hand und sagte: »Danke, danke. Bitte geht wieder an die Arbeit. Niemand mag ein verbranntes Haggis-Gericht – hab ich nicht recht, Iain?«
Alle Köche gingen an die Töpfe zurück, und das wilde Schaffen fing wieder an.
»Immerhin hat Basil seinen Sinn für Humor nicht verloren«, sagte Rose.
Tymo seufzte. »Leider nicht.«
»Ich rede jetzt mit meinen Adoptivgeschwistern, in Ordnung, Siobahn?«, sagte Basil zu der blonden Frau. Sie nahm die Handys nicht von den Ohren, sondern nickte nur.
Basil verließ seine Gefährten und kam mit großen Schritten auf Rose und Tymo zu.
Der Dudelsackspieler, der Basil angekündigt hatte, rief: »Verbeugt euch vor dem Prinzen!«

Tymo sah seinen kleinen Bruder ungläubig an. »Du willst, dass wir uns verbeugen?«

Rose schnaubte. »Nicht im Ernst, Basil.«

»Ihr habt den Mann gehört!«, sagte Basil laut. »Verneigt euch vor denen, die über euch stehen, Gesinde!« Flüsternd setzte er hinzu: »Ihr wollt doch meine Tarnung nicht auffliegen lassen, oder?«

Rose und Tymo sahen sich an, seufzten und bückten sich zu einer Verbeugung.

»Das nennt ihr Respekt?«, murrte Basil. »Tiefer!«

»Echt jetzt?«, sagte Tymo und wollte sich wieder aufrichten.

Rose zerrte ihn zurück in die Verbeugung und bückte sich so sehr, dass ihre Stirn fast ihre Knie berührte.

»Kommt schon«, krähte Basil. »Das könnte ihr doch besser – *autsch*!« Er fasste sich an den Rand seiner Mütze und verzog das Gesicht. »In Ordnung, fein, das reicht.« In Richtung seiner schottischen Gefährten hielt Basil beide Daumen hoch und sagte: »Bin gleich wieder zurück.«

Als sie Basils sommersprossige Daumen sahen, lächelten die Schotten und legten die rechte Faust auf die Brust. Selbst der mürrische Iain hob träge die Hand. Offensichtlich war das Daumen-hoch-Zeichen etwas Wichtiges in den schottischen Highlands.

»Warum hast du *autsch* geschrien?«, fragte Tymo.
Basil verdrehte die Augen und deutete auf seine ausgebeulte Mütze. »Wegen dem Kater in meiner Mütze.«
»Gus?«, fragte Rose. »Bist du da drin? Wie passt du da rein?«
»Nur *sehr* ungemütlich«, kam die brummige Stimme von Gus.
Basil sank zusammen. »Er kommt nicht raus – er will mich keine Sekunde allein lassen.«
»Du kannst froh sein«, sagte Gus mit erstickter Stimme durch den Stoff. »Wenn ich nicht wäre, würdest du Schwachkopf noch im Hotel sitzen, Herumdaddeln und Bonbons essen.«
»Ich habe nur *ein* Bonbon gegessen!«, wehrte sich Basil. Er zuckte zusammen und sagte: »Okay – *zwei* Bonbons. Hör auf, mich zu kratzen!«
»Seit wann hast du ein Gefolge?«, fragte Tymo.
»Na ja, die Typen in den Schottenröcken sind vom schottischen Geheimdienst. Sie haben sich zur Tarnung als Kapelle verkleidet.« Basil winkte dem Jungen und der Frau zu. »Der Typ heißt Iain. Er ist mein Cousin, und er hasst jeden und alles. Das Mädchen ist Siobahn, und sie hasst nur eine Sache – und das bin ich. Sie ist meine Leibwächterin. Sie überwacht mich ständig, damit meine Grandma immer weiß, wo ich bin.«

»Erzähl ihnen von deinen Eltern«, sagte Gus.

»Ach ja! Ich bin ziemlich mächtig. Alle hören auf mich und lachen über meine Witze und finden mich *umwerfend*. Da hab ich eine tolle Idee gehabt, um Mom und Dad aus dem Knast zu holen. Ich habe ein paar politische Strippen gezogen –« Die Mütze auf Basils Kopf beulte sich noch mehr aus, und Basil fauchte vor Schmerz. »Okay! Das war die Idee von Gus. Bist du jetzt zufrieden?«

»Einigermaßen«, schnurrte die Mütze.

»Wie dem auch sei«, sagte Basil. »Ich glaube, das klappt mit Mom und Dad.«

»Gute Arbeit, Gus«, sagte Rose und tätschelte die Mütze. Was für eine Erleichterung zu wissen, dass ihr kleiner Bruder – oder der Kater – sich um die Eltern kümmerte, während *sie* ihnen im Moment nicht helfen konnte.

»*Ich* habe die Strippen gezogen«, protestierte Basil. »Gus hatte die Idee, aber er hätte es alleine nicht machen können. Warum ist es so schwer, mich mal zu loben?«

Tymo schlug seinem Bruder auf den Rücken. »Ich bin froh, dass du dich drum kümmerst, *hermano*. Vergiss nur nicht, dass die Leute da nicht wirklich verwandt mit dir sind, okay?«

»Vergess ich nicht«, sagte Basil. »Aber ich will nicht lügen – es macht großen Spaß, Baby Seamus zu sein. Alle hören auf mich, und ich habe immer ein Publikum für meine Show. Wartet nur, bis ihr den hier hört –« die Mütze zuckte und Basil biss die Zähne zusammen. »Na gut. Keine Witze.«

Der erste Dudelsackspieler hob sein Instrument und blökte hinein.

»Das ist mein Signal«, sagte Basil. »Zeit für den roten Teppich. Ich bin ja *so* wichtig – sie können ohne mich nichts tun.«

Rose zog ihn an sich. Sie war froh, dass es ihrem kleinen Bruder mehr oder weniger gut ging. »Viel Spaß, aber sei vorsichtig.«

»Bin ich doch immer!« Mit einem letzten Winken trat Basil wieder zu seinem falschen Cousin und seiner Leibwächterin. Die Kapelle stimmte eine neue Weise an und marschierte durch die hintere Tür der Küche hinaus.

Schnell schlüpften Rose und Tymo in den leeren, abgesperrten Raum und schlossen die Tür.

»Was machen wir jetzt?«, fragte Tymo.

Rose sah sich in der kleinen Küche um. Sie war überraschend eng. Es gab gerade mal eine Arbeitsfläche, eine Spüle mit zwei Becken und nur einen uralten Backofen.

Nicht, dass es Rose viel ausmachte – die Küche der Glyck-Familie daheim war auch nicht mit den neuesten Gerätschaften ausgestattet. Und verlässliche alte Geräte, die Jahre lang funktioniert hatten, waren Gold wert. Damit konnte man arbeiten.
»Jetzt?«, sagte Rose. »Backen wir!«

»Hier!« Rose reichte Tymo die Serviette mit dem säuberlich notierten Rezept für die *Folge-deinem-Artischockenherzen-Muffins*. »Kannst du in der Speisekammer nach diesen Zutaten suchen? Ich hole die Schüsseln und die Kuchenbleche heraus.«
Rose nahm ihren Rucksack ab und ließ den benommenen Jacques herauskrabbeln. Er hatte das Reagenzglas mit den geronnenen Versprechen im Arm.
»Tut mir leid, dass es so geruckelt hat, Jacques«, sagte Rose und nahm Rührschüsseln und Holzlöffel aus den Schränken.
»Quäle dich nicht, Mademoiselle«, sagte Jacques. »Es war notwendig. Jetzt muss ich mich jedoch erst mal hinlegen und meine Freiheit genießen, solange es geht.«
»Aber mach es dir nicht *zu* bequem. Wir haben eine Menge zu tun und nicht viel Zeit.« Rose drehte an den Knöpfen des Herdes, machte den Backofen auf und sah sich die Heizschlangen an. Sie blieben kalt und schwarz.

»O nein«, sagte sie. Devin hatte die Störung offenbar nicht rückgängig gemacht; der Ofen war immer noch kaputt.

»Was denn *o nein?*«, fragte Tymo. Er kam mit einem Tablett mit Eiern und Mehl, einem hellen Stück Cheddar-Käse und einem Berg Artischocken aus der Speisekammer.

»Der Backofen funktioniert nicht!« Rose streckte die Hand aus. »Ich brauche dein Handy.« Tymo sah sie unsicher an. »Bitte, Tymo!«

»Na gut, *hermana.*« Er stellte das Tablett ab und zog sein Handy aus der Tasche. »Aber nur, weil es eine Notlage ist.«

Rose rief Tymos Kontakte auf, bis sie Devins Namen fand. Sie fing an, ihm eine Nachricht zu schreiben, dann zögerte sie. Sie war vorhin so grässlich zu ihm gewesen, und nun wollte sie ihn wieder um Hilfe bitten?

Die Zeitangabe oben auf dem Display leuchtete hell: *18:42*. Der Service fürs Abendessen würde jeden Moment anfangen. Sie hatte keine Zeit – sie mussten die Muffinglasur so schnell wie möglich herstellen.

Daher holte Rose tief Luft und tippte mit den Daumen eine Nachricht ein.

Hey, Devin, ich bin's, Rose.

Sie starrte eine Weile auf das Display, was ihr wie eine

Ewigkeit vorkam. Hinter ihr packte Tymo die Sachen vom Tablett auf den Tisch, und bei jedem Knall machte Roses Herz einen Satz.

Schließlich summte das Handy, und es erschien eine Antwort.

Ich will nicht mit dir reden.

Mit zitternden Fingern schrieb Rose zurück: *Devin, es ist wichtig. Wir sind in der Küche, aber der Herd geht nicht, und wir brauchen ihn.*

Keine Antwort.

Wenn wir den Ofen nicht in Gang bringen, dann war das alles vergebens. Sie drückte auf SENDEN, und ehe der Text ganz durch war, fügte sie schnell noch ein *Bitte!* hinzu.

Das Handy summte.

Ich rede trotzdem nicht mit dir, aber WENN ich euch helfen soll, dann nur über Tymo.

Das hatte sie wohl verdient. Rose hielt ihrem Bruder das Handy hin. »Er will mit dir reden.«

Eifrig nahm Tymo das Handy und tippte einen Text. Jetzt kamen die Nachrichten so prompt, dass das Handy ständig zu summen schien. Rose fragte sich, was Devin Tymo mitteilte – schrieb er was über sie?

Tymo lachte, zog die Augenbrauen hoch und sagte: »Ach, das ist alles? Das ist ja leicht.«

Er legte das Handy beiseite, krempelte die Ärmel hoch und rückte den Backofen von der Wand. Dann ließ er sich auf Hände und Knie nieder und kroch dahinter.

»Zieh auf jeden Fall vorher den Stecker!«, sagte Rose. »Nicht, dass du einen gewischt kriegst …«

Einen Moment später tauchte Tymo wieder auf, in der Hand eine Kugel aus Alufolie. Ein dutzend verkohlter Streichhölzer steckten darin. »Der Stecker war schon gezogen«, sagte er. »Devin hat den Ofen einfach nur ausgestöpselt und eine Rauchbombe versteckt. Deshalb hat jeder *gedacht*, dass er explodiert sei.« Er warf die abgebrannte Rauchbombe in den Müll und tippte ein DANKE ins Handy. »Er ist ein kluger Junge, *hermana*. Hast dir einen guten Freund ausge… Egal, wir sind bereit.«

»Okay.« Rose verdrängte Devin und die Worte ihres Bruders aus dem Kopf. »Bewach die Tür. Lass keinen rein.«

Tymo lachte spöttisch und setzte die Sonnenbrille auf. »Die sollen es mal versuchen, an mir vorbeizukommen!«

Als Tymo draußen war, machte sich Rose an die Arbeit.

Sie heizte den Ofen vor und vermischte die Zutaten, während Jacques die Artischockenherzen auslöste und klein biss. Als Rose mit dem Muffinteig fertig war, hatte er eine Schüssel mit Brei aus Artischockenherzen gefüllt.

»Ich habe mir das Herz ausgerissen, um diese Herzen zu zerkleinern«, sagte er. Dann hickste er. »Ich bin jetzt, wie könnte man sagen, beherzt.«

»Das ist die letzte und wichtigste Zutat«, sagte Rose und nahm das Reagenzglas mit den geronnenen Versprechen. Sie hielt es ganz fest, während sie das Mulltuch ablöste – auf keinen Fall durfte es wieder zu Boden fallen.

Eine Stimme kreischte aus dem Lautsprecher in der Ecke des Raumes. »Der Präsident und die First Lady sind eingetroffen. Es geht gleich los!«

»*Sacre bleu!*«, rief Jacques. »Wir sind zu spät dran!«

Vorsichtig ließ Rose den smaragdgrünen Sirup auf den Artischockenbrei rinnen. Als das Glas leer war, nahm Rose das Mulltuch und drückte mit beiden Händen das letzte Bisschen der geronnenen Versprechen aus. Sie hatte viel für diese Zutat geopfert, und sie wollte keinen einzigen Tropfen verschwenden.

»Beeil dich, Rose! Mach schnell!«, sagte Jacques, und seine Nase zuckte ängstlich. »Unsere Zeit, sie läuft uns davon!«

»Ich mach, so schnell ich kann!«, fuhr Rose ihn an.

Der zähe Sirup zischte und glibberte auf dem Artischockenmus und löste alles zu einer grünen Flüssigkeit auf, die blubberte und von ganz alleine zu kreisen anfing und in der Schüssel hin und her schwappte. Es war fast, als sei etwas in der Mischung eingesperrt und drückte und schob, um zu entkommen. Als die Flüssigkeit über den Rand der Schüssel stieg, schirmte Rose Jacques ab, damit er keine Spritzer abbekam.

Doch stattdessen schwebte die Mischung in die Luft und formte schimmernde feuchte Blätter, die fast wie Artischockenblätter aussahen. Sie waberte und wallte in der Luft schwebend weiter und bildete immer mehr ovale Formen, bis sie wie eine ganze Artischocke aussah.

»O la la«, sagte Jacques. »Wie wunderbar!«

In dem Moment erklang Sir Zsigismonds Glocke. Die Artischocke erzitterte in der Luft, dann fiel sie in die Schüssel zurück und verwandelte sich in eine absolut sämige Sauce.

Die Küchentür ging auf, und Tymo steckte den Kopf herein. »Alle tragen schon das Essen auf. Beeil dich!«

»Ich beeil mich doch!«, sagte Rose und hob die Schüssel hoch.

»*Quel domage!*«, sagte die Maus. »Rosmarin, du hast keine Zeit mehr zu backen!«

War es wirklich zu spät? Rose betrachtete die Schüssel mit dem Käseteig für die Muffins und die gebutterten Muffinformen und überlegte fieberhaft. Warum die ganze Geschichte durchziehen – Muffins backen, abkühlen lassen, pürieren und dann mit der Glasur vermischen? Reichte die Glasur nicht alleine aus? Sie betrachtete die glänzende Mischung. Nicht der Muffinteig enthielt die magische Zutat, sondern der Artischockenguss mit dem geronnenen Versprechen.

»Dann lassen wir das mit den Muffins«, sagte Rose. Sie öffnete die Unterschränke, bis sie einen großen Kupfertopf fand. »Wir kochen einfach die Artischockenmischung allein und lassen sie simmern. Das sollte genug Hitze sein, um den Zauber auf die richtige Temperatur zu bringen, und das benutzen wir dann als unsere Glasur.«

»*Quelle folie!*«, sagte Jacques. »Ist das nicht ein zu wichtiges Rezept, um sich auf ›Vielleichts‹ zu verlassen?«

»›Vielleicht‹ ist zurzeit unsere einzige Hoffnung«, sagte Rose, kippte die Artischockenmischung in den Kupfertopf und rührte um. »Du musst aufpassen, dass sie nicht überkocht, solange ich weg bin. Wenn sie zu heiß wird, drehst du dann den Herd ab?«

»Für dich«, sagte Jacques, »versuche ich es.«

»Pokerfaces, Leute!« rief Sir Zsigismond aus der großen Küche. »Eure Show muss makellos sein!«

»Wir sind zu spät, Rose«, sagte Tymo durch die Tür.

Rose knallte den schweren Topf auf den Herd und stellte auf kleinste Flamme. Heftig atmend trat sie zurück. Was für ein Schlamassel! Sie war mehlbestäubt, überall lagen Eierschalen und Artischockenblätter herum, und sie war gerade skrupellos geworden und übersprang einen Schritt aus dem Backbuch, um Zeit zu schinden.

Dieses Gebräu *musste* wirken.

Würde es klappen?

Die Glocke ertönte erneut, und Tymo öffnete die Tür.

»Rose?«

Rose drückte hinter dem Rücken die Daumen und flüsterte so, dass es Tymo nicht hören konnte: »*Bitte funktionier.*« Dann sagte sie lauter zu ihrem Bruder: »Ich bin so weit.«

Kapitel 9
Eisbombentanz

Der Bankettsaal war wie verwandelt.

Während Rose, Tymo und Devin fort gewesen waren, um geronnene Versprechen zu sammeln, hatte das Team von Sir Zsigismond ebenfalls gezaubert. Der Raum sah wie eine kostbare Schmuckkassette aus: Die Tische schimmerten in weißer Seide, und riesige silberne Stoffbahnen hingen zwischen den Flaggen der verschiedenen Mitgliedsländer. Die Decke war verschwunden hinter Trauben von Glaskugeln – und kleine Lämpchen baumelten an unsichtbaren Schnüren zwischen den Kronleuchtern und erinnerten Rose an die Glühwürmchen, die sie mit ihrer Familie immer an warmen Sommerabenden in Calamity Falls beobachtete.

Sie seufzte. »Wie schön!«

Und sie war nicht die Einzige, die das fand. Der Saal war mit Würdenträgern gefüllt, die in festlichen Kleidern oder ordengeschmückten Anzügen herumstanden, Champagnergläser hielten und lachten und sich unterhielten.

»Ist das …?« Rose deutete auf den Tisch, hinter dem die rot-weiß-gestreifte amerikanische Flagge hing.

Tymo pfiff durch die Zähne. »*El presidente*. Was meinst du, wenn ich ein Foto mit ihm kriegen könnte, müsste ich dann dieses Jahr vielleicht nicht in Bürgerkunde?«

Jemand hinter ihnen räusperte sich.

»*Keine Selfies*«, sagte Sir Zsigismond mit drohendem Blick. »Ich habe wohl bemerkt, dass ihr heute Nachmittag gefehlt habt. Ihr habt Glück, dass wir so knapp sind, sonst würde ich euch eurer Agentur zurückschicken. Das Service-Ballett beginnt gleich. Ihr bedient Tisch sieben.« Er deutete auf einen Tisch vor einer rot-goldenen Flagge. »Verschwindet jetzt in die Küche und nehmt Aufstellung.«

Während die Geschwister Richtung Schwingtür verschwanden, sagte Tymo: »Spanien. Ich wette, sie sind *muy impresionado* von meinem Spanisch.«

»Es wird *nicht* mit den Gästen geredet!«, fauchte Zsigismond, bevor die Türen hinter ihnen zuklappten.

Die anderen Kellner hatten sich schon versammelt. Sie standen in zwei langen Reihen in der Mitte der Küche hinter der Elite der Oberkellner, reglos wie Statuen.
»Findest du nicht auch, dass die Kellner ein bisschen … seltsam aussehen?«, fragte Tymo.
»Du meinst, seltsamer als sonst?« Rose musterte die Gruppe. Alle hatten einen glasigen Blick. »Möglich. Aber wahrscheinlich sind sie einfach müde, oder?«
»Kann sein«, sagte Tymo.
Als sie sich hinten anstellten, hörten sie Sir Zsigismond im Bankettsaal zu den Gästen sprechen.
»Willkommen!«, sagte er schwärmerisch. »Unsere Reise durch die kulinarische Welt beginnt mit zwölf Vorspeisen, zunächst mit der schönen amerikanischen Spezialität: Hamburger. Das Service-Ballett möge beginnen!«
Vorne schnippten zwei Kellner mit den Fingern. Alle Kellner hinter ihnen nahmen die bereitstehenden Tabletts mit Tellern und hoben sie auf die Schultern.
»Es geht los«, sagte Rose und hob vorsichtig ihr Tablett hoch.
»Erinnerst du dich, wie die Tanzschritte gingen?«, fragte Tymo, als sie losmarschierten.
Die Tanzschritte! Rose hatte überhaupt nicht mehr an sie gedacht. »Äh …«

Orchestermusik drang aus dem Bankettsaal in die Küche, und die Kellner strömten durch die Türen.
Bei jedem Schritt schlug Roses Herz schneller; wenn doch nur Devin bei ihr gewesen wäre, nicht nur, weil er wusste, wie die Choreographie ging, er hätte sie auch davor bewahrt zu straucheln. Mit ihm hätte Rose alles leicht aussehen lassen können.
Aber es blieb keine Zeit zum Jammern. Sobald die Kellner paarweise in den Bankettsaal traten, drehten und wirbelten sie sofort auf die ihnen zugeteilten Tische zu. Alles ging ganz schnell – gerade war Rose noch mit ihrem Bruder in der Küche gewesen, auf einmal war sie im Saal, geblendet von einem Scheinwerfer.
Sie erstarrte, und Tymo blieb neben ihr stehen.
Eine Geige kreischte, und die Musik hielt inne. Das Gemurmel verstummte, und Rose wusste, dass irgendwo hinter dem gleißenden Licht der gesamte Saal auf sie blickte und erwartete, dass sie tanzten.
»Was macht ihr?«, zischte ein Kellner hinter ihnen. »Tanzt!«
Rose hielt ihr Tablett so fest wie möglich und machte einen schnellen Satz aus dem Lichtkegel … und stieß fast an den südkoreanischen Tisch. Im letzten Moment drehte sie ab, und die Teller auf ihrem Tablett rutschten an den Rand.

Tymo konnte sie aufhalten und ihr Tablett wieder in die Waagerechte bringen. »Hier entlang, Ballerina.« Er packte Roses Hand und führte sie fort, und die Musik setzte wieder ein.

»Das Mädchen ist sehr ungelenk«, hörte Rose einen Gast mit britischem Akzent sagen. »Ihre Beine sind wohl aus Holz.« Und das folgende Gelächter ließ sie puterrot werden.

Ich bin Bäckerin, keine Tänzerin, sagte sie sich und duckte sich nach links, um einer Reihe von Kellnern auszuweichen, die auf Zehenspitzen vorbeihuschten.

Im ganzen Saal sprangen die Oberkellner gekonnt in die Luft und ließen die gestreckten Zehen kreisen und flogen einander in die Arme. Jede Bewegung wurde mit »Ooohs« und »Aaahs« und heftigem Klatschen der ausländischen Würdenträger begrüßt.

»Stellen sie ihr Essen denn irgendwann mal ab?«, fragte Rose.

»Dreh dich einfach auf *l'España* zu«, sagte Tymo. »Immer schön weiter drehen.«

Okay, dachte Rose. *Das kriege ich hin.*

Sie folgte Tymo, drehte und drehte sich, wich anderen Kellnern aus und überhörte ihre gezischten Beschwerden. »Ihr ruiniert alles!«, rief einer. »Das nennt ihr *tanzen*?«, murrte ein anderer, doch Rose konzentrierte sich nur auf die Drehungen. Was, ehrlich gesagt, nicht so leicht war. Rose versuchte ihr Bestes, nicht hinzufallen oder sich zu übergeben oder beides – es war schwieriger als gedacht.

Schließlich erreichte sie den Tisch der spanischen Würdenträger. Wackelig setzte sie ihr Tablett mit den Hamburgern vor die Gäste. »*Hola!*«, sagte sie außer Atem. Wer behauptete, dass Tanzen kein Sport sei, lag absolut falsch.

Als sie und Tymo von dem Tisch zurücktraten, wurden sie von zwei Oberkellnern gepackt.

»Nicht gleich handgreiflich werden!«, beschwerte sich Tymo, als sie durch die Schwingtür in die Küche zurückgezerrt wurden.

Sir Zsigismond wartete schon. »Ich habe noch *nie im Leben* so einen so jämmerlichen Service erlebt. Wo ist euer Kollege mit den langen Haaren? Er hatte zumindest Anmut.«

»Beim nächsten Mal machen wir es besser«, versprach Rose. Schon bereiteten Köche die Teller mit dem nächsten Gang vor und reichten sie den Kellnern, die sich bereithielten.

»Beim nächsten Mal?«, rief Sir Zsigismond und verschluckte sich fast an seiner eigenen Spucke. »Es *gibt* kein nächstes Mal. Ihr seid raus!« Er zog seine lange

Nase kraus. »Was ist das für ein schreckliches Geräusch?«
Rose hatte es zunächst nicht gehört, aber als Sir Zsigismond die Hand hinter das Ohr legte und verstummte, konnte sie eine leise Melodie hören.
Eine Flöte!
Jacques!
»Wir finden das Geräusch und kümmern uns drum, Sir«, sagte Rose. »Sie brauchen alle anderen zum Servieren im Saal.«
Sie ließ dem Maestro keine Zeit zum Überlegen. Zusammen mit Tymo sauste sie in die Seitenküche, wo Jacques mit geschlossenen Augen auf dem zugemüllten Küchentisch saß. Seine winzigen Krallen tanzten über ein Stück Nudel, das er an die Schnauze hielt.
»*Dieu merci!*« Die Maus hörte zu spielen auf und öffnete die Augen. »Ihr habt meinen Ruf endlich gehört.«
»Spielst du auf Spaghetti?«, fragte Tymo.
»Genauer gesagt auf Makkaroni«, erwiderte Jacques und deutete mit der Nudel auf Tymo. »Diese Nudel ist hohl, und daher habe ich eine Flöte daraus gemacht, um euch zu rufen. Ich glaube, eure Artischockenglasur ist fertig!«
Tymo warf einen Blick auf den Teig in der Schüssel. »Du hast die Muffins gar nicht gebacken, *mi hermana?*«

»Keine Zeit dafür gehabt«, sagte Rose und zog den dampfenden Topf mit einem Geschirrtuch von Herd. »Ich habe das Rezept abgekürzt. Wir streichen die Artischockenglasur direkt auf. Da ist doch der ganze Geschmack und der Zauber drin.«

Tymo tauchte seinen kleinen Finger in die Mischung, leckte ihn ab und verzog das Gesicht. »Das schmeckt … komisch, Rose. Das will keiner auf seinem Nachtisch.«

»Hoffen wir mal, dass es keinem auffällt, wenn es auf der Eisbombe ist«, sagte Rose. Sie rührte mit einem Holzlöffel in dem großen Topf. Als sie ihn herauszog, war er von einer blassgrünen Glasur überzogen, die wie eine Honigschicht war.

»Ich habe das Surren der Fließbänder gehört«, piepste Jacques und deutete mit seiner Flöte an die Decke. »Es ist jetzt an der Zeit!«

»Sie lassen die Eisbombenportionen aus Lilys Spezialküche nach unten kommen!«, sagte Rose. »Wir müssen die Glasur auftragen, ehe alle Hauptgänge serviert sind.«

Der Lautsprecher in der Zimmerecke knackte. »Vorspeise zwei ist beendet. Japan, bitte macht euch bereit für euren Hauptgang!« Tymo zog ein Paar Ofenhandschuhe an und stemmte den Kupfertopf mit der Glasur hoch. »Hier entlang, *hermana*!«

Rose folgte Tymo durch die lärmende Küche, Jacques

kauerte auf ihrer Schulter. Keinem fiel auf, dass die drei in den Vorbereitungsraum für das Dessert schlüpften.
Tymo stellte den Topf auf den nächstbesten Tisch. »Sieh mal an!«
Am hinteren Ende des Raumes war ein Speiseaufzug. Seine Türen glitten zischend auf, und der Boden darin klappte auf und ließ ein Tablett mit Einzelportionen des Nachtisches auf ein Fließband gleiten. Die Eisbomben sahen aus wie Hügel aus luftigem Schaum über einer silbrigen See. Das Tablett wurde auf einem Fließband befördert, bis ein Roboterarm von der Decke herunterschoss, das Tablett mit einem mechanischen Klicken seiner Chromfinger packte und behutsam zu einem Gestell trug, auf dem schon Dutzende beladener Tabletts standen. Der Roboterarm ließ das Tablett in ein leeres Regalfach gleiten, die Tür des Speiseaufzugs öffnete sich wieder, und die Prozedur fing von vorne an.
»Wo hat *El Tiablo* das ganze Zeug her?«, fragte Tymo.
Rose ballte die Hände zu Fäusten. »Von der Internationalen Nudelholzgesellschaft, könnte ich wetten.« Sie reichte Tymo einen der Schöpflöffel, die sie aus der Küche mitgenommen hatte. »Wir müssen alle Nachtische glasieren, ehe jemand reinkommt.«
Jacques kauerte auf einem schmalen Sims des Fensters in der Küchentür und hielt Wache, während sie sich an

die Arbeit machten und Schöpflöffel um Schöpflöffel der *Folge-deinem-Artischockenherzen-Mischung* auf jede Eisbombenportion tropfen ließen.

Beim Glasieren fiel Rose auf, dass die Baiserschicht einen feinen Duft nach Frühlingsblumen verströmte. Die Gezeiten der Venus? Warum hatte so eine bösartige Zauberzutat so einen köstlichen Duft?

Die Artischockenglasur trocknete schnell und war kaum zu bemerken – beim genauen Hinsehen konnte Rose nur ein ganz leichtes grünliches Schimmern entdecken. Perfekt.

Der knackende Lautsprecher kündete einen Gang nach dem anderen an. Die ganze Zeit glitt ein Nachtisch-Tablett nach dem anderen auf das Fließband und wurde von dem Roboterarm auf das Gestell eingeordnet. Rose und Tymo konnten kaum mithalten, aber schließlich blieb nur noch eine hauchdünne Schicht in dem Kupfertopf. Für das letzte Tablett mit Nachtisch reichte es nicht mehr. Tymo versteckte es in einem Schrank.

»Rose!«, rief Jacques und sprang von dem Fenster. »Es kommt jemand!« Die Maus sprang auf den Tisch und rannte in Roses Tasche. Sir Zsigismond und mehrere Kellner stürmten mit ausdruckslosen Mienen herein.

»Erst müssen wir die äußeren Tische bedienen«, befahl

ihnen der Maestro. Er sah Rose und Tymo und blieb abrupt stehen. »*Ihr!*«, sagte er abfällig.

»Rose und ich haben das Geräusch gefunden, das Sie gehört haben, Maestro«, sagte Tymo. »Es war eine undichte Gasleitung in dieser Küche hier!«

»Zum Glück konnten wir die undichte Stelle versiegeln mit …« – Rose blickte auf den Schöpflöffel in ihrer Hand – »… mit Zuckerguss!«

Sir Zsigismond zog eine Augenbraue hoch. »Das klingt aber nicht sicher –«

Der Lautsprecher knisterte. »Der letzte Gang. Ich wiederhole: der letzte Gang. Fertigmachen für den Eisbombenmarsch!«

»– aber darum können wir uns jetzt keine Gedanken machen.« Zsigismond deutete auf die unzähligen Nachtischportionen. »Kellner! Tragt die Eisbomben hinaus!«

Rose hielt den Atem an, als sich die Kellner daran machten, die Gestelle mit den Nachspeisen hinauszurollen. Keinem schien aufzufallen, dass sie glänzten und leicht grün waren.

Nun zog Sir Zsigismond etwas heraus, das für Rose wie ein winziger Haarföhn aussah – ein Crème-bruléeBrenner! – und flambierte die erste Eisbombenportion. Neongrüne Flammen zischten empor und umhüllten den Baiserhügel wie ein kleiner bunter Feuerball.

»Wie seltsam.« Verwirrt flambierte Sir Zsigismond die nächste Eisbombe und dann weitere. Alle loderten unnatürlich grün. »Vielleicht sollte ich Ms Le Fay holen und fragen, ob dieser Effekt Absicht ist.«

»Das ist er!«, rief Rose. »Sie war vorhin da.«

»Ach ja?«, sagte Sir Zsigismond.

»Es soll so aussehen«, bestätigte Tymo. »Als Feier dafür, dass Schottland seinen verlorenen Prinzen gefunden hat, meinte sie. Sie hatte noch etwas drübergestreut, das die Bomben in den Farben Schottlands aufleuchten lässt.«

Sir Zsigismond runzelte die Stirn. »Aber die Flagge von Schottland ist blau und weiß.«

»Was, wie jedermann weiß«, sagte Tymo augenzwinkernd, »*zusammen* wie grün aussieht.«

»Ich denke nicht, dass das korrekt ist –«, begann Sir Zsigismond.

Aber in dem Moment meldete sich der Lautsprecher, und die vormals ruhige Stimme schrie: »Wo bleibt der Nachtisch? Alle Mann an Bord! Fangt mit dem Marsch an!«

Sir Zsigismond flambierte rasch die restlichen Eisbombenportionen und rannte mit den Kellnern aus der Backstube. »In den Bankettsaal!«, rief er.

Rose und Tymo rannten hinterher.

»Rettung in letzter Minute«, sagte Rose zu Tymo.
»Gott sei Dank kenne ich meinen Farbkreis«, erwiderte er.
Die Kellner marschierten in den verdunkelten Bankettsaal und hielten die Tabletts mit den brennenden Eisbomben hoch. Sie bewegten sich im Takt zu Trommelwirbeln aus versteckten Lautsprechern. In absolutem Einklang bildeten sie Kreise um die Tische, und dann wurden die Eisbomben alle in derselben Sekunde elegant vor die Würdenträger gestellt, die vor Ehrfurcht die Münder aufsperrten. Die Musik endete, das Licht ging an, und wie auf ein Zeichen erstarben die Flammen. Jubelrufe erfüllten den Raum. Sir Zsigismond und seine Oberkellner verbeugten sich tief, und die Gäste nahmen ihre Gabeln und legten los.
Rose packte Tymos Arm. »Bitte lass es wirken!«
Mehrere Gäste stießen Freudenschreie aus, und alle machten sich über die Baiserschicht und die Eisbombe her, als hätten sie tagelang nichts gegessen.
»Das ist das köstlichste Dessert, das ich je probiert habe«, rief eine Frau.
»Besser als dunkle Schokolade von den Kakaobäumen in Brasilien!«, rief ein Mann durch den Saal.
Rose wurde zuversichtlicher. »Sie *lieben* es«, sagte sie. »Wir haben es geschafft.«

Auf der Bühne mitten im Saal stand der Tisch der Gastgebernation. Dort saß der amerikanische Präsident mit den sechs wichtigsten Anführern der Welt, einschließlich der falschen Grandma von Basil und Basil selbst.
Basil redete angeregt mit einem dünnen dunkelhaarigen Mädchen neben ihm, das ungefähr in Tymos Alter zu sein schien. Oder besser, wie Rose jetzt sehen konnte, er redete *zu ihr hin* – denn sie nahm keine Sekunde den Blick von ihrem Handy.
Rose stockte der Atem. Vielleicht lag es daran, dass Basil so eifrig versuchte, die Aufmerksamkeit des Mädchens zu erringen, dass er das vertraute Gesicht zwei Plätze weiter noch nicht bemerkt hatte.
Tante Lily.
Sie war so schön wie eh und je. Ihre langen schwarzen Haare fielen über eine Schulter, und ihre Lippen waren so tief rot geschminkt, dass sie zu dem glitzernden rubinroten bodenlangen Kleid passten, das sie trug.
Bestimmt hatte Lily Basil erkannt. Und sie musste auch die grünlichen Flammen bemerkt und begriffen haben, dass etwas mit der Eisbombe nicht stimmte.
Aber Lily tat nichts, um die Geschehnisse zu unterbrechen. Sie saß still da und sah zu, wie jeder um sie herum die verzauberte Eisbombe aß. Nur ihre Augen verrieten sie – das konnte Rose gut erkennen: Lily war besorgt.

Also warum tat sie nichts?

Tante Lily sah tatsächlich … traurig aus. Sie stocherte mit ihrer silbernen Gabel in der unangerührten Eisbombe.

»Da stimmt was nicht«, flüsterte Rose. Ihre ganze Zuversicht verflog.

»Meinst du die Artischockenglasur?«, fragte Tymo. »Jeder findet sie köstlich.«

»Nein, ich meine *sie.*« Rose nickte zu Tante Lily. »Warum sagt sie nichts? Sie muss wissen, was wir gemacht haben, aber sie lässt einfach alle weiteressen.«

Tymo zuckte die Schultern. »Wer weiß schon, warum *El Tiablo* etwas tut oder lässt? Mädchen sind undurchschaubar. Ich sollte das wissen mit so vielen Freundinnen.«

Inzwischen war Sir Zsigismond auf der Bühne erschienen, und die Menschen legten kurz die Gabeln zur Seite, um ihm zu applaudieren.

»Nein, nein«, sagte er mit einem bescheidenen Abwinken. »Der Erfolg des Eisbombenmarschs ist nicht nur mir zu verdanken. Er ist ebenso das göttliche Werk der wunderbaren Meisterbäckerin Miss le Fay!«

Lily zwang sich zu einem Lächeln und winkte, während der Applaus anhielt.

»Nachdem sich unser Dinner nun dem Ende zuneigt,

wurde ich gebeten, einen bemerkenswerten jungen Mann vorzustellen.« Sir Zsigismond faltete die Hände über dem Herzen. »Heißen Sie bitte den Jungen willkommen, der in der Legende das vermisste Baby Seamus genannt wird. Man dachte, er sei für immer verloren – endlich ist er wieder aufgetaucht! Seamus O'Malley, der letzte der Linie und daher *der* O'Malley, Erbe des Clans und hochgeborener Anführer aller Schotten auf Erden!«

Basil erhob sich nervös und trat ans Mikrophon. »Ich fühle mich sehr geehrt, heute hier zu sein. Sehr, sehr, *sehr* geehrt.«

Jemand hüstelte. Ansonsten herrschte Stille bis auf die Gabeln, die an Teller klapperten.

Basil holte tief Luft. »Also, kennen Sie den, wie ich und eine Ziege in eine Bar kommen und –« Basils Mütze hopste ihm praktisch vom Kopf. »Aua! Aufhören, sofort aufhören!«

Wie auf Kommando wurde es still im Saal.

Die Würdenträger an ihren Tischen erstarrten mitten in der Bewegung und hielten ihre Gabeln auf dem Weg zum Mund an. Sir Zsigismond und alle Kellner verharrten reglos an ihren Plätzen. Einer hatte sich bei Basils Worten gerade gebückt, um eine heruntergefallene Serviette aufzuheben. Er erstarrte ebenfalls, verlor das

Gleichgewicht und stürzte steif zu Boden. Am australischen Tisch schenkte gerade ein Kellner der Gemahlin des Premierministers ein Glas Wasser ein. Nun verharrte er in dieser Bewegung, und der ganze Krug ergoss sich über die Frau. Sogar Basils falsche Grandma O'Malley auf der Bühne erstarrte – was allerdings nicht besonders auffiel, da sie sich in ihrem Rollstuhl sowieso kaum bewegte.

Nur sechs Leute konnten sich noch bewegen: Rose, Tymo – und auf der Bühne – Tante Lily, Basil, das Mädchen mit dem Handy und ein sehr kleiner Mann, der eine Schärpe über dem Anzug trug.

»Du hast recht«, sagte Tymo. »Da stimmt was nicht.«

Verwirrt beugte sich Basil zum Mikrophon. »Nein, nicht *ihr sollt aufhören,* Leute. Ich habe mit meiner Mütze geredet. Verhalten Sie sich ganz normal.«

Sofort bewegten sich alle wieder. Die Gäste, die beim Essen unterbrochen worden waren, schoben sich den Bissen in den Mund, Sir Zsigismond tippte ungeduldig die Fingerspitzen aneinander, der gestürzte Kellner kam wieder auf die Beine, und die Gemahlin des Premierministers, die nass geworden war, kreischte und sprang von ihrem Stuhl auf.

Roses Magen fühlte sich gleichzeitig hohl und schwer an. Wenn ihre Zauberglasur gewirkt hätte, dann hätte sie die Gezeiten der Venus außer Kraft setzen müssen und nichts Magisches hätte passieren dürfen.

»Klopf, klopf«, begann Basil – und unter seiner Mütze rumorte es erneut. Er hielt sich den Kopf, drehte sich im Kreis und rief: »Du bist nicht derjenige, der die Leute hier unterhalten soll! *Hör jetzt auf!*«

Erneut verfiel der Saal in Starre.

»Was machen Sie?«, rief Basil aus und wedelte mit den Armen. »Bewegen Sie sich doch wieder, bitte!«

Alle verloren ihren starren Blick und widmeten sich wieder der Nachspeise.

Männer in dunklen Anzügen umringten Basil plötzlich und eskortierten ihn aus dem Bankettsaal.

»Ich glaube, die Glasur hat nicht so gewirkt, wie sie sollte, *hermana*«, sagte Tymo.

»Ich habe was falsch gemacht«, stimmte ihm Rose zu. Vielleicht war der Muffinteig ja *doch* wichtig gewesen. Sie schluckte. Es war ihre einzige Chance gewesen, Lily von ihren Machenschaften abzuhalten, und sie hatte sie vermasselt. »Aber darüber können wir uns jetzt keine Gedanken machen, Tymo«, sagte Rose tapfer. »Wir müssen Basil retten.«

Am Ausgang wehrte sich Basil noch immer gegen die Sicherheitsleute und sagte: »Mir geht es gut! Fragen Sie meine Grandma! Sie wird es Ihnen sagen!«

Rose und Tymo waren fast bei ihm, als sie hinter sich das Klappern von Stiletto-Absätzen auf den Fliesen hörten.

»*El Tiablo*«, knurrte Tymo, und sie drehten sich um.

Lily war so nahe, dass Rose ihr Parfüm riechen konnte, und der Duft rief ihr all die Lügen und Sorgen ins Gedächtnis, die Lily in ihr Leben gebracht hatte.

»Wir wissen, was du im Schilde führst«, sagte Rose. »Damit kommst du niemals durch.«

Lily seufzte, ein melancholisches Geräusch, das Rose nie von ihrer Tante erwartet hätte. »Ihr habt *alles* zunichte gemacht.«

»Zunichte gemacht?« Rose begriff nicht. Hatte die *Folge-deinem-Artischockenherzen-Glasur* doch ihren Dienst getan? »Du meinst wohl, wir haben alle vor dir und der Internationalen Nudelholzgesellschaft gerettet!«

»Wir wissen über deine Pläne mit den Gezeiten der Venus Bescheid«, sagte Tymo. »Versuch gar nicht erst, das abzustreiten.«

»Ihr wisst *gar nichts*«, sagte Lily und klang traurig und müde. »Ich habe nicht *für* die Internationale Nudelholzgesellschaft gearbeitet. Ich habe sie *aufzuhalten* versucht. Und jetzt habt ihr denen genau das gegeben, was sie wollten.«

Kapitel 10
Die Wahrheit über das Lügen

Das ist nur ein Trick!, sagte sich Rose. *Lily lügt – wie üblich!*

Ehe Lily zu einer Erklärung ansetzen konnte, kam der kleine Mann mit der Schärpe näher, gefolgt von dem gertenschlanken Mädchen mit den dunklen Haaren (das immer noch auf ihr Handy sah). Es waren die anderen beiden Menschen, die von Basils ungewollten Anordnungen unberührt geblieben waren. Das Mädchen wurde von zwei bedrohlich wirkenden Bodyguards flankiert, beide mit weißblondem Bürstenhaarschnitt.

»Ah, da sind Sie ja!«, sagte der kleine Mann. Er war von seltsamer Gestalt: Breit und rund um Brust und Bauch, aber mit spindeldürren Armen, sah er aus wie ein Dackel, der auf den Hinterbeinen stand. Auf der Schärpe um seine Brust stand SAN CARUSO. »Madame Lily, Ihr Dessert war der göttliche Höhepunkt des Mahls!«

Lily lachte perlend. »Ach, Sie schmeicheln mir, Graf Caruso!« Es war, als sei sie innerhalb von zwei Sekunden zu einer völlig anderen Person geworden.

»Sind das Ihre Freunde?«, fragte er und lächelte so breit, dass Rose schon befürchtete, sie könnte jeden einzelnen seiner 32 Zähne sehen. Die waren alle blendend weiß bis auf einen – der war nachtblau und spitz. Als wolle er ihn verstecken, hielt der Mann die Hand vor den Mund.

»Wir sind Personal, Sir«, sagte Rose. »Wir gehören zum Service-Team.«

»Dann müsst ihr von mir gehört haben, da bin ich sicher: Graf Caruso.« Er strich sich die bereits makellos glatten Haare zurück.

Tymo zuckte die Schultern. »Nö.«

»Überlegt ein bisschen mehr«, sagte Graf Caruso. »Grabt tief in eurem Gedächtnis nach.«

»Tut mir leid, Sir.« Tymo klopfte sich an den Schädel. »Da kommt nichts.«

»Ich backe die winzigen Minimuffins!« Er hielt Daumen und Zeigefinger zwei Zentimeter weit auseinander. »Ihr kennt sicher unseren Werbeslogan – ›Zu klein, um aufs Gewicht zu schlagen, aber zu gut, um vergessen zu werden!‹ *Bellissima!*« Graf Caruso tat so, als würde er einen unsichtbaren Muffin essen, dann machte er Kussgeräusche in die Luft. »Schmatz, schmatz, schmatz!«

»Klingt delikat … und klein!«, sagte Tymo.

»Genau!« Graf Carusos blaubeerfarbener Zahn funkelte, als er sich näher beugte. »Ich habe von einem Muffin geträumt, das so klitzeklein war, um in eure Handfläche zu passen – und dann dachte ich bei mir, nein, Caruso! Träum noch *kleiner*! Du kannst noch winzigere Muffins backen als das – schöne Mini-mini-Portiönchen leckerer Muffins.« Er schlug sich auf die Brust. »Und das habe ich gemacht. Und jetzt bin ich reich. Und berühmt.«

»Wenn Sie meinen«, sagte Tymo.

Graf Caruso holte dreimal kurz Luft, wie um sich zu beruhigen, dann wandte er sich an Lily. »Ich bin gekommen, um Ihnen ganz förmlich zur glänzenden Vollendung von Phase eins zu gratulieren. Morgen wird Phase zwei diese so genannten Würdenträger für immer …« Die dunklen Augen des Grafen wanderten seitwärts zu Rose und Tymo »… zu getreuen Kunden von Graf Carusos Minimuffins machen.«

»Und dann gehört die Welt der Backwaren Ihnen«

sagte Lily und lachte wieder dieses falsch klingende Lachen.
»Sie scherzen so freundlich«, sagte Graf Caruso, und sein Grinsen verschwand. »Aber ich meine es todernst. Es wäre gut, wenn Phase zwei perfekt abläuft, sonst muss ich Ihre Anstellung *beenden.*«
»Zerbrechen Sie sich nicht Ihren hübschen Kopf«, sagte Lily. »Ich verspreche, diese Veranstaltung gut zu Ende zu führen.«
»Erfreut, das zu hören! Anscheinend kann ich die Auftragskiller zurückpfeifen.« Der Graf rückte seine Schärpe zurecht. »Ha-ha! Kleiner Scherz. Bis morgen, meine Liebe, meine Tochter und ich wünschen Ihnen einen guten Abend!«
»*In bocca al lupo,* Graf.« Lily winkte mit Diamanten beringten Fingern. »Ciao!«
Graf Caruso machte eine Kehrtwende, nickte dem gertenschlanken Mädchen und ihren Bodyguards zu und verließ den Bankettsaal. Tymo stieß einen Pfiff aus. »Habt ihr den blauen Zahn gesehen? *Schrecklich!*«
»Unwichtig«, sagte Rose und wandte sich an ihre Tante. »Du hast gelogen, Lily! Graf Caruso gehört ganz offensichtlich zur Internationalen Nudelholzgesellschaft, und genauso offensichtlich ist es, dass du für ihn arbeitest!«

»Ihr versteht nicht«, sagte Lily und sah sich nervös um. »Lasst uns an einen privateren Ort gehen, wo wir reden können.«

Sie führte sie durch den Bankettsaal und durch eine luftige Halle mit Glaswänden, die voller Bäume und Brunnen war, bis sie zu einigen Bänken kamen, die im Kreis fernab von den anderen standen.

»Die Sache ist anders, als sie euch erscheint«, sagte Lily, nachdem sie sich gesetzt hatten. Sie redete so leise, dass man sie fast nicht hörte. »Ich bin eine Doppelagentin. Ich bemühe mich, die Internationale Nudelholzgesellschaft zu stoppen!«

»Ha!«, sagte Rose.

»Ha-ha!«, sagte Tymo.

»Was ist daran so komisch?«, fragte Lily.

»*Du* bist komisch. Wenn du eine Doppelagentin bist«, sagte Rose, »warum hast du dann die Gezeiten der Venus gestohlen? Warum hast du die Zutat in die Eisbombe gemischt? Wir haben dich *gesehen.*«

»Das wart also *ihr* – das mit dem Mehl-Lesen?« Lily sah fast erfreut aus. »Eindrucksvolle Arbeit!«

»Danke«, piepste Jacques aus Roses Tasche.

Rose wollte ihn zum Schweigen bringen, aber Lily lächelte erneut – ein richtig freundliches Lächeln, nicht das falsche, das sie für Graf Caruso aufgesetzt hatte. »Es sind also noch mehr alte Freunde hier, außer euch beiden und Basil.«

»Wir sind keine Freunde, *El Tiablo*«, sagte Tymo. »Eher deine Erzfeinde.«

Lily verdrehte die Augen. »Nein, das seid ihr *nicht*. Was ihr zu sehen *gemeint* habt, war nicht das, was wirklich passiert ist. Graf Caruso und seine Mittelsmänner haben die Gezeiten der Venus heute Abend in das Essen geschmuggelt – die Gezeiten waren in der Teigkruste, die das Filet Wellington umhüllte, Gang Nummer 17 der heutigen Speisefolge.«

Filet Wellington hatte tatsächlich eine Teigkruste, das wusste Rose. »Aber was hast du dann in die Eisbombe gemischt?«

»Das Gegenmittel.« Lily zuckte die Schultern. »Ich habe eine unglaublich rare Zutat untergehoben, die ich nur für diesen Zweck besorgt habe – einen Extrakt aus der Blume der Erleuchtung. Es hat die Baiserhaube ein wenig parfümiert, aber das hat wohl niemand bemerkt.« Sie kniff die Augen zusammen. »Wahrscheinlich, weil alle nur die grünlichen Flammen *eurer* Glasur gesehen haben. Was war das überhaupt?«

»Ein Guss, den ich nach einem Rezept für *Folge-deinem-Artischockenherzen*-Muffins gemacht habe«, erwiderte Rose.

Lily nickte. »Das erklärt alles. Ihr versteht doch, was passiert ist, oder?«

»*Ich* nicht«, sagte Tymo. »Könnte eine von euch mich mal aufklären?«

Es war Rose in ihrem kurzen Leben fast noch nie schlecht geworden, was sie den *Gegen-alles-Keksen* ihrer Mutter verdankte. Aber jetzt drehte und hob und senkte sich ihr Magen wild vor lauter Reue. »Die *Folge-deinem-Artischockenherzen-Muffins* hätten die Gezeiten der Venus tatsächlich neutralisiert … nur dass die *Gezeiten* gar nicht in der Eisbombe waren.«

»Weil alle sie schon vorher zu sich genommen hatten, mit dem Filet Wellington«, sagte Tymo.

»Richtig. Also hat Tante Lily den Extrakt aus der Blume der Erleuchtung in die Eisbombe gemischt, und wir haben dann noch die *Folge-deinem-Artischockenherzen*-Glasur draufgemacht, und die beiden Zauber –«

»– haben sich gegenseitig aufgehoben«, sagte Lily.

Tymo blinzelte verdutzt. »Womit alle eine doppelte Dosis Gegenmittel bekommen haben, richtig?«

»Falsch. Womit keines der Gegenmittel gewirkt hat«, sagte Rose.

»Deshalb haben alle auf Basils dämliche Befehle reagiert!«, rief Tymo. »Aber Basil hat doch okay gewirkt, und er isst immer alles.«

Lily zuckte die Schultern. »Er kann sich ja nicht *selbst* Befehle geben, Tymo. Aber wenn einer ihm einen kleinen Befehl ins Ohr geflüstert hätte …«

»Dann wäre er genauso marionettenhaft gewesen wie alle anderen«, sagte Rose.

»Und deshalb sind uns die Kellner noch roboterhafter als sonst vorgekommen. Sie haben ja auch das Filet Wellington gegessen. Alle stehen unter dem Zauber – ich verstehe!« Tymo schien glücklich, dass er nun alles begriffen hatte. Dann merkte er, was das tatsächlich bedeutete. »*Oooohhhh*. Alle stehen unter diesem Bann. Das ist echt nicht gut.«

»Schlimmer als nicht gut«, sagte Rose. »Es ist eine Katastrophe.«

Aber konnte sie Lilys Geschichte trauen? Ihre Tante war eine Diebin, eine Lügnerin und noch Schlimmeres, was sich Rose gar nicht ausmalen wollte. Es gab keinen Anlass, ihr zu trauen.

»Aber warum solltest du dich gegen die Internationale Nudelholzgesellschaft gewandt haben?«, fragte Rose.

»Ich habe einen Sinneswandel durchgemacht«, sagte Lily. »Ist das so wenig zu glauben?«

»*JA*«, sagten Rose und Tymo gleichzeitig.

»Ist nicht bös gemeint, *Tia*«, sagte Tymo, »aber du bist

irgendwie … böse. Und gemein. Gemeiner als alle meine –«

»Ich bin vielleicht ehrgeizig, aber ich war nie *böse*«, beschwor Lily die beiden. »Als ich die unheilvollen Pläne der Internationalen Nudelholzgesellschaft erkannte, wusste ich, dass ich etwas unternehmen musste. Aber sie hätten mich niemals mehr in die Nähe ihrer Backöfen gelassen, wenn sie gewusst hätten, dass ich mich gegen sie entschieden hatte.« Sie sank auf der Bank in sich zusammen. »Doch all meine ausgeklügelten Pläne waren vergebens. Wenn der morgige Tag vorüber ist, haben sie die meisten Präsidenten und Führungsspitzen der Welt unter ihrer Kontrolle.«

»Warum sollten wir dir glauben?«, fragte Rose.

»Einmal ein Lügner, immer ein Lügner«, sagte Tymo. »Oder besser, Lügnerin. Und heute Abend eine, die sehr gut aussieht«, setzte er hinzu.

»Danke, Tymo«, sagte Lily und lächelte ihm kurz zu. »Hört zu: Ich hätte Basil doch sofort bloßstellen können, sobald er in die Baby-Seamus-Rolle geschlüpft war. Und ich hätte auch euch gerade eben ohne weiteres an Graf Caruso und seine Wachen verraten können. Habe ich aber nicht. Ich habe euch gedeckt.«

Rose gab es nur ungern zu, aber Lily klang fast aufrichtig. *Fast.*

»Dann beweise, dass du nicht lügst«, sagte Tymo. »Iss jetzt sofort etwas von dem Filet und dem Nachtisch.«
»Was?«, fragten Rose und Lily gleichzeitig.
»Iss etwas von dem Rest Filet Wellington und dann etwas von dem Nachtisch ohne unsere Zutat, aber mit der von dir. Wenn du die Wahrheit sagst, dann wirst du nach dem Dessert wieder normal. Aber wenn du lügst, dann musst du tun, was wir sagen. *Egal was.*«
»Das ist doch eigentlich … eine echt gute Idee«, sagte Rose und schlug ihrem Bruder auf die Schulter.
Lily erhob sich. »Wenn es sein muss.« Sie ging ein paar Schritte, dann sah sie zu Rose und Tymo zurück. »Kommt ihr mit, ihr zwei, oder was ist?«

Die Küchen waren leer bis auf ein paar Köche, die noch im Pausenraum waren. Sie achteten nicht darauf, als Rose, Tymo und Lily die Reste in den Servierwagen durchstöberten.
»Hier«, sagte Lily nach ein paar Minuten und zog einen Teller mit einem Stück Fleisch in Teighülle heraus – Filet Wellington. »Warm wäre es mir lieber, aber man kann es auch kalt essen.« Lily spießte das Stück auf eine Gabel, hielt es hoch wie einen Lolly aus Fleisch und biss riesige Stücke davon ab.
Rose staunte. Irgendwie sah ihre Tante immer noch

vornehm und elegant aus, während sie das große Stück in weniger als einer Minute verschlang.

Lily tupfte die Mundwinkel mit einer Serviette ab, rülpste und sagte: »Und jetzt?«

»Da drin«, sagte Rose und führte ihre Tante in die leere Backstube.

Das Fließband war abgestellt, und der mechanische Arm hing in Ruhestellung an der Decke. Tymo zog das Tablett mit der unbehandelten Eisbombe aus dem Schrank und stellte es auf die Anrichte.

»Was jetzt?«, sagte Lily blinzelnd. Ihre sonst so scharfen Augen sahen glasig und feucht aus – oder vielleicht lag es auch nur an der schwachen Beleuchtung im Raum. Stand ihre Tante tatsächlich unter dem Bann der Gezeiten der Venus?

»Jetzt«, sagte Rose, »testen wir dich. Jacques? Warum fängst du nicht an?«

Sie holte die Maus aus ihrer Tasche und setzte sie auf den Tisch. Mit zuckender Nase spähte Jacques zu Lily hoch. »Ich hätte gerne eine Entschuldigung für all das Ungemach, das ich deinetwegen aushalten musste.«

Lily sank auf die Knie, ohne Rücksicht darauf, dass sie ihr glitzerndes Kleid beschmutzte. Sie strich Jacques mit dem schlanken Finger über den weichen Rücken und sagte: »Mein liebes Mäuschen, alles, was ich dir angetan habe, tut mir zutiefst leid.«

Die Entschuldigung klang so echt, dass Tymo Rose erschrocken ansah. Noch nie hatten sie gehört, dass sich ihre Tante für irgendetwas entschuldigte.

Auch Jacques schien verblüfft. »Ach, danke, Mademoiselle.«

»Entschuldigung zu sagen ist einfach.« Tymo lehnte sich an den Kühlschrank. »Wir wollen eine Vorführung, *El Tiablo*. Steig auf das Fließband und tanze einen Cancan.«

Ohne zu zögern streifte Lily ihre High Heels ab, kletterte auf das stillgelegte Fließband, raffte ihr bodenlanges Kleid hoch und fing barfuß zu tanzen an. Ihr schimmerndes Kleid wallte hin und her wie rubinrote Wellen.

»Schlag ein Rad!«, rief Tymo.

Lily spreizte Arme und Beine und schlug über die ganze Länge des Fließbandes Räder – hin und zurück.

»Wahnsinn!« Tymo schwang die Faust. »Jetzt spring auf den Roboterarm und –«

»Schluss«, sagte Rose. Sie war nicht so begeistert wie Tymo.

Lily hielt inne und wartete auf den nächsten Befehl.

Das ist schrecklich, stellte Rose fest. *Menschen sind keine Spielzeuge, die man aufzieht.*
»Komm bitte wieder runter«, sagte sie.
Lily sprang geschmeidig wie eine Katze auf den Boden. Einige Strähnen ihrer langen Haare klebten ihr an der Stirn.
»Mir kommt sie ziemlich verzaubert vor«, sagte Tymo.
»Radschlagen beweist *gar nichts*«, sagte Rose. »Sie könnte auch schauspielern.«
Tymo zuckte die Schultern. »Dann bitten wir sie eben, etwas Verrücktes zu machen: in Unterwäsche durch die Säle zu laufen oder in einen heißen Backofen zu kriechen.«
»Ich habe eine bessere Idee«, sagte Rose. »Wir stellen ihr ein paar Fragen. Und du musst sie wahrheitsgemäß beantworten, Lily. Die reine Wahrheit. Nichts als die Wahrheit.«
Zum ersten Mal, seit sie von dem Filet Wellington gegessen hatte, wirkte Lily verängstigt. Sie schluckte heftig.
»Warum bist du vor einem Jahr in unser Haus gekommen und hast unser Backbuch gestohlen?«, fragte Rose.
Und da tat Lily etwas, was Rose nie erwartet hätte.

Sie fing zu weinen an.
Tränen quollen ihr aus den Augen, rollten ihr über die Wangen und hinterließen schwarze Mascara-Streifen, und sie sagte mit leiser, zitternder Stimme: »Weil ich berühmt werden wollte. Aber als ich dann berühmt war, fühlte ich mich immer noch leer. Ich merkte, dass ich im Grunde nur wollte, dass mich jemand – irgendjemand – mögen würde.«
Die Worte trafen Rose mitten ins Herz. Sie kannte das Gefühl, nicht beachtet zu werden und sich zu wünschen, bedeutender zu sein. Sie wusste, was es hieß, zu erreichen, wovon man geträumt hatte, um dann nur herauszufinden, dass es weniger war, als man sich vorgestellt hatte. Sie war zum Beispiel eine Meisterbäckerin geworden – und kam sich irgendwie immer noch wie eine Hochstaplerin vor. Und sie wusste, wie es war, wenn man jemanden sehr gern hatte, ihn aber doch von sich stieß – so war es doch mit ihren wirren Gefühlen für Devin.
Sie konnte nicht anders, ihr kamen ebenfalls die Tränen.
»Ich habe meine Familie vergrault«, sagte Lily schluchzend. »Ich habe jeden Freund verjagt, den ich je hatte. Und warum? Weil ich jemand Besonderes sein wollte. Aber als ich aus der Greatcake-Fabrik geflohen war,

wusste ich nicht, wohin, und keiner wartete auf mich. Das war der Tiefpunkt meines Lebens.« Sie hielt inne, um sich die Augen zu wischen. »Da beschloss ich, die Internationale Nudelholzgesellschaft daran zu hindern, weitere Bäckereien niederzuwalzen. Ich würde erst wieder in den Spiegel sehen können, wenn ich …«

»Wenn du was, *Tia?*«, fragte Tymo und beugte sich vor.

Inzwischen waren Lilys Augen rot geweint und ihre Wangen aufgequollen. Rose hatte ihre Tante noch nie so verletzlich erlebt. »Wenn ich zu Polly, Albert und euch Kindern zurückkehren und euch um Verzeihung bitten würde.«

»Das ist alles zu niederschmetternd«, sagte Tymo. »Gib ihr das Gegenmittel, schnell!«

Rose war völlig seiner Meinung. Sie nahm eines der unglasierten Desserts und stellte es neben Lily auf den Tisch.

»Danke«, schluchzte Lily immer wieder, während sie das Dessert verspeiste. Selbst als kein einziger Krümel übrig war, stieß sie noch lange Schluchzer aus. »Erst als ich euch Kindern begegnet bin, habe ich begriffen, dass es im Leben um mehr geht. Ihr alle habt mich verwandelt.«

»Ich dachte, in der Eisbombe sollte das Gegenmittel ste-

cken«, sagte Rose verwirrt. »Warum hörst du nicht mit Weinen auf?«
»Es ist auch drin«, sagte Lily leise. »Aber es ist einfach so gut gewesen, alles einmal herauszulassen, dass ich nicht aufhören wollte.«
Tymo fand eine saubere Serviette und tupfte Lilys Wangen ab. »Bitte wein nicht mehr, *Tia*. So viel Gefühlswallungen halte ich nicht aus. Nicht mal bei meinen vielen Freundinnen.«
»Ich glaube dir«, sagte Rose und nahm Lilys Hand.
»Wirklich?«, fragte Lily.
Rose nickte. »Aber das hilft uns nicht weiter. Unsere Eltern sind noch im Gefängnis, Basil ist wer-weiß-wo abgeblieben und all die Präsidenten und Führungsspitzen der ganzen Welt sind in Gefahr, für immer zu Marionetten zu werden. Wie können wir sie retten?«
Lily wischte sich die Augen. »Die erste Dosis der Gezeiten der Venus hält nur vierundzwanzig Stunden an – erst eine zweite Dosis verfestigt den Bann. Phase zwei soll morgen Abend mit einer magischen Torte eingeläutet werden – so ist der Plan. Sobald alle *die* essen, werden sie zu Marionetten. Für immer.«
»Für immer?«, wiederholte Rose.
»Das wäre ein Desaster!«, jammerte Jacques.

»Dann müssen wir sie nur davon abhalten, diese Torte zu reichen«, sagte Tymo. »Ist doch leicht.«
Lily schüttelte den Kopf. »Das wäre sogar noch schlimmer. Die Auswirkungen der Gezeiten der Venus verschwinden nicht einfach. Der Zauber wird entweder mit einer zweiten Dosis verfestigt oder es *muss* ein Gegenmittel gegeben werden, das die Auswirkungen der ersten Dosis neutralisiert.«
»Und was passiert, wenn diejenigen, die heute Abend Filet Wellington gegessen haben, weder ein Gegenmittel noch die zweite Dosis bekommen?«, fragte Rose und versuchte sich an etwas zu erinnern, was ihre Mutter ihr gesagt hatte.
»Sie fallen in eine Art Koma«, sagte Lily langsam. »Kohlköpfe. Für den Rest ihres Lebens.«
»Das ist ja *fürchterlich*«, sagte Tymo. »Kohl ist eklig.«
»Nicht wörtlich Kohl, Tymo.« Rose packte ihren Bruder beim Arm. »Sie meint, dass sie mehr oder weniger dahinvegetieren. Wir müssen Mom und Dad rausholen – die können uns sagen, was wir tun müssen. Vielleicht kann Basil sie ja aus dem Gefängnis frei kriegen.«
»O nein.« Lily hob die Hände an den Mund.
»Was ist los, *Tia* Lily?«, fragte Tymo.
»Basil«, erwiderte Lily. »Er hat beim Essen *keinen*

Gang ausgelassen. Hat sogar manchmal Nachschlag bekommen.«

»Er ist also auch verzaubert«, sagte Rose.

»Und wenn wir ihm kein Gegenmittel besorgen«, sagte Lily, »wird er ein –«

»*Une legume!*«, rief Jacques aus.

Rose wusste, was sie zu tun hatte. Nicht, weil sie eine Meisterbäckerin war, sondern weil sie ein Mitglied der Familie Glyck war und die Tochter von Polly und Albert Glyck. *Tu das Richtige,* hatte ihre Mutter zu ihr gesagt. Das bedeutete, dass Rose jetzt über ihren Schatten springen und sich an genau die Person wenden musste, auf die – so hatte sie geschworen – sie sich nie wieder verlassen wollte. An die Person, der sie nie im Leben das Schicksal ihrer Familie anvertrauen wollen würde.

»Tante Lily«, sagte Rose. »Ich brauche jetzt deine Hilfe.«

Kapitel 11
Schottisches Basilikum

Es stellte sich heraus, dass Lily eine größere Hilfe war, als Rose sich je hätte vorstellen können.
Mit einem einzigen Anruf fand Tante Lily heraus, wo man Basil hingebracht hatte – in das protzige Hotel neben dem Kongresszentrum. Sodann erreichte Lily mit einem Lächeln und einer höflichen Bitte, dass die Hotelmanagerin höchstpersönlich sie alle einschließlich Jacques – der wieder in Roses Tasche versteckt war – zu einem privaten VIP-Fahrstuhl führte, der sie direkt in die Penthouse-Suite von Baby Seamus führen würde.
Die Managerin zog eine Karte durch den Schlitz und reichte sie Lily. »Bitte geben Sie sie zurück, wenn Sie fertig sind«, sagte sie, dann drückte sie auf den obersten

Knopf, verneigte sich und trat aus der Kabine. Die Türen glitten zu.
Der Fahrstuhl trug sie nach oben.
Tymo lehnte sich zurück und sagte: »Wow, seht euch das an!«
Der Fahrstuhl war aus Glas, und beim Hinauffahren konnten sie ganz Washington D. C. überblicken. Es wurde allmählich dunkel, und die Sonne lag hinter einer schmalen Wolkenbank und übergoss den Himmel mit rosa-, lavendel- und orangefarbenen Streifen. Die Stadt mit ihren weißen Gebäuden und Monumenten sah so harmlos und klein von hier oben aus, fast wie die Spielzeugstadt eines Kindes.
Pling! Der Fahrstuhl hielt im dritten Stock an, und die Türen glitten auf.
Tymo verdrehte den Kopf und sagte: »Keiner da, nur ein leerer Korridor.«
Mit einem Seufzer gingen die Türen wieder zu; der Fahrstuhl fuhr los und hielt wieder. Noch ein leerer Korridor. Der sechste Stock.
»Ich dachte, das sei ein Privatfahrstuhl?«, sagte Tymo, als sich die Türen wieder schlossen.
»Ist es auch, aber du hast ein paar der Knöpfe gedrückt, Doofie.« Rose deutete auf die Knopfreihe, an die er sich gelehnt hatte: Ein Drittel der Knöpfe leuchtete.

»Ups«, sagte Tymo. »Aber – hey – so haben wir mehr Zeit, um den Ausblick zu genießen!«
Doch im 18. Stockwerk hatten alle genug von der Aussicht.
Tymo sah zu Lily hinüber, die einen Teller mit einer einzelnen Portion unglasierter Eisbombe trug.
»Wisst ihr was?«, sagte er. »Wenn diese Portion Basil kuriert, kuriert sie dann nicht auch alle anderen? Warum machen wir nicht einfach ganz viele davon?«
»Wenn das nur ginge«, sagte Lily. Sie sah müde aus. Unter ihren Augen waren bläuliche Schatten, und ihr prächtiges Kleid war ganz zerknittert. »Aber ich habe jedes Bisschen der magischen Zutat aufgebraucht, und die kann man nur alle Jubeljahre finden, wenn der Mond eine bläuliche Farbe hat.«
»Kann der Mond denn blau sein, hermana?«, wollte Tymo wissen.
»Damit ist gemeint, wenn er hinter einer Wolke verschwindet und nur leicht durchscheint«, erklärte Lily. »Aber keine gewöhnliche Wolke. Blau wird er nur, wenn Tonnen von Staub in der Luft das Licht verändern. In diesem Licht erblüht dann die Blume der Erleuchtung. Das letzte Mal passierte das, als der große Vulkan auf Island in die Luft ging. Es gab in dem Jahr

nur drei Blüten, und die Internationale Nudelholzgesellschaft hat alle eingeheimst.«

Tymo ließ sich an die Fahrstuhlwand sinken. »Dann brauchen wir also etwas anderes für die Abschlusstorte morgen.«

»Vielleicht nicht«, sagte Rose mit dem Hauch eines Lächelns. »Ich kann mich eindeutig daran erinnern, etwas mit dem Etikett Blume der Erleuchtung katalogisiert zu haben, als ich den Keller aufgeräumt habe. Einer der Glycks hat sie gesammelt, als der Vulkan St. Helens ausgebrochen ist im Jahr … neunzehnhundert-irgendwas.« Sie zuckte die Schultern. »Die Zutat steht direkt neben den Abgefallenen Nadeln einer viertausend Jahre alten Zypresse.«

»Wir Glycks haben alles!«, rief Tymo aus. »Hast du die Zutat in deiner Kiste, *hermana*?«

»Nein«, sagte Rose, »aber ich weiß, wen ich anrufen kann, um sie zu bekommen.« Sie streckte die Hand aus.

Der Fahrstuhl hielt noch zwei Mal, ehe Tymo widerwillig sein Handy aus der Tasche zog. »Ich weiß, das dient dem großen Ganzen, aber sobald wir Mom und Dad gerettet haben, müssen sie dir ernsthaft ein eigenes Handy kaufen.« Er reichte ihr sein Handy, und Rose tippte eine Telefonnummer ein.

Das Bäckereitelefon der Glycks klingelte drei Mal, dann ging Nella dran. »Ein Bäckerdutzend Muffins für nur sechs Dollar – solange der Vorrat reicht!«

»Nella?«, sagte Rose. »Wie steht's bei euch? Warum verkaufst du Muffins?«

»Sollen wir sie verschenken?«, fragte Nella ernst.

»Nein«, sagte Rose, »Ich meinte damit nur – habt ihr noch nicht geschlossen?«

»Ich glaube schon«, sagte Nella, »aber Chip vergisst immer, wie viel Uhr es ist. Und welcher Tag. Und er vergisst, dass er schon Muffins gemacht hat und macht noch mehr, dann vergisst er das wieder, und jetzt stehen auf allen Verkaufstischen und in allen Schränken so viele Muffins herum!«

Rose zuckte zusammen. Sie hätte Chip und Mrs Carlson nur jeweils einen *Französischen Vergesslichkeits-Krapfen* geben sollen.

»Darum kümmere ich mich später«, sagte sie. »Jetzt musst du mir einen Gefallen tun. Geh in den Keller, suche das Glas mit dem Etikett Blume der Erleuchtung und schicke es uns so schnell wie möglich her.« Lily reichte Rose die Schlüsselkarte des Hotels, und Rose las die Adresse auf der Rückseite vor.

»Ich weiß, was zu tun ist!«, sagte Nella. »Alles Liebe, tschüs!«

Rose wollte gerade antworten: »Sag Chip, er soll es per Express –«, dann merkte sie, dass die Verbindung abgebrochen war. Sie reichte Tymo das Handy zurück, der es an seinem T-Shirt abrieb, bis er zufrieden war, dass es wieder glänzte. »Nella hat aufgelegt. Da geht was … Seltsames vor sich.«

Lily zog die Brauen hoch. »Seltsam inwiefern?«

Rose überlegte, wie sie alles erklären sollte, da machte es wieder *Pling!*, und die Türen glitten auf und gaben den Blick auf eine Suite frei, die so groß war wie das ganze Haus der Glycks.

»He, Leute – ich glaube, das ist es!« Die Zahl 44 leuchtete über der Tür auf. »Wir sind da!«

Rose, Tymo und Lily betraten die Suite und staunten über die Einrichtung, während sich die Fahrstuhltüren hinter ihnen schlossen.

»Interessant«, sagte Lily und sah sich um. »Die Inneneinrichtung ist sehr … speziell.«

Die Wände waren rotgrün tapeziert, die Vorhänge waren gerüschte schottische Flaggen, himmelblau mit einem weißen X. Ein lebensgroßes Einhorn, das fast wie ein echtes ausgestopftes Tier aussah, lag in der Ecke unter den goldgerahmten Porträts von Adligen mit feuerroten Haaren. Auf einem Podest in der Mitte stand eine Schneekugel in der Größe eines Fußballs. Darin

war eine winzige Landschaft sanfter grüner Hügel – eine Miniatur der schottischen Highlands.
Tymo setzte seine Sonnenbrille auf. »Man beobachtet uns.«
Auf der anderen Seite des Raumes saß Basils langhaariger falscher Cousin Iain auf einem Sofa vor dem größten Flachbildschirm, den Rose je gesehen hatte. Er hatte die Fernbedienung einer Spielkonsole in der Hand und beäugte die Ankömmlinge.
»Iain, habe ich recht?«, sagte Rose mit einem, wie sie hoffte, ermunternden Lächeln. »Wir sind hier, weil –«
Sofort kam einer der schottischen Geheimdienstleute im Schottenrock hereingeeilt. Er stellte sich breitbeinig auf, verschränkte die Arme und knurrte: »Was mögt ihr von den O'Malleys wollen?«
»Oh, wir bitten vielmals um Entschuldigung«, sagte Lily, hob ihr spitzes Kinn und lächelte dem Wachmann zu. »Ich bin Lily Le Fay, die Chefkonditorin des KIKK. Ich saß heute Abend neben Seamus.«
Der Mann sah Lily von oben bis unten an. »Ay, ich erinnere mich.«
»Ihr Name ist Dougal, nicht wahr?« Lily rückte näher, und auf einmal sah ihr Gewand gar nicht mehr zerknittert aus, es war glatt und prächtig, genau wie Lily

selbst. »Der arme Seamus wurde aus dem Saal gezerrt, ehe er seinen Nachtisch zu sich nehmen konnte. Ich habe mir *so* viel Mühe damit gemacht – ich hoffte, er würde mir die Ehre erweisen und einen Bissen davon essen.« Lily streckte den Teller mit der Eisbombe aus.

»Das ist sehr nett von Ihnen, Miss Le Fay«, sagte Dougal, »aber Seamus ist nicht verfügbar. Nach jener Episode ließ seine Grandma den besten Kopfknacker der Stadt kommen, um dem Jungen zu helfen.«

»Kopfknacker?«, wiederholte Rose.

»Na, Hirnpuster – oder wie sagt man hier?« Dougal kratzte sich das Kinn. »Irrenarzt?«

»Ihr operiert ihn am Gehirn?«, rief Tymo aus.

Iain stöhnte und murmelte Dougal etwas zu, der nickte und sagte: »Ach so, okay, ein Psychiater. So heißt das. Da, wo wir herkommen, brauchen wir die nicht.«

Rose zog Tymo in den Vordergrund. »Aber genau deshalb sind wir gekommen«, sagte sie. »Mein Bruder und ich gehören zu Ba – äh, zu Seamus' amerikanischer Adoptivfamilie. Er ist mit uns aufgewachsen. Aber es ist klar, der Übergang von unserer kleinen Welt in ein königliches Adelsgeschlecht war zu viel für ihn.«

Dougal nickte. »Das muss traumatisch für den Winzling gewesen sein.«

»Auf jeden Fall«, sagte Rose. »Der liebenden Umarmung derer entrissen zu werden, die die einzigen Verwandten waren, die er bis dahin kannte.«

»Das meine ich nicht«, sagte der Mann naserümpfend. »Das Trauma, bei so jemandem wie euch aufwachsen zu müssen.«

Iain zupfte an Dougals Kilt und machte ein seltsames Zeichen mit der Hand, dann widmete er sich wieder seinem Spiel.

Dougal richtete sich auf und verschränkte die Arme hinter dem Rücken. »Der edle Iain O'Malley hat bestätigt, dass Seamus tatsächlich Mitglied eurer ungehobelten amerikanischen Sippe war und dass ihr ihn sehen könnt.« Er schlug die Hacken zusammen. »Kommt mit.«

Die Hotelsuite war so groß, dass es darin sogar einen Konferenzraum gab.

»Zwei, um genau zu sein«, sagte Dougal, als er sie in den einen hineinführte. »Das hier ist Raum B.« Im Gegensatz zu dem bunten Eingangsbereich war dieser Raum in blassem Grau gehalten und hatte einen langen schwarzen Tisch in der Mitte. An einem Ende saß ein gedrungener Mann mit einer runden Brille in einem Tweed-Anzug.

»Das ist der Doc«, sagte Dougal. »Und dort sitzt –«

»Basil!«, rief Rose und rannte auf ihn zu.
Er saß am anderen Ende des Tisches, immer noch in schottischer Tracht und mit der übergroßen Mütze auf den rot hervorquellenden Haaren.
Rose erwartete, dass ihr kleiner Bruder froh sein würde, sie zu sehen. Aber Basil reagierte überhaupt nicht. Er saß stocksteif da, mit glasigem Blick und Pupillen, die so klein wie Nadelstiche waren.
Der Doktor hüstelte in seine Faust. »Meine Anweisungen waren klar – wir dürfen nicht gestört werden, bis ich fertig bin!«
»Lassen Sie bloß seinen Kopf in Ruhe!«, verlangte Tymo.
»Dr. Lemonhead«, sagte Dougal, »Iain O'Malley hat angeregt, die Leute hier hereinzubitten, um zu helfen, denn sie sind mit dem Jungen aufgewachsen.«
»Gut, dann könnt ihr Kinder draußen wart–« Dr. Lemonhead verschluckte sich fast, als sein Blick auf Lily in ihrem teuren Kleid und dem funkelnden Schmuck fiel. »Oh – äh, ja, entschuldigen Sie, Miss.« Er strich sich die Haare glatt. »Sie habe ich zuerst gar nicht gesehen.«
Lily lächelte Dr. Lemonhead an und sagte: »Wir setzen uns einfach still hin und sehen zu.«
Sie, Tymo und Rose nahmen in der Nähe von Basil

Platz, und Rose hielt ihre Tasche auf, damit Jacques herausklettern und etwas bequemer auf ihrem Schoß sitzen konnte.

Dougal grunzte, ging aus dem Zimmer und schloss die Tür hinter sich.

»Ich bitte nur um eines«, sagte Dr. Lemonhead und zupfte am Knoten seiner Krawatte. »Absolute und äußerste Ruhe.«

»Selbstverständlich!« Lily fuhr sich mit dem Finger über die roten Lippen, als würde sie sie mit einem Reißverschluss verschließen, und zwinkerte.

Dr. Lemonhead wurde rot und sah auf seine Notizen. »Also, Seamus, wir versuchen es erneut.« Er klopfte mit der Spitze seines Füllers auf seinen Block. »Wie ist dein Name?«

Basil antwortete nicht. Er saß still da, und sein Gesicht war schlaff und ausdruckslos, fast, als würde er mit weit geöffneten Augen schlafen. Normalerweise war er so zappelig und energiegeladen und redselig, dass Rose oft *alles* gegeben hätte, wenn er still gewesen wäre. Doch als sie ihn jetzt so sah, hätte sie am liebsten geweint.

»Was ist deine Lieblingsfarbe?«, fragte der Doktor.

Rose sah zwar nicht, dass sich seine Lippen bewegten, aber sie hörte ein Murmeln.

Dann raschelte seine Mütze wie eine Tüte Popcorn in

der Mikrowelle, und sie begriff, wer das Geräusch gemacht hatte. Gus war immer noch unter der Mütze gefangen und sagte ihrem benommenen Bruder ein.

»Äh, Doktor«, sagte Rose und hob die Hand. »Als Basil – *Seamus* meine ich – bei uns lebte, wurde uns beigebracht, nur auf *direkte Befehle* zu reagieren.« Sie sagte es so laut, dass Gus es hören konnte. Der Kater wusste ja nicht, dass Basil unter einem Zauber stand. »Unsere Eltern erreichten mit fast *magischer* Macht, dass wir ihren Anweisungen folgten.«

»Ahhh«, schnurrte Basils Mütze. »Kein Wunder!«

Dr. Lemonhead wirkte entgeistert. »Wie entsetzlich! Kein Wunder, dass er solche Probleme hat. Seamus, ich *befehle* dir, meine Fragen zu beantworten.«

Es war, als ob jemand Basil mit einem Schalter angeknipst hätte. Seine Augen wurden lebhaft, und seine Lippen teilten sich zu einem Lächeln. Die Mütze auf seinem Kopf wackelte. »Mein Name ist Basil Glyck und meine Lieblingsfarbe ist … bunt.« Verwirrt zog er die Stirn kraus. »Halt, ist bunt überhaupt eine Farbe?«

»*Jetzt* kommen wir weiter«, sagte Dr. Lemonhead und stieß triumphierend seinen Füller in die Luft. »Seamus, was ist dein Lieblingsessen?«

Basil leckte sich die Lippen. »Maus natürlich!«

Auf Roses Schoß begann Jacques zu zittern. »*Sacre bleu!* Der Kater hat den Verstand verloren!«
Rose konnte ihm nur zustimmen. Normalerweise war Gus viel überlegter, aber die Tatsache, dass er sich den ganzen Tag unter der Mütze auf Basils Kopf hatte verstecken müssen, schien ihm zugesetzt zu haben.
»Wartet«, sagte Basil. »Ich ess doch gar keine Mäuse! Ha! Dummes Katergeschwätz! Wie wäre es mit Fisch? Ja, Menschen mögen Fisch.«
Dr. Lemonhead zog die buschigen Augenbrauen hoch. »Faszinierend. Was tust du gerne in deiner Freizeit?«
Basil nickte, als aus seiner Mütze wieder gemurmelt wurde. »Am liebsten Vögel jagen. Halt, nein. Witze erzählen.« Er hob die Hände, um Gänsefüßchen anzudeuten. »Außerdem … streichle ich gerne meinen Lieblingskater, den ehrenwerten Asparagus Glyck. Er ist der beste Kater der Welt«, sagte Basil schnell, »mit so hübschem Fell und einzigartigen gefalteten Ohren, um die er von allen Katzen beneidet wird. Falls ich irgendwann einmal, aus welchem Grund auch immer, meinen königlichen Pflichten nicht mehr nachkommen kann, ernenne ich ihn zu meinem Nachfolger!«
»Doktor«, sagte Lily, »mir scheint, der Junge ist geheilt. Nicht wahr?«
Dr. Lemonhead pflichtete ihr bei. »Ich habe genug gese-

hen. Seamus ist sehr seltsam, lassen Sie mich das feststellen. Fast schon verrückt. Aber ein Verhalten, das bei Personen wie Ihnen oder mir als *abnormal* bezeichnet werden könnte, ist für jemanden von königlichem Geblüt ganz normal.« Der Doktor steckte seinen Block in seine Mappe. »Daher bleibt mir keine Wahl, als den Jungen für geistig gesund zu erklären.« Der Mann warf Lily einen letzten Blick zu, reichte Basil seine Visitenkarte und watschelte aus dem Raum.

Die Karte war schlicht weiß, mit Ausnahme der fetten schwarzen Worte FÜR GEHEILT ERKLÄRT.

Einen Augenblick später kam Dougal durch die Tür. Er legte Basil eine seiner fleischigen Hände auf die Schulter. »Du bist also richtig im Kopf, Bürschchen, was? Gut, gut. Deine amerikanischen Geschwister und Lily Le Fay haben dir ja wohl geholfen.«

»Wir haben dir Nachtisch gebracht«, sagte Lily und schob den Teller über den Tisch. Sie war während der Behandlung von Basil untypisch still gewesen, aber jetzt erkannte Rose, dass sie ihre Energie nur für genau diesen Moment aufgespart hatte. »Dieser Nachtisch heilt mehr oder weniger *alles*, was dir zu schaffen macht.«

»Du *musst* einfach etwas von dieser Eisbombe essen, Baby Seamus«, sagte Rose.

Die Mütze bewegte sich und murmelte und Basil neigte den Kopf.
»Ich mag keine Süßspeisen«, sagte Basil nach einem Moment. »Dougal, bitte lass einen Teller Sardinen und ein Schälchen Milch kommen.«
Lily stand auf, nahm Dougal sanft beim Ellbogen und führte ihn zur Tür. »Er braucht die Omega-Fettsäuren, die im Fisch stecken. Ein beliebtes Heilmittel gegen ein psychisches Trauma.«
»Gut, dann lasse ich was kommen.«
Rose murmelte Tymo zu: »Gus ist mega-verrückt geworden. Wir müssen Basil den Nachtisch verfüttern und zwar schnell!«
Von der Tür her machte Lily Lippenbewegungen: *Ich lenke ihn ab.* Rose verstand.
»Während wir auf den Zimmerservice warten«, sagte Lily zu Dougal, »könnten Sie mir vielleicht etwas über das Einhorn erzählen, das ich in der Eingangshalle gesehen habe?«
»Wissen Sie denn nicht, Miss, dass das Einhorn das Nationalemblem von Schottland ist?«, rief Dougal aus.

»Jetzt, schnell!«, rief Rose, sobald die Tür ins Schloss fiel.
»Ahhh!« Tymo machte einen Satz über den Tisch. Er

rutschte auf dem Bauch über die Platte und landete mitten auf Basils Schoß. Der Stuhl kippte nach hinten, und sie purzelten beide auf den grauen Teppich. Die Mütze fiel Basil vom Kopf und rollte mit dem jaulenden Gus über den Boden.
Basil versuchte sich zu befreien, aber Tymo packte seinen Arm und richtete sich und seinen Bruder auf. Rose hielt Basil den Teller vor den Mund.
»Basil Glyck«, sagte sie, »ich *befehle* dir, die Eisbombe zu essen!«
Basils Augen wurden glasig. Schnell begann er den Nachtisch in den Mund zu stopfen, bis der Teller leer war. Er kaute und schluckte geräuschvoll.
Gus sprang auf den Tisch. »Es war wirklich nicht nötig, mich so brutal herumzustoßen.«
Tymo setzte sich neben Rose, richtete seinen Kragen und strich sich die Haare zurecht. »Du hast Basil wie eine Marionette behandelt, *gatiti*. Ganz uncool.«
Gus fing an, sich zu putzen. »Ich wollte ihn ja nicht für immer nach meinen Wünschen tanzen lassen. Nur bis ich was zu essen bekommen würde.«
Jacques kletterte auf den Tisch und sah den Kater misstrauisch an. »Ich habe gehört, was du gesagt hast«, quiekte er. »Du wolltest eine Maus fressen!«
»Das war ein *Scherz*, mein Guter«, sagte Gus, auch

wenn der Blick seiner grünen Augen verriet, dass das nicht ganz stimmte.

»Pscht, Jungs«, sagte Rose.

Basil hatte den letzten Bissen der Eisbombe geschluckt und schloss die Augen. Als er sie wieder aufschlug, sahen sie normal aus. »Das«, sagte er und leckte sich die Lippen, »war ja vielleicht lecker!«

Tymo stieß ihn an. »Gut, dich wieder bei uns zu haben, *hermano*.«

»Ach Basil!«, sagte Rose und drückte ihren jüngeren Bruder an sich. »Du warst ganz starr und hast keine schlechten Witze gemacht und gar nichts. Es war schrecklich.«

»Ich wünsche mir echt, ihr würdet endlich nicht mehr sagen, dass meine Witze schlecht sind, verstanden? Das verletzt meine –« Basil verstummte plötzlich. »Tante Lily? Was machst *du* denn hier?«

Tante Lily war wieder ins Konferenzzimmer getreten. »Dougal denkt, dass ich zur Toilette gegangen bin«, sagte sie. »Es gibt viel zu erklären. Rose, übernimmst du das?«

Rose setzte Basil schnell ins Bild – wo die Gezeiten der Venus wirklich gelandet waren, dass Tante Lily gut geworden war, und dass der hinterhältige Graf Caruso von der Internationalen Nudelholzgesellschaft hinter all dem Übel steckte. »Deshalb brauchen wir *dich*«, beendete Rose ihren Bericht. »Sag den O'Malleys die Wahrheit, verzichte auf den Thron und hilf uns dabei, die Internationale Nudelholzgesellschaft aufzuhalten.«

»Auf keinen Fall!«, rief Basil.

»Wie bitte?«, sagte Tymo. »Hast du Rose überhaupt richtig zugehört?«

»Seht ihr nicht, wie viel Beachtung mir geschenkt wird? Das ist mein großer Durchbruch, Leute! Wenn Gus mich nur in Ruhe gelassen hätte, dann hätte die ganze Meute gebrüllt vor Lachen. Und später? Wer weiß? Meine eigene Comedy-Show im Fernsehen? Eine Tournee als Komiker? Die O'Malleys zahlen alles, solange ihr kleines Baby Seamus glücklich ist.«

»Aber du *bist* nicht Baby Seamus«, sagte Tymo und schnippte seinen Bruder mit dem Zeigefinger an die Stirn. »Du bist Basil Glyck.«

»Der Ruhm ist ihm zu Kopf gestiegen«, sagte Lily. »Genau wie mir damals. Und das ist schlecht. Du hast eine Familie, die dich liebt, Basil, und sie wollen, dass du –«

»Ich komme nicht mit euch mit«, sagte Basil und brummte empört vor sich hin. »Schluss, Ende.«

Rose merkte, wie sie wütend wurde – wütender, als sie

je auf ihren Bruder gewesen war. Das Leben von Menschen stand auf dem Spiel, und Basil war nur darauf aus, seine albernen Witze zu erzählen? »Sie ist *nicht* deine richtige Großmutter, und die anderen sind *nicht* mit dir verwandt«, sagte Rose. »*Wir* aber schon.«

Basil griff sich seine Mütze und setzte sie wieder auf. »Kapiert ihr das nicht? Es geht nicht nur um eine Comedy-Karriere – ich tue das sehr wohl für meine Familie. Als lang vermisster Königssohn kann ich helfen, Mom und Dad aus dem Knast zu holen. Die Leute tun, was ich von ihnen verlange.« Ein gedämpftes *Pling!* aus dem Eingangsraum zeigte an, dass der Fahrstuhl ankam. »Seht ihr? Das sind wahrscheinlich die Sardinen und die Milch, die ich für Gus bestellen musste.«

»Was? Du willst Dougal einfach anweisen, unsere Eltern aus dem Gefängnis loszueisen?«, fragte Rose. »Das schafft nicht mal er.«

»Meine Grandma hat bereits zum Auswärtigen Amt Kontakt aufgenommen. Bis Mom und Dad frei sind, muss ich meinen Pflichten als Prinz nachkommen.« Basil fuhr sich durch die Haare wie Tymo. »Morgen stehen ein paar hübsche Prinzessinnen und andere reiche junge Damen auf meinem Programm. Aber heute Abend soll ich erst mal in ein blödes Museum gehen.«

»Prinzessinnen? Wie viele?«, fragte Tymo gerade, als

sie Dougal draußen im Empfangsraum erschrocken aufschreien hörten.
Eine halbe Sekunde später flog die Tür zum Konferenzraum auf. Ein gelber Wirbelwind schoss ins Zimmer und hinterließ zwei knisternde Feuerspuren auf dem Teppich.
»Wow!«, schrie Tymo. Er und Basil traten stampfend auf die Flammen, bis sie aus waren.
Erst da sahen sie, wer sie verursacht hatte.
Mitten auf dem Tisch, samt Rucksack und gelben Sockenschlafanzug und mit einer Rauchfahne, die von den kleinen Füßen aufstieg, stand ein kleines Mädchen mit einem Zahnlückengrinsen.
Rose zog erschrocken die Luft ein. »Nella?«

Kapitel 12
Blumen und Schneebälle

»Da ist es!«, sagte Nella und hielt ein leuchtend blaues Einmachglas in die Höhe.
Rose nahm das Glas und stellte es auf den Tisch. Dann nahm sie ihre kleine Schwester in den Arm. »Was machst du denn hier?«
»*Wie* bist du hergekommen?«, fragte Tymo und sah von Nellas rauchenden Füßen zu den verkohlten Spuren auf dem Teppich. »Bist du … gerannt?«
Nella schlang ihre dicken Ärmchen um Roses Hals und drückte sie. »*So* schnell – *Zisch!* – Genau wie du gesagt hast.«
»Wow«, sagte Lily. »Also wirklich: Wow. Das ist beeindruckend.«

In dem Moment kam Dougal mit wildem Blick und schwer atmend durch die Tür gerannt. In den Händen hielt er eine Schale Milch und einen Teller mit Sardinen. »Wer diese Spur in den Teppich gebrannt hat, soll sich zeigen!«, bellte er. »Der Junge steht unter meinem Schutz!«

»Es geht mir gut, Dougal«, sagte Basil und nahm ihm Schale und Teller ab. »Und vielen Dank für den Imbiss.«

Tymo deutete anklagend auf Gus. »Es war der *gato*! Er ist der Schuldige! Zum Glück konnten wir ihn aufhalten, ehe er das ganze Zimmer abgefackelt hat!«

Dougal richtete seinen stählernen Blick auf den Schottischen Faltohrkater.

Gus hob die Pfoten über sein Gesicht und sagte: »Jaul. Miau.«

»Ihr wollt mir weismachen, dass das kleine graue Tierchen da die Brandspuren gemacht hat?«

»Er muss sich im Fahrstuhl elektrisch aufgeladen haben«, sagte Rose. »Sein Fell ist angesengt worden.«

Dougal sah genau hin. »Sieht mir nirgends angesengt aus.«

»Er hat sich schon abgeschleckt«, sagte Tymo. »Katzen – unappetitliche Viecher, nicht?«

»Das stimmt«, sagte Dougal. »Deshalb stehen sie auch

nicht auf der Gästeliste. Ich setze ihn raus auf die Gasse zu den anderen –«

»Nein!« Basil klammerte sich an das stämmige Bein seines schottischen Leibwächters. »Der Kater gehört nicht auf die Gasse! Er ist größeren Aufgaben vorbehalten! Er hat sich mir angeschlossen, als ich in Güterwaggons durch Amerika getrampt bin … in meinen Wanderjahren.«

»Der Kater da?« Dougal sah Gus misstrauisch an.

Gus schnurrte.

»Endlich hat er mich wieder gefunden!« Basil nahm Gus auf den Arm. »Er hat mir als Geschenk diese tote Maus mitgebracht.«

Jacques – der sich die ganze Zeit auf dem Boden unter dem Konferenztisch versteckt hatte – ließ sich auf den Rücken fallen, schloss die Augen und streckte die Beine in die Luft. Basil hob ihn am Schwanz auf und zeigte ihn Dougal stolz. »Du siehst also«, sagte er, »der Kater muss bei mir bleiben. Ich bestehe darauf.«

Dougal kratzte sich den Kopf. »Wie du befiehlst, aber wo kommt denn das kleine Mädelchen her?«

»Äh, sie war die ganze Zeit hier.« Rose setzte Nella hin und strich ihrer Schwester die Locken zurück, damit sie anständig aussah. »Sie haben sie wohl übersehen, weil sie kaum über den Tisch gucken kann.«

»Nein, die war nicht hier«, sagte Dougal und stemmte die Hände in die Hüften. »Das wäre mir aufgefallen.«

»Alter«, sagte Tymo ganz gelassen, »natürlich war sie die ganze Zeit hier.«

Dougal blinzelte. »War sie nicht.«

»Sie hat direkt hinter Lily gestanden«, sagte Rose.

»Ja, genau«, sagte Tante Lily. »Deshalb ist sie Ihnen nicht aufgefallen! Dieses alberne Kleid, das ich anhabe!« Dann lachte sie und bauschte ihren Rock auf, und man konnte kurz ihre schlanken Beine sehen.

Rose beobachtet, wie Dougal – genau wie Dr. Lemonhead – von Lilys Reizen verwirrt wurde. Ob auch sie jemals so viel Selbstvertrauen wie ihre Tante haben würde? Und wollte sie das überhaupt? Es hatte etwas Jämmerliches, wie leicht Lily die Menschen bezirzen konnte.

»Ja, ähm, vielleicht haben Sie recht ...«, stotterte Dougal, dann wandte er sich an Basil. »Bist du sicher, dass es dir gut geht, Seamus?«

»Absolut.« Basil reichte ihm die Karte, die ihm Dr. Lemonhead gegeben hatte. »Ich bin für *geheilt* erklärt, siehst du?«

»Ruf nach mir, wenn du mich brauchst.« Mit einem letzten Blick auf die übrigen verließ Dougal rücklings das Zimmer und schloss die Tür hinter sich.

»Endlich!«, sagte Gus und schnappte sich einen der kleinen silbrigen Fische vom Tisch. Er sah Jacques bedauernd an. »Meine Mäusebemerkung von vorhin tut mir echt leid. Das kam nur von meinem Hunger.«

Jacques zuckte mit den Barthaaren. »Ich nehme die Entschuldigung an. Alte Gewohnheiten sind eben nur schwer abzuschütteln.«

Rose untersuchte das blaue Einmachglas, das Nella mitgebracht hatte. Eine einzelne Blume stand in einer Schicht Erde darin. Sie hatte Dutzende, vielleicht sogar Hunderte von hell- und dunkelroten Blütenblättern, die um eine dunklere Mitte standen, und sie funkelten und schimmerten sogar in dem schwachen Licht des Konferenzzimmers.

Lily bewunderte die Blume ebenfalls. Rose sah ihrer Tante an, dass sie beeindruckt war – und erleichtert.

»Habe ich es gut gemacht, Rosie?«, fragte Nella.

»Ganz *super.*« Rose ging vor ihrer Schwester in die Hocke. Hinter Nella nahm Tymo sein Handy heraus und machte ein Foto von den beiden. »Aber wie bist du hergekommen? Ich habe doch erst vor einer Stunde angerufen.«

»Ich hab ein Rezept dafür gefunden!« Nella nahm ihren lila Rucksack ab und öffnete ihn. Darin befand sich das schwere Backbuch.

Rose zog es heraus, legte es auf den Tisch und schlug es auf. Dann blickten alle – einschließlich Gus und Jacques – über Nellas Schulter, die in den Seiten blätterte und schließlich bei einem Rezept mit dem Namen *Blitzreisen-Dolce* anhielt.

Tymo stieß mit dem Finger auf das Rezept. »Man kann damit 250 Kilometer pro Stunde laufen? Warum hat mir davon niemand etwas vor dem letzten Leichtathletik-Wettkampf gesagt? Nicht, dass ich das nötig hatte, aber stellt euch nur vor, wie beeindruckt meine Freundinnen gewesen wären.«

»Klein-Nella kann schon lesen?«, fragte Lily und war ehrlich überrascht. »Du bist aber klug!«

»Das ist sie.« Mit zitternden Händen wandte Rose den Blick von ihrer Tante ab. »Aber sie kann das nur wegen dem Keks, den *du* ihr geschickt hast.« Wut stieg in ihr hoch und befeuerte ihren alten Argwohn. »Und sie hat das Rezept nur gemacht, weil der Zauber sie alles tun lässt, was wir ihr sagen, selbst wenn es so etwas Gefährliches ist, wie Hunderte von Kilometern auf der Autobahn zu laufen!«

»Das tut mir leid!«, sagte Lily leise. »Es vergeht bald wieder, versprochen. Der Zauber, den ich angewendet habe, ist bei weitem nicht so mächtig wie die Gezeiten der Venus. Ich kann erklären, warum –«

»Nein.« Rose holte tief Luft und unterdrückte ihre kochende Wut. »Mir tut es auch leid.« Es brachte nichts, immer noch böse auf Tante Lily zu sein – sie versuchte ja jetzt, das Richtige zu tun, genauso wie Rose es versuchte. »Lasst uns das Durcheinander beheben, und *danach* erklärst du uns alles. Abgemacht?«

»Abgemacht.« Lily strich sich ein paar Strähnen ihrer dunklen Haare hinter die Ohren und blätterte in dem Backbuch. »Hier ist das, was wir benötigen.«

Obwohl das Rezept mitten im Buch stand, war es auf ein anderes Papier geschrieben, auf Pergament, das wie dünnes Leder war. Die Schrift war an einigen Stellen verblasst und an anderen überschrieben, als ob sich jemand vor langer Zeit bemüht hätte, die Wörter wieder lesbar zu machen.

Rose fing an vorzulesen.

Blume der Erleuchtung

Eine Zutat, um Gedankenfreiheit zu fördern und Einflussnahme abzuschütteln

Dieses Rezept wurde mir von meiner Mutter und ihr davor von ihrer Mutter überliefert.

Oben auf einem weit entfernten Berg, auf seiner eisigen und kah-

len Spitze, stand die Hütte von Domina Beatum. In den Tälern unten redeten die Menschen davon, dass Domina Eier in den Himmel schlug, um die Sonne zu machen, wenn sie Wärme brauchten. Und sie redeten davon, wie sie Zuckerrohr zu Mondstrahlen spann, wenn sie Schlaf brauchten. Und sie redeten davon, wie sie Milch und Honig regnen ließ, wenn sie Gesundheit brauchten.

»Das klingt aber viel seltsamer als die anderen Rezepte«, sagte Rose fasziniert und etwas ängstlich.
»Es ist sehr alt«, erwiderte Lily und berührte sanft das uralte Papier. »Jemand hat es zu den anderen Rezepten ins Buch gebunden, aber es ist viel älter als unser magisches Backbuch.«

Aber eines Tages erstarkte ein großer und schrecklicher Herrscher. Die Menschen im Tal waren wie gebannt von ihm, und bald gehorchten sie jedem seiner Befehle. Er bestimmte, dass es ihm zukam, über den Himmel, den Mond und den Regen zu verfügen, und in den dunkeln Zeiten, die folgten, vergaßen die Talbewohner Domina und ihre Zauberkraft auf dem Berg – alle bis auf das Mädchen Reva.
Das Mädchen Reva floh aus dem Tal und bestieg den Berg, und sie fand Domina Beatum und fragte sie: »Gibt es nichts, was uns retten kann?«

Und Domina sagte: »Gehe für mich in die tiefen schwarzen Wälder und suche für mich die Blume der Erleuchtung.«
Also machte sich Reva in die tiefen schwarzen Wälder auf, wo sie die Blume der Erleuchtung fand, die aus einer Ascheschicht wuchs, gehütet von einer Schlange.
Und Domina sagte: »Nun steige in die Wolken und bringe mir einen Stein aus Eis.«
Also erhob sich Reva in den Himmel und fand einen Eisstein, der so groß wie der Kopf eines Mannes war.*
Als Reva zurückkehrte, pflanzte Domina die Blume ein und benetzte sie mit dem Wasser von dem Eisstein, und die Blütenblätter vermehrten sich bis ins Unermessliche. Erst legte Domina ein einzelnes Blütenblatt auf Revas Zunge, dann packte sie die restlichen Blütenblätter ein, damit Reva sie ins Tal mitnehmen konnte.
Und Domina sagte: »Bereite deinen Leuten einen süßen Kuchen. Lege für jede Person, die davon essen will, ein Blütenblatt hinein.«
Das Mädchen Reva machte einen Teig und süßte ihn mit Honig und rührte die Blütenblätter hinein und buk den Kuchen. Die Menschen aßen von dem Kuchen, und ihre Gedanken klärten sich – der große und schreckliche Herrscher wurde verbannt.

* *Eissteine dieser Größe sind sehr rar. Der bekannteste Eisstein ist der Schnee-Ball.*

Danach kehrte das Mädchen Reva zu der Hütte auf dem kahlen Gipfel des weit entfernten Berges zurück, aber Domina Beatum war verschwunden. Also wurde Reva die neue Domina Beatum – die Glücksfee Lady Glyck.
Und sie schlug Eier in Schüsseln und spendete den Menschen Wärme.
Und sie spann zarte Zuckerfäden, die den Menschen Ruhe spendeten.
Und sie schlug Milch mit Honig auf und spendete den Menschen Gesundheit.
Das wurde mir von meiner Mutter erzählt und vorher von ihrer Mutter, und nun erzähle ich es dir.

»Halt mal«, sagte Basil und blickte argwöhnisch auf die Seite. »Woher kann das Mädchen Reva denn mitten in der Geschichte plötzlich fliegen? So ganz aus dem Nichts?«
Rose hörte zum ersten Mal von Reva Glyck, die anscheinend eine ihrer ältesten Ahninnen war. Plötzlich verspürte sie heftige Sehnsucht nach ihrer Mutter. Wenn Polly doch nur hier wäre, um ihr die Geschichte der Familie Glyck und der Bäckerinnen davor zu erzählen! Und sie würde ihr auch raten können, was zu tun sei, und ob es in Ordnung war, ab und zu Fehler zu machen.
Doch ihre Mutter war nicht da. Aber immerhin hatte

Rose das magische Rezeptbuch. Und etwas aus Reva Glycks Geschichte gab ihr ein starkes Gefühl, als hätte sie gerade einen Schluck Zaubertrank getrunken. Dieses Mädchen Reva war auf Berge gestiegen und durch dunkle Wälder gewandert und hatte einen Weg gefunden zu fliegen, nur um ihre Leute zu retten!

Das flößte Rose Mut ein. Sie war immer noch nicht überzeugt, dass sie den Meisterbäckertitel verdiente, aber einer Sache war sie sich sicher: Wenn die Glycks in alten Vorzeiten *fliegen* konnten, dann hieß das doch, dass auch die heutige Familie Glyck sich zu Höhenflügen aufschwingen konnte.

Oder wie in Nellas Fall, schneller rennen konnte als eine Kanonenkugel.

Zum ersten Mal, seit ihrem Fehler mit der doppelten Antidosis, fühlte sich Rose wieder in der Lage, etwas zu tun. Sie hatte die Blume der Erleuchtung, sie hatte ihren kleinen Bruder von einem Bann befreit, und niemand würde sie aufhalten.

Rose sah ihre Geschwister strahlend an. »Wir schaffen das, Leute. Wir haben das Backbuch und die Blume, und wir haben uns. Was anderes brauchen wir nicht.«

»Doch, *hermana*«, sagte Tymo. »Etwas brauchen wir noch. Ein paar dieser Eissteine, die so groß wie Köpfe sind. Oder hast du vielleicht welche, *Tia* Lily?«

Ohne zu zögern fing Lily an, ihre Brillantringe von den Fingern zu ziehen, einen nach dem anderen. Rose war nicht mal aufgefallen, wie viele sie trug, bis Lily die Ringe auf dem Tisch aufhäufte. Die Juwelen glitzerten im Licht. Zuletzt nahm Lily ihr Diamantenkollier ab und legte es auf den schimmernden Haufen.

»*Das hier*«, sagte sie, »sind Eissteine.«

Tante Lily sah plötzlich schlichter aus. Ehrlicher irgendwie – als würde sie tatsächlich zur Familie Glyck gehören. Es stand ihr, fand Rose.

»Diamanten?«, fragte Basil. »Die kann ich leicht besorgen! Meine Grandma – ich meine, die Grandma von Seamus – hat eine ganze Kiste Diamanten in ihrem Zimmer.«

»Es geht nicht um richtige Diamanten, Basil«, sagte Lily. »Eissteine sind flüssige Kristalle, die wie Diamanten *aussehen*. Aber jemand, der sich mit Magie auskennt, sieht den Unterschied. Ich wollte nicht, dass Graf Caruso merkt, dass ich ein Gegenmittel herstelle, deshalb musste ich die Zutaten als Juwelen tarnen und sie einschmuggeln. Das sind alle, die ich noch habe.«

»Aber die reichen nicht, oder?«, fragte Rose. »Domina in der Geschichte brauchte einen Eisstein, der so groß wie ein Kopf war. Wir brauchen viele Blütenblätter, um das Gegenmittel herzustellen – also brauchen wir auch viel Eisstein.«

»Mademoiselle, sieh mal!« Jacques krabbelte auf die Seite und schnupperte an einer Markierung neben einem der Wörter.

Rose beugte sich darüber und drückte praktisch die Nase aufs Papier. Was zuerst wie ein Tintenspritzer ausgesehen hatte, war in Wirklichkeit ein kleiner Stern hinter den Worten »so groß wie der Kopf eines Mannes«. Erst jetzt bemerkte sie ganz unten auf der Seite eine Fußnote, geschrieben in der winzigsten Schrift, die sie je gesehen hatte.

»Kannst du das lesen?«, fragte sie Jacques.

Die Maus peitschte mit dem Schwanz. »Oui, *bien sûr.*« Er spähte die Fußnote an. »Eissteine dieser Größe sind sehr rar«, las er laut vor. »Der bekannteste Eisstein ist der Schnee-Ball.«

»Schneebälle?«, fragte Basil. »Ich habe alle Schneebälle vom letzten Winter aufgehoben. Vielleicht kann Nella zurückrennen und sie aus der Tiefkühltruhe holen!«

Nella sprang auf, doch Tymo hielt sie zurück. »Genug gerannt für eine Tag, *hermana pequeña.*«

»Keine *richtigen* Schneebälle«, erklärte Rose. »Irgendein Edelstein, der Schnee-Ball *genannt* wird.« Sie deutete auf Lilys Diamanten. »Wie das Zeug, nur größer.«

»Genau«, sagte Lily.

»Wenn er so bekannt ist, wie es in der Fußnote heißt«, überlegte Rose, »können wir vielleicht im Internet was drüber rausfinden.«

Rose sah Tymo erwartungsvoll an. Verwirrt drehte er den Kopf und blickte hinter sich. Dann dämmerte ihm, dass sie ihn ansah. Entsetzen überzog sein Gesicht.

»Was hast du nur mit meinem Handy, *hermana*?«, sagte er und umklammerte sein Gerät schützend, als seien darin all seine Geheimnisse gespeichert – was wahrscheinlich der Fall war. »Das ist ein empfindliches Stück Technologie und unsere einzige Verbindung zu meinen ganzen Freundi– zu der Außenwelt. Ich sollte es nicht fahrlässig aus der Hand geben.«

»Mach dir nicht in die Hose, Alter«, sagte Basil spöttisch. »Das Ding hält es sogar aus und funktioniert immer noch, wenn es aus der zweiten Etage in eine Pfütze fällt.«

Tymo zog die Augenbrauen hoch. »Woher weißt du *das*?«

»Weil ich die ganze Zeit mit dem Ding spiele, wenn du schläfst«, sagte Basil achselzuckend.

Rose nahm Tymo das Handy weg und rief das Internet

auf. Tymo ließ einen Schrei los, wehrte sich jedoch nicht weiter.

»Hier haben wir es«, sagte sie nach einigem Tippen und Wischen und legte das Handy so auf den Tisch, dass alle es sehen konnten. »Der Schnee-Ball ist ein Diamant so groß wie ein Football.«

»Das ist eine britische Site«, erklärte Lily. »Sie meinen einen europäischen Fußball.«

»Football, Fußball … ist doch egal!«, sagte Tymo. »Er muss mindestens so groß sein wie die Schneekugel draußen im Empfangsraum.« Seine Augen wurden groß vor Aufregung. »Also riesig! Wir könnten einen Haufen Geld machen, wenn wir so einen verkaufen würden.« Er hüstelte. »Was wir natürlich nicht tun würden.«

Rose scrollte durch die Website und entdeckte etwas, das ihr fast den Atem nahm. »Der Schnee-Ball wird in einem besonderen Raum im *Smithsonian-Natural-History-Museum* aufbewahrt. Das befindet sich hier in Washington D. C.!«

»Leute! Noch besser!« Basil sprang auf seinen Stuhl und zappelte so aufgeregt, dass ihm seine Mütze fast wieder herunterrutschte. »Das ist das langweilige Museum, wo ich heute Abend hin muss!«

»Ins *Smithsonian?*«, fragte Lily. »Hör schon auf, herumzutanzen … das nervt irgendwie.«

Basil machte einen letzten Hopser, dann hörte er auf. »Irgendeine ätzende Spendenzeremonie, und danach darf ich an einer Privatführung teilnehmen!«

»Das ist wunderbar, Basil«, sagte Lily und schlug die Hände zusammen. »Du kannst uns alle reinschmuggeln.«

Nachdem Gus schmatzend seine vierte Sardine verschlungen hatte, sah er kurz auf und sagte: »Die Veranstaltung muss ich wohl auslassen. Ich habe den ganzen Tag auf Basils Kopf gesessen und hatte keine Gelegenheit … die Dinge zu tun, die Katzen so tun und die die Natur fordert.«

»Dich auf dem Kopf zu haben, war auch nicht so toll für mich«, sagte Basil und rückte seine Mütze zurecht. »Aber egal. Die Zeremonie ist sowieso nur für königliche Schotten und offizielle Staatsoberhäupter.«

»Basil!«, sagte Rose streng, »du *musst* uns dahin mitnehmen. Nur so können wir alle retten.«

»Von mir aus. Dann tue ich euch einfachen Bürgern eben ein einziges Mal den Gefallen, um alter Zeiten willen.« Die Mütze flog ihm aus dem Haar, als ihm Tymo eins auf den Hinterkopf schlug. »He!«

»Nächstes Mal darf *ich* der Prinz sein«, sagte Tymo.

Auf dem Tisch summte das Handy, und eine SMS blinkte auf. Sie war von Devin.

Ich habe eine Frage an Tymo. Falls du nicht Tymo bist, reich das Handy bitte an ihn weiter.

Rose starrte die Worte an. Nach allem, was beim Bedienen und mit Lily und jetzt im Hotelzimmer passiert war, hatte sie ihren Streit mit Devin ganz vergessen. Ihr Kopf drehte sich wie ein Mixer und machte ihre Gedanken zu Brei. *Ist er noch böse auf mich? Anscheinend schon, weil er mit Tymo sprechen will – dabei glaube ich nicht mal, dass er Tymo* mag. *Aber jetzt mag er ihn wohl mehr als mich … was das wohl zu bedeuten hat?*

»Ist das eine von meinen Freundinnen?«, fragte Tymo.

Nella stellte sich auf ihren Stuhl und sah nach. »Es ist Devin! Er will dich, Tymo.«

Tymo riss das Handy an sich und schrieb mit Devin Nachrichten hin und her. »Er will wissen, ob er heute Nacht bei mir im Zimmer übernachten kann. Er ist es leid, durch die Stadt zu latschen.«

»Ach«, sagte Rose, die enttäuscht war, dass sich Devin nicht nach ihr erkundigt hatte. »Kannst du … kannst du ihm schreiben, dass es mir leid tut?«

Tymos Daumen flogen über die Tastatur, und kurz darauf summte das Handy erneut. »Er sagt, das kann er sich gut vorstellen, aber er will immer noch nicht mit dir reden und nimmt morgen früh den Bus nach Calamity Falls zurück.«

»O je«, sagte Rose geknickt.

Lily nahm Roses Hand. »Jungsprobleme?«

Jungsprobleme. Die einzigen Probleme, gegen die Rose kein Rezept hatte. Ob die fliegende Reva wohl jemals Jungsprobleme gehabt hatte?

Und obwohl Rose immer noch nicht sicher war, wie sie sich Tante Lily gegenüber verhalten sollte, fühlte sich ihr Händedruck ermutigend und freundlich an, und sie drückte instinktiv zurück. Lily kam im Moment einer mütterlichen Person am nächsten, und sie wollte sie nicht zurückstoßen.

Rose sah ihre kleine Schwester an, ihre Brüder und ihre diamantenlose Tante und sagte: »Stimmt, ist aber keine große Sache. Wir müssen uns um wichtigere Dinge kümmern. Wir müssen den Schnee-Ball besorgen.«

Tymo ließ sein Handy in die Tasche gleiten, grinste und sagte: »Und zwar *muy pronto*!«

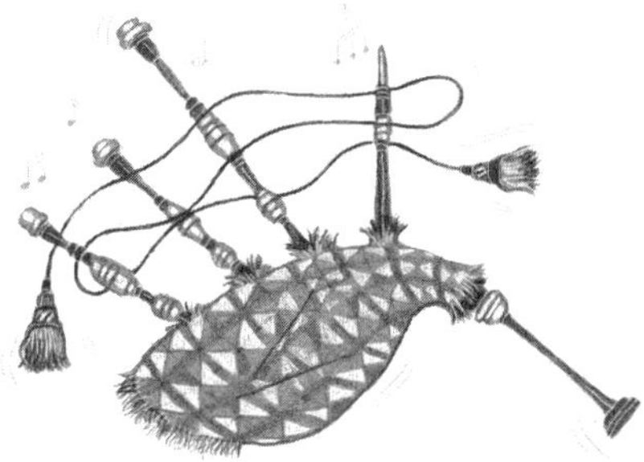

Kapitel 13
Der kleinste Juwelendieb

»Habe ich behauptet, das Museum wäre langweilig?«, fragte Basil. »Da hatte mir noch niemand gesagt, dass es hier einen riesigen Elefanten gibt!«
Es war eine Stunde später. Rose, ihre Geschwister und Lily waren in einer langen schwarzen Limousine, auf deren Motorhaube kleine schottische Fahnen im warmen Abendwind flatterten, durch die Stadt gefahren worden. Als sie im *Smithsonian-Natural-History-Museum* ankamen, wurden sie von Bodyguards in steifen schwarzen Anzügen durch einen Auflauf von Reportern und Fotografen geleitet. Rose hätte sich fast wie ein berühmter Star auf dem Weg zu einer Filmpremiere vorkommen können, wenn sie nicht aus einem be-

stimmen Grund hier gewesen wäre: für einen Juwelenraub.

Die riesige Lobby wurde von der übergroßen Statue eines Elefanten eingenommen. »Glaubt ihr, dass ich Dumbo mit nach Hause nehmen dürfte?«, fragte Basil und starrte in die drei Stockwerke hohe Kuppel hinauf.

»Keine Chance«, sagte Rose. »Wir sollten uns ganz auf unseren Auftrag konzentrieren.«

»Das ist schwierig, wenn es so zieht«, sagte Tymo und zupfte an seinem Kilt. »Wie halten es Mädchen nur in Röcken aus? Warum hat ein Kilt keine Taschen?«

Als Basil Dougal und Iain informiert hatte, dass er seine Familienmitglieder zu dem Museumsbesuch mitnehmen wolle, hatte Dougal darauf bestanden, dass sie »gewandet wie es sich für königliches Gefolge geziemt« gehen müssten. Er ließ eine weißhaarige Stylistin namens Isadora Nib kommen.

»Herrje«, sagte Isadora, nachdem sie alle betrachtet hatte. »Du, meine Liebe, bist eine himmlische Erscheinung«, sagte sie zu Lily. »Ihr anderen jedoch …«

Sie wickelte Tymo in einen Schottenrock, zog ihm ein gerüschtes Hemd an und legte ihm eine Schärpe um.

»Du siehst wie ein Pirat aus«, sagte Nella zu ihm. »Wo ist deine Augenklappe?« Nella selbst bekam ein hell-

blaues Kleid mit einer bauschigen Schleife um den Bauch und Spitzen an den Ärmeln.
»Den Rucksack musst du ablegen«, sagte Isadora. »Er verdirbt den Gesamteindruck.«
Aber Nella weigerte sich. Weil darin nämlich die riesige weiße Schneekugel aus Seamus' schottisch gestalteter Suite steckte.
Rose schließlich bekam ein ärmelloses schwarzes Kleid: schlicht, elegant und viel schicker als alles, was sie jemals getragen hatte.
»Wunderschön«, sagte Tante Lily und bewunderte ihre Nichte, ehe sich alle zum Museum aufmachten. »Du siehst richtig damenhaft aus.«
Aber Rose fühlte sich keineswegs damenhaft. Und der Einzige, dem sie sich gerne in diesem Kleid gezeigt hätte, war nicht mal dabei.
»Runter da, Bürschchen«, sagte Dougal jetzt und zerrte Basil von dem Podest des Elefanten. »Das ist ein Kunstwerk und kein Abenteuerspielplatz.«
»Ich habe Hunger, Rosie«, sagte Nella.
»Wir essen später was«, erwiderte Rose und versuchte, den Schnee-Ball auf dem Plan des Museums zu entdecken.
»Aber in meinem Rucksack habe ich etwas zu essen«, beharrte Nella.

»Später«, wiederholte Rose.

Die Bodyguards bildeten einen engen Kreis um Basil und die O'Malleys, als eine Prozession von Leuten ins Museum strömte – weitere schottische Edelleute, förmlich in Kilts und Festgewänder gekleidet.

»Ich wusste gar nicht, dass es so viel Schottenstoff gibt«, flüsterte Rose Lily zu und fühlte sich völlig unwohl. »In dem Kleid komme ich mir albern vor.«

»In einem Kleid solltest du dir nie albern vorkommen«, erwiderte Lily. Sie trug ein dunkelblaues Seidengewand, das perfekt saß, und die schwarzen Haare hatte sie zu einem eleganten Knoten hochgesteckt. »Du bist eine zupackende und selbstbewusste Frau.«

Bin ich das?, dachte Rose und starrte an sich hinunter. Sie hatte sich bisher eigentlich noch *nie* zurechtgemacht. Wenn ihre Mutter sie jetzt nur sehen könnte, dachte sie, doch dann schob sie den Gedanken beiseite. *Du siehst sie noch früh genug*, sagte sich Rose. *Sobald wir den Schnee-Ball haben.*

Ein erregtes Murmeln ging durch die Menge. Rose hörte, wie eine Frau sagte: »Sie ist da! Sie ist da!« Dougal schob die Glyck-Kinder und Lily nach vorne. »Nehmt Haltung an, ja? Ihro Gnaden Moira O'Malley ist eingetroffen!«

Die Menge teilte sich, und Basils Pseudo-Großmutter

wurde in den Saal geschoben. Sie trug immer noch das Gewand aus Schottenkaro, aber inzwischen war sie mit Diamanten und Smaragden behängt, die Lilys Eisstein-Schmuck wie Kinderschmuck aus einem Kaugummiautomaten aussehen ließen. Die alte Frau mit ihren runzeligen Augen warf einen gelangweilten Blick in die große Eingangshalle, der zeigen sollte, dass sie schon alles und noch mehr auf der Welt gesehen hatte.

Erst als ihr Blick auf Basil fiel, wurde sie munter, und sie winkte ihn zu sich. »Seamus, mein lieber Junge, ich freue mich, dass es dir wieder besser geht.« Sie bemühte sich, ihn scharf anzusehen. »Es *geht* dir doch besser, oder?«

»Für geheilt erklärt. Schau nur.« Basil zeigte ihr die Karte von Dr. Lemonhead.

»Ah, Dr. Lemonhead«, sagte Grandma O'Malley. »Es gibt keinen klügeren Doktor unter der Sonne.«

»Ähm, hallo Euer Gnaden«, sagte eine Frau in einem Museums-Blazer. Auf ihrem Namensschild stand CAROL. Sie knickste nervös. »Wir sind bereit für den offiziellen Akt.«

Grandma O'Malley lächelte und nickte. »Und Seamus ist bereit für seine Darbietung. Geh voraus!«

Basil blickte Rose mit verwirrtem Ausdruck an, doch

dann nahm Dougal ihn und schob ihn energisch in den Veranstaltungssaal.

Es war ein großer Saal, und die Zuschauerreihen waren fast komplett besetzt.
Als sie eintraten, lief auf der riesigen Leinwand ein Film mit einem computeranimierten Einhorn. Rose, Tymo, Nella und Lily wurden in die hinterste Reihe geschickt, während Basil und seine falsche königliche Familie auf die Bühne vor der Leinwand geleitet wurde.
»Wo geht Basil hin?«, fragte Nella. »Und warum haben alle Männer Röcke an?«
»Basil sitzt bei seiner anderen Familie«, spottete Tymo.
Nella wirkte erschrocken. »Basil hat noch eine andere Familie?«
»Nicht in echt«, sagte Rose und nahm ihre kleine Schwester auf den Schoß. »Hör auf, ihr Angst zu machen«, sagte sie zu Tymo, der darauf nur lachte.
»Ich hab immer noch Hunger«, sagte Nella und rieb sich den Bauch. »Können wir *jetzt* was essen?«
»Im Hotel ist ein Restaurant«, sagte Rose. »Wir essen dort.«
Das Bild auf der Leinwand wechselte zu einer Reihe alter Männer in traditionellen schottischen Trachten. Alle

streckten feierlich die Daumen gen Himmel. Als das Bild ausgeblendet wurde, applaudierten die Zuschauer höflich, und Carol vom Museum rollte Grandma O'Malley zu einem Podest. Darauf lag ein völlig unscheinbarer Dudelsack.

»Sollten wir jetzt den Schnee-Ball suchen?«, flüsterte Rose.

Lily schüttelte den Kopf. »Zu auffällig. Wenn sich die Aufmerksamkeit aller auf die Bühne richtet, verschwinden wir.«

Carol zupfte sich den Kragen zurecht und sagte: »Willkommen, liebe Gäste! Wir freuen uns, die letzten noch lebenden Mitglieder der uralten schottischen Königsfamilie hier bei uns zu haben, die uns heute mit diesem offiziellen Akt ein unschätzbar wertvolles Exponat für unsere Sammlung überreichen.«

Mehrere Männer unter den Zuschauern stießen die Fäuste in die Luft und brüllten begeistert los.

»Oh, vielen Dank für Ihre … ungezähmte Begeisterung!«, sagte Carol. »Die gnädige Moira O'Malley hat einem unserer Museen großzügigerweise den ältesten Dudelsack ihres Clans vermacht, der vor fast 500 Jahren von Angus O'Malley angefertigt wurde.«

Grandma O'Malley scheuchte Carol mit den Rädern ihres Rollstuhls aus dem Weg, wobei sie die arme Frau fast überrollte, dann bedeutete sie Dougal, ihr das Mikrophon vor den schrumpeligen Kopf zu halten.

»Wir O'Malleys haben Dudelsack-Weisen im Blut«, sagte sie mit krächzender Stimme. »Dennoch konnte ich diese Musik über eine lange Zeit nicht ertragen, weil wir unseren geliebten Seamus verloren hatten.« Sie betupfte sich die Augen mit einem Taschentuch. »Doch der heutige Tag ist ein zweifacher Triumphtag, denn er ist zurückgekehrt!«

Basil trat hinter ihr auf die Bühne, sanft geschubst von Dougal. Er lächelte breit und hob die Daumen, und das Publikum brach in wildes Jubeln und Klatschen aus.

»Es ist nur rechtens«, fuhr Grandma O'Malley fort, »dass uns mein verlorener Enkel zur Feier seiner Wiederkehr und zu Ehren dieser Schenkung von einer Nation an die andere eine Weise spielt. Seamus?«

Das breite Lachen auf Basils Gesicht erlosch augenblicklich. »Ich?«, sagte er.

»Ja, du, Bürschchen«, sagte Dougal. »Geh zu ihr und spiele!«

»Aber ich kann nicht Dudelsack spielen. Vielleicht könnte ein anderer –«

»Unsinn!«, sagte Grandma O'Malley. »Du bist ein O'Malley. Du hast schon im Mutterleib Dudelsack gespielt.« Sie machte eine Handbewegung, und Dougal

schob Basil den alten Dudelsack in die Arme. Das Instrument jaulte kläglich auf.
Basil fuhr sich mit der Zunge über die Lippen und blickte in den Zuschauerraum, in dem es erwartungsvoll still geworden war. »Also dann, äh, viel Spaß bei der Musik … meines Volkes.«
»Au weia, das wird schlimm«, sagte Tymo und legte die Hände über die Ohren. »Ganz schlimm.«
Auch Rose hielt sich die Ohren zu. »Das wird wenigstens ein gutes Ablenkungsmanöver.«
Lily nickte. »*So* habe ich mir das vorgestellt.«
Mit aufgeblasenen Backen pustete Basil fest in das Mundstück und drückte den Blasebalg unter seinen Armen. Heraus kam eine rasche Folge von durchdringenden, quakenden Tönen – ein bisschen so, als ob eine Ente furzte. Basil kämpfte mit dem Blasebalg, und das Geblöke wurde zu einer Reihe trauriger Schreie, als täten den Enten die Fürze leid und sie würden sich für ihre Blähungen entschuldigen. Basil blies und blies, seine Wangen wurden immer röter, und seine Augen schielten, bis er schließlich völlig außer Atem mit einem langen, erbärmlichen, ohrenbetäubenden Quaklaut endete.
Er spuckte das Mundstück aus und rang nach Luft.
Rose wurde es plötzlich heiß und kalt. Hatte Basil sich gerade verraten?

Grandma O'Malley saß mit Tränen in den Augen und bebend in ihrem Stuhl. »Noch nie habe ich«, flüsterte sie, »so etwas … Schönes in meinem langen, langen Leben gehört!«
Tymo fielen fast die Augäpfel aus dem Kopf. »Es hat ihr *gefallen?*«
Die Zuschauer erhoben sich. Rund um die Glyck-Kinder und Tante Lily priesen die Menschen den »liebreizenden Klang« und fanden, dass Basil das Spiel auf dem Dudelsack »wirklich wunderbar« beherrschte.
»Keiner ist sich sicher, ob er wirklich gut war oder nicht«, flüsterte Rose Tymo zu.
»Er war eindeutig *schlecht*«, sagte Tymo und schüttelte den Kopf. »Wenn es in Schottland tatsächlich Einhörner gäbe, würden sie Basil alle für diese Darbietung abmurksen wollen.«
Basil streckte die Daumen hoch, und der Applaus wurde noch frenetischer.
»Wir sollten jetzt verschwinden«, sagte Rose.
»Jetzt?«, fragte Nella.
Basil warf Rose von der Bühne aus einen Blick zu, der kurz zur Tür glitt und wieder zurück, als wolle er sagen: *Worauf wartet ihr?* Dann ließ er die Arme sinken und zwinkerte den Zuschauern zu. »Das war erst der Anfang! Gebt mir mal einen Einsatz!« Die Wachen auf

der Bühne fingen zu stampfen an, und Basil nahm das Mundstück wieder zwischen die Lippen.
Was nun folgte, klang für Rose, als würde ein Schwarm Wildgänse zu Tode gequetscht, aber um sie herum erhoben die Menschen sich von den Sitzen und fingen mit verschränkten Armen im Kreis zu tanzen an.
»*Jetzt*«, sagte Rose mit einem grimmigen Lächeln.

Kurz darauf befanden Rose, Tymo, Nella und Lily sich in einem hohen, großen Ausstellungssaal, in dem die Edelstein-Sammlung präsentiert wurde. Da das Museum momentan geschlossen hatte, waren die Lichter aus und somit auch die Ausstellungsstücke in Dunkelheit gehüllt.
»Da vorne kann ich ein Licht sehen«, flüsterte Rose, doch der Klang hallte so durch den stillen Raum, als habe sie gerufen. Sie legte den Finger an die Lippen.
Als sie um eine Ecke kamen, entdeckten sie einen einzelnen Sockel, der mit Samtseilen abgesperrt war. Auf dem Sockel, angestrahlt von einem Scheinwerfer, befand sich ein fußballgroßer Edelstein, der rundum in Millionen winziger Facetten geschliffen war, die das Licht in leuchtenden Farbprismen abstrahlten.
Tymo stieß einen leisen Pfiff aus. »Sieht aus wie die teuerste Discokugel der Welt.« Er nahm sein Handy

heraus und trat darauf zu, doch Lily hob den Arm und hielt ihn zurück.

»Etwas so Unschätzbares wie der Schnee-Ball würde niemals ungesichert herumstehen«, sagte sie warnend. »Seht mal.«

Rund um den Scheinwerfer ragten Dutzende von Metallstäben aus der mindestens zehn Meter hohen Decke.

»Käfigstangen«, sagte Rose.

»Ein Käfig?«, fragte Nella. »Wie in einem Zoo?«

Rose packte Tymos Handgelenk und richtete das leuchtende Display des Handys nach unten. Die quadratischen Fliesen um den Sockel standen etwas höher heraus als der Rest des Bodens.

»Druckempfindliche Tasten«, sagte Tymo. »Gut gesehen, Rose. Aber wie kommen wir an den Schnee-Ball, ohne Alarm auszulösen? Wir alle wiegen zu viel.«

»Nicht *alle.*« Rose hockte sich vor ihre Schwester. »Glaubst du, du kannst dich ranschleichen und den Schnee-Ball gegen die Schneekugel austauschen?«

»Ein Kinderspiel!« Nella trat an die Drucktasten heran. Sie stupste eine der Tasten mit der Fußspitze ihres glänzenden Schühchens.

Nichts passierte.

Sie zuckte die Schultern, ruckelte ihren Rucksack mit

der Schneekugel auf ihren Schultern zurecht und atmete tief durch. Vorsichtig machte sie einen ersten Schritt.

Rose, Tymo und Lily hielten den Atem an, während Nella den anderen Fuß nachzog und sich ganz auf die Tasten stellte. Würde der Alarm losgehen?

Aber sie hörten nichts.

»Puh«, sagte Tymo und fuhr sich durch die Haare. »Sie wiegt nicht so viel, dass sie reagieren.«

Dann hüpfte Nella auf und ab und stampfte fester auf die Tastenplatten.

»Nella!«, zischte Rose und hielt sich die Augen zu. »Hör *sofort* damit auf!«

»Sie bewegen sich doch kein bisschen, Rosie«, sagte Nella. Und es stimmte: Die Tasten wurden nicht einen Millimeter eingedrückt.

Mit ausgestreckten Armen wie eine Seiltänzerin stieg das kleine Mädchen behutsam hinüber zu dem Sockel.

»Oooh!« Sie sah zu dem Schnee-Ball hinauf. »Der ist ja vielleicht schön!«

»Vorsichtig jetzt«, sagte Lily, als Nella die Schneekugel aus ihrem Rucksack zog und sie mit einer Hand an die Brust drückte. »Wie soll sie da herankommen und die Kugeln austauschen?«, fragte sie besorgt. »Der Sockel ist größer als sie.«

Es stimmte: Der Sockel überragte Nella. »Warte mal kurz, Nella.« Rose drehte sich verzweifelt um. »Wir brauchen etwas, auf das Nella steigen kann.«
Lily deutete auf einen Papierkorb in einer Ecke. »Wenn wir den ausleeren, kann sie ihn vielleicht als Tritt nehmen?«
»Oder vielleicht kann sie das Samtseil um den Sockel schlingen und daran hochklettern wie Indiana Jones!«, sagte Tymo.
»Ich bin doch schon oben, Doofie«, sagte Nella.
Rose, Tymo und Lily fuhren herum.
Nella stand breitbeinig über dem Schnee-Ball auf dem Sockel. Den linken Arm hatte sie um die Schneekugel gelegt, und sie winkte mit der anderen Hand. »Seht ihr? Ganz einfach!«
»Das ist doch so hoch«, sagte Rose. »Wie bist du da hinaufgekommen?«
»Ist doch egal, *hermana*«, flüsterte Tymo. Zu Nella sagte er: »Weiter, Mädchen! Tausch sie aus!«
Nella neigte den Kopf und betrachtete den riesigen Edelstein.
»Das schaffst du, Nella«, sagte Tante Lily.
Zufrieden biss Nella sich auf die Lippe. Mit einer raschen Bewegung rollte sie den Schnee-Ball von seiner schwarzen Samtunterlage und stellte die Schneekugel

an seine Stelle. Das ging so schnell, dass Rose es kaum bemerkte.

Und das Beste daran? Der Alarm ging nicht los.

»Super gemacht!«, sagte Tymo. »Du könntest eine internationale Juwelendiebin werden, *mi hermana pequeña*!«

Nella nahm den riesigen Edelstein in beide Hände, dann beugte sie die Knie und holte mit dem Schnee-Ball aus wie mit einer Bowlingkugel in der Kegelbahn von Calamity Falls. »Fang ihn, Tymo!«

»Was?«, sagte Tymo und hob abwehrend die Hände. »Nein, nein, nein –«

Aber es war schon zu spät. Mit einem Grunzen warf Nella den großen Eisstein in die Luft.

Er fiel fast senkrecht zu Boden.

»*Nein!*«, schrie Tymo. Er machte einen Hechtsprung und ließ die ausgestreckten Arme vorschnellen ...

Und konnte den Schnee-Ball *gerade noch* mit den gespreizten Fingerspitzen fangen, ehe dieser auf die Drucktasten krachte.

Roses Herz klopfte so wild wie die Hufe eines Rennpferdes auf der Rennbahn. »Das war knapp.«

»Gut gemacht, Tymo«, sagte Lily.

»Das hätten meine Freundinnen mal sehen sollen!«, sagte Tymo, immer noch bäuchlings auf dem Boden.

Plötzlich leuchtete pulsierendes rotes Licht auf, Stroboskopstrahlen zuckten, und aus allen Ecken des großen Saals kreischten Sirenen, so laut, dass Rose sich die Ohren zuhalten musste.

»Aber ich habe ihn doch gehalten!«, protestierte Tymo. »Ich habe die Sensoren mit meinen Händen nicht berührt!«

Rose fiel das Herz in die Kniekehlen. »Nein«, sagte sie und streckte den Finger aus, »nur mit dem Arm.«

Tymos Ellbogen hatte *nur ein bisschen* den äußersten Rand einer Alarmtaste berührt.

»Wow!« Er fuhr rechtzeitig zurück, ehe die Stäbe aus der Decke auf die Fliesen heruntersausten und den Sockel mit einem schimmernden Käfig einschlossen. »Das war knapp. Fast hätte es mich erwischt!«, rief er durch den Sirenenlärm. Der Schnee-Ball lag sicher in seinen Händen.

»*Nella!*«, rief Tante Lily.

Rose hatte so auf ihren Bruder gestarrt, dass sie ihre Schwester ganz vergessen hatte.

Nella stand eingeschlossen zwischen den Stäben oben auf dem Sockel und lutschte am Daumen. Und schon ertönte das Stampfen unzähliger Schritte durch den Saal.

Kapitel 14
Mechanische Magie

Vor lauter Panik konnte Rose keinen Gedanken fassen. »Was machen wir jetzt?«

Und dann hörten die Alarmsirenen unvermittelt auf. Die roten Lichter zuckten weiter durch den Saal. In der plötzlichen Stille hörte Rose Funkgeräte knacken und Männer, die Befehle bellten.

»Es kommen Leute!«, keuchte Rose warnend. »Versteckt den Schnee-Ball!«

»*Tia* Lily, schnell!« Tymo rollte den riesigen Edelstein über den Boden. Lily stoppte ihn mit der Fußspitze ihres Stöckelschuhs, dann versteckte sie ihn unter dem Saum ihres Kleides. Tymo stellte sich neben die beiden, als drei uniformierte Wachleute den Saal betraten.

»Ihr da!«, sagte der Anführer und blendete Rose mit einer Taschenlampe. »Was macht ihr drei hier?«

Roses Kehle wurde trocken. Wie konnte sie erklären, warum ihre kleine Schwester in dem Schnee-Ball-Käfig festsaß?

Zum Glück musste sie das nicht.

»Wachtmeister!«, sagte Lily. »Wir sind ja *so* froh, dass Sie kommen. Wir haben die Zeremonie verlassen, um einen Rundgang durch das Museum zu machen, und plötzlich ist dieser schreckliche Alarm ausgelöst worden.«

Lily kam nicht mal ins Schwitzen. Sie beschwindelte die Wachleute mit derselben Leichtigkeit, mit der sie Rose und die Familie Glyck angeschwindelt hatte. Rose wusste nicht, ob sie von dieser Fertigkeit beeindruckt sein sollte – oder eher beunruhigt.

Der zweite Wachmann kam an den Käfig gerannt und klopfte an die Stäbe. »Jemand hat sich an dem Schnee-Ball zu schaffen gemacht!« Er stieß erleichtert die Luft aus, als der Strahl seiner Taschenlampe auf die Schneekugel traf, die Nella statt des Schnee-Balls auf den Sockel gelegt hatte. »Es ist aber nichts passiert – kann es auch nicht bei diesen Sicherheitsmaßnahmen.«

Nella war nicht zu sehen, stellte Rose fest und zog scharf die Luft ein. Wo war sie? Sie war doch in dem

Käfig gefangen gewesen ... Wohin hatte sie verschwinden können?
Der erste Wachmann senkte den Lichtstrahl von Roses Gesicht auf den Boden um den Schnee-Ball-Sockel.
Rose musste fast lachen: Klebrige winzige Fußspuren schimmerten auf den Alarmtasten. Was nur eine Sache bedeuten konnte.
Sticky Snickers.
Damit hatte Nella also auf den Sockel klettern können.
Aber wo war sie jetzt?
Ein dritter Wachmann traf ein, während die beiden anderen den »Tatort« untersuchten und ratlos durch das Gitter die klebrigen Spuren befühlten. Während sie abgelenkt waren, blickte Rose an das Stück Decke innerhalb des Käfigs.
Nella hing neben dem Scheinwerfer kopfüber an Händen und Füßen klebend von der Decke.
Als sie sah, dass Rose sie anblickte, winkte sie und wollte schon etwas sagen, doch Rose hob einen Finger an die Lippen.
Sie hatte keine Ahnung, *wann* Nella einen ihrer magischen Schokoriegel hatte essen können, aber Nella hatte ja die ganze Zeit so einen Hunger gehabt!
Während die Wachmänner sich berieten, hörten die ro-

ten Blitzlichter zu zucken auf, und über ihnen gingen grelle Leuchtröhren an.
»Können Sie uns sagen, was los ist, Wachtmeister?«, fragte Lily und beschattete ihre Augen.
Der dritte Wachmann, ein kleiner Bursche, der aussah, als sei er kaum älter als Tymo, tippte mit der Hand an seine Mütze. »Ma'am«, sagte er, »wir sind nicht direkt Wachtmeister –«
»Wir sind die Wachtmeister dieses Museums, Raul«, bellte der Wachmann, der Rose mit seiner Lampe geblendet hatte. Er war ein rundlicher Mann mit einem geraden kleinen Schnurrbart. Er schnüffelte an einer Fingerspitze und steckte sie dann sehr zu Roses Abscheu in den Mund und lutschte daran.
»Karamell.« Er wischte sich den Finger an der Uniform ab. »Wenn man von der Größe dieser Fußspuren ausgeht und von dem Kinderrucksack, der hier liegengeblieben ist, hat ein kleines –«
»– ein internationaler Spion?«, fragte Raul. »Meinst du das, Don?«
Der Mann mit dem Schnurrbart – Don – schüttelte den Kopf. »Sag bitte nichts mehr, Raul. Gar nichts. Nie mehr.« Er wandte seine Aufmerksamkeit wieder Lily zu. »Wie ich gerade sagen wollte, ist ein kleines karamell-verklebtes Kind hier rumgerannt.«

»Menschenskind, Don«, sagte Raul, »das alles schließt du aus einem leckeren Fußabdruck?«

»Ich habe es ernst gemeint, als ich sagte, du solltest den Mund halten«, sagte Don.

»Kann *ich* was sagen?«, fragte der Wachmann, der an den Käfig geklopft hatte. Er war dünn und alt und wirkte wie ein welker Lauchstängel.

»Klar, Nick«, sagte Don. »Nur zu.«

Nick schwieg einen Moment. »Ich glaube, ich habe im Grunde gar nichts zu sagen. Ich wollte nur wissen, ob ich was sagen *könnte,* wenn ich wollte.«

»Na super«, sagte Don. »Einfach super.« Er ließ den Strahl seiner Lampe über Rose, Tymo und Lily gleiten. »Hatte einer von Ihnen ein Kind dabei?«

»Nein, Sir«, sagte Lily. »Aber wenn ich es recht bedenke, ich glaube, ich habe ein kleines, schmutziges Kind gesehen – ziemlich verdreckt – das hier rumgerannt ist, aber es hat nicht zu uns gehört.«

»Ganz recht«, setzte Tymo hinzu. »Das war ein kleiner Junge, der den Mund voller Bonbons hatte und kaute und sabberte und alles angefasst hat. *Muy* dreckig. *Muy* abstoßend.«

Die drei Wachmänner verzogen das Gesicht. »Wie eklig«, flüsterte Raul.

Lily schüttelte betrübt den Kopf. »Ich kann mir so richtig vorstellen, was für Flecken er auf den Vitrinen hinterlässt! Diese vielen unschätzbaren Ausstellungsstücke!«

»Er macht die Böden ganz klebrig wie in einem Kino!«, setzte Rose hinzu. »Die ganzen Ehrengäste – sie bleiben womöglich für immer mit ihren Schuhen kleben!«

»So etwas passiert nicht, solange wir Dienst haben, Ma'am.« Don stieß sich mit der Faust in die Handfläche. »Auf geht's, Männer. Suchen wir nach diesem klebrigen Kind, ehe es noch was antatscht.«

Während zwei der Männer sich bereits auf den Weg machten, berührte Raul seine Mütze nochmals mit den Fingern. »Die Ausstellung ist geschlossen. Sie sollten in den Vorführungssaal zurückkehren. Und fragen Sie das nächste Mal nach einer Museumsführung.«

»Versprochen«, sagte Lily. »Verzeihung und vielen Dank.«

»Warten Sie!«, rief Rose Raul nach. »Da ja alles in Ordnung ist, können Sie die Stäbe wieder hochfahren? Sonst kann man den Schnee-Ball gar nicht richtig sehen.«

Er zuckte die Schultern. »Die Sicherheitsschlösser von den Käfigen sind irrwitzig kompliziert – Glen muss sie neu einstellen, wenn er Montagmorgen zur Arbeit kommt. Er ist unser Technik-Genie.« Er machte kehrt

und rannte seinen Kollegen nach. »Wartet auf mich!«, rief er.
Als die Wachen fort waren, trat Rose an den Käfig. »Nella, alles in Ordnung mit dir?«
Nella verdrehte den Kopf, um Rose anzusehen. Ihre schwarzen Haare hingen glatt nach unten. »Alles steht auf dem Kopf!«
»Weil *du* kopfüber bist«, sagte Tymo. »Wie bist du da raufgekommen?«
»An den Stäben hochgeklettert«, sagte Nella. »Sticky Snickers!«
Tymo maß die Abstände zwischen den Stäben mit der Hand ab und runzelte die Stirn. »Mist. Ich hatte gehofft, dass Nella sich vielleicht durchquetschen könnte, aber die Lücken sind viel zu schmal.«
»Wir sollten das hier verstecken, bevor noch mal jemand reinkommt.« Lily raffte den Stoff ihres Kleides hoch, bückte sich und hob den Schnee-Ball auf. Sie streckte den Arm durch die Stäbe, fischte Nellas Rucksack heraus und versteckte den riesigen Edelstein darin.
Tymo zog und zerrte inzwischen an den Stäben und versuchte, sie auseinanderzubiegen. »Das hat keinen Sinn«, knurrte er. »Dazu bin nicht mal *ich* kräftig genug.«

»Wir können Nella aber nicht über Nacht hier lassen«, sagte Rose und konnte ihre Angst nicht verbergen.
Tymo zuckte die Schultern. »Tun kann ihr da ja keiner was.«
»Das will ich mal überhört haben.«
»Hast du vielleicht einen besseren Plan?« Tymo lehnte die Stirn an die Stangen. »Ich nämlich nicht.«
Rose schloss die Augen.
Vor ihr tauchte ein Bild auf: ein Junge mit goldenen Haaren im Sonnenlicht vor dem elterlichen Donut-Laden mit Autowerkstatt; das Gesicht mit Puderzucker verschmiert, lächelte er sie an und reichte ihr einen ofenheißen Donut.
Devin.
Eine Meisterbäckerin sollte sich auf ihre Instinkte verlassen, hatte ihre Mutter einmal zu ihr gesagt, aber auch aus Fehlern lernen. Jetzt musste Rose beiden Ratschlägen folgen. Sie hatte ein technisches Problem. Was bedeutete, dass sie einen Mechaniker brauchte, der Probleme lösen konnte.
Sie öffnete die Augen.
»Ist dir was eingefallen, Rose?«, fragte Tante Lily.
»Nicht etwas, sondern jemand«, sagte Rose. »Ich brauche dein Handy«, wandte sie sich an Tymo. »Ich meine: Kannst *du* Devin anrufen?«

Mit argwöhnischem Blick nahm Tymo sein gehütetes Handy aus der Jackentasche. »Willst du es mir schon wieder abluchsen, *hermana*?«

»Sag ihm, dass wir seine Hilfe benötigen«, wies Rose ihn an. Devin verdiente die Wahrheit. Und wenn er die Wahrheit kannte, würde er vielleicht bereit sein zu helfen. »Und sag ihm, es tut mir leid, und ich verspreche, ihn nie wieder anzulügen.«

Nach einem Augenblick kam die blecherne Stimme von Devin durch den Lautsprecher. »Was gibt's, Tymo?«

»Hey, *amigo*, ich ruf nur an, um dir zu sagen dass es Rose wirklich leid tut, dass sie so überaus dämlich war.«

»Das habe ich *nicht* gesagt!«, zischte Rose.

Tymo hielt das Mikrophon zu und fragte Rose gereizt: »Ich übersetze nur! Willst du, dass ich helfe, oder nicht?«

»Lass die Jungs miteinander reden«, riet ihr Lily.

»Also, Alter«, fuhr Tymo fort und stellte den Lautsprecher ab, »um es kurz zu machen: Unsere kleine Schwester ist in einem Käfig gefangen – ja, in einem Käfig – im Smithsonian – ja, im Smithsonian –, und Rose sagt, dass sie dich in Zukunft von vorne bis hinten bedient, wenn du uns zu Hilfe kommst.« Er machte eine Pause. »Ja, von vorne bis hinten.«

Es entstand wieder eine Pause, und Rose musste an sich

halten, um Tymo nicht zu erdrosseln. »Sagenhaft«, sagte Tymo, »ich hol dich an der Tür ab. Versuch dir die Haare zu kämmen oder so. Probier mal, einen schottischen Akzent anzunehmen. Bis gleich.«
Tymo stellte sein Handy ab. »Er ist zufällig gerade in der Gegend und sollte in ungefähr fünf Minuten da sein. Keine Ursache.«
»Das mit dem Von-vorne-bis-hinten-Bedienen hättest du ruhig weglassen können«, sagte Rose.
»Ist doch jetzt egal«, sagte Tante Lily. »Wichtig ist nur, dass er kommt.«
Aber Rose war doch beunruhigt. Devins verletzter Gesichtsausdruck vom Nachmittag tauchte vor ihr auf. Er hatte sie wissen lassen, dass er sie mochte, und hatte ihr geholfen, als sie seine Hilfe brauchte. Und wie hatte sie ihm das gedankt? Indem sie Versprechen gebrochen und seine Freundschaft weggeworfen hatte. So gemein war sie noch nie zu jemandem gewesen, und sie hatte es jemandem angetan, der ihr, abgesehen von ihrer Familie, der Wichtigste auf der Welt war.
»Ich gehe mit Tymo nach unten«, sagte Lily. »Eine Erwachsene ist vielleicht überzeugender als ein Teenager – egal, wie gut er aussieht.«
»Ich verstecke mich hier mit Nella«, sagte Rose bedrückt, »und passe auf den Rucksack auf.«

Lily strich ihr über den Arm. »Glaube mir, was ich dir jetzt sage. Was immer zwischen dir und Devin passiert ist: Es bedeutet nicht das Ende.«
»Ich war so gemein zu ihm«, sagte Rose leise.
»Wenn man ab und zu mal was Gemeines tut, macht das einen nicht automatisch für immer zu einer schlechten Person«, sagte Lily und sah Rose fest an. »Das hoffe ich wenigstens, auch um meinetwillen.«
»Die Uhr läuft, *senoritas.*« Tymo hielt sein Handy hoch. »*Vamonos!*«

Eine Viertelstunde verging. Nella kroch an der Decke herum und hinterließ eine glänzende Karamellspur wie eine Schnecke, die statt Schleim Zucker absonderte. Nachdem sie den Käfig zweimal an der Innenseite umrundet hatte, hielt sie an. »Rosie?«
»Was ist, Nella?« Rose war über die Ablenkung froh. »Alles in Ordnung?«
»Ich klebe nicht mehr so gut.« Als sie das sagte, löste eines ihrer Beine sich mit einem Schmatzton und baumelte nach unten. Rose erschrak.
Wenn Nella runterfiel, konnte sie sich wer-weiß-wie weh tun. »Hör auf, rumzukriechen«, riet Rose ihrer Schwester. »Verhalte dich einfach ganz still da oben. Okay?«

In dem Moment hörte sie das Quietschen von Turnschuhen auf dem Bodenbelag: Devin kam um die Ecke, ganz allein.

Er sah genauso aus, wie Rose ihn zuletzt gesehen hatte; er trug noch die Kellnerklamotten mit aufgerollten Ärmeln. Seine blonden Haare waren hastig gekämmt worden, und obwohl er nicht lächelte, als er Rose ansah, wirkte er auch nicht direkt sauer.

Er wirkte vertraut und wunderbar, und Rose wollte sich in seine Arme stürzen und ihn fest drücken. Sie wollte einfach nur, dass das Unbehagen zwischen ihnen verschwand und alles wieder normal wurde.

Aber so etwas konnte sie nicht einfach herbeizaubern. Daran musste sie arbeiten.

Devin sah Rose, die in ihrem schwarzen Kleid Nellas lila Rucksack hielt, neugierig an. Roses Wunsch wurde unerwartet erfüllt – jetzt sah Devin sie doch noch so aufgestylt. Nur passierte es nicht so, wie sie es sich vorgestellt hatte.

Devin schob die Hände in die Taschen. »Hi«, sagte er.

»Wo sind Tymo und Lily?«, fragte Rose, dann hätte sie sich am liebsten geohrfeigt. Sie hätte sagen sollen: *Danke, dass du gekommen bist.* Oder: *Es tut mir wirklich leid.* Oder: *Kannst du mir bitte verzeihen?*

»Dein Bruder und deine Tante – die du wohl auf einmal

nicht mehr für so böse hältst? – sind gegangen, um mit deinem anderen Bruder zu reden, der anscheinend nicht mehr der verlorene Bruder ist?« Er zuckte die Schultern. »Ihr braucht meine Hilfe?«

Rose kratzte sich mit der rechten Zehe hinten am linken Knöchel und überlegte, was sie sagen sollte.

Da rief Nella aus zehn Meter Höhe: »Hi, Devin!«

Verwirrt blickte Devin den Sockel hinter den Stäben an, dann suchte er Nella mit den Augen. Schließlich schweifte sein Blick nach oben an die Decke, und er erstarrte.

»Wow.« Er deutete auf Nella und stammelte: »Tut – ist – wie hast du das gemacht? Mit Drähten, wie bei einem Theaterstück?« Er fuhr sich durch die Haare, so dass sie ganz zerzaust wurden. »Oder vielleicht mit Saugnäpfen?«

Rose holte tief Luft und sagte: »Devin, die Familie Glyck ist nicht normal.«

»Ach nee«, sagte er und starrte weiter zu Nella hinauf.

»Wir sind Zauberbäcker«, platzte Rose heraus, den Blick zu Boden gerichtet, denn sie konnte ihn einfach nicht ansehen. »Wir machen nicht einfach Muffins und Kekse und Kuchen. Wir *zaubern.*«

Eine Sekunde lang schwieg Devin. Dann fing er zu lachen an – ein tiefes Gelächter, das aus dem Bauch kam und durch das Museum schallte wie von einem Lautsprecher. Er sah von Nella zu Rose und wieder zurück. »Ihr zaubert? *Das* willst du mir weismachen?«

»Bitte«, sagte Rose, und was sie jetzt hervorsprudelte, klang ganz verrückt und überstürzt. »Ich verspreche, dass ich diesmal die Wahrheit sage. Ich habe geschworen, das Familiengeheimnis niemals zu verraten, deshalb habe ich mich so seltsam verhalten, aber ich habe dich nie anlügen wollen – ich wollte dir längst *alles* erzählen, nur dass ich meinen Eltern versprochen hatte, es nicht zu tun. Ich habe nur versucht, mein Wort zu halten, aber« – sie blickte zu Nella hinauf – »ich brauche deine Hilfe.«

Und ich brauche dich, wollte sie hinzusetzen. Ihre Augen brannten, und sie atmete tief durch. Auf keinen Fall wollte sie jetzt weinen, aber die Tränen stiegen einfach hoch.

»Zauber … kekse?«, fragte Devin und lachte nicht mehr. »Die Leute, die krank waren und dann Gebäck aus eurer Bäckerei aßen und gesund wurden, das war *Zauberei*? Nicht einfach nur so eine Redensart wie: ›Kaum hab ich das Pumpernickel von den Glycks gegessen, war meine Akne wie weggeblasen – ihre Backwaren sind die reinste Magie!‹ Es war *echte* Magie?«

Rose nickte und fühlte sich zum ersten Mal an diesem Tag wohl. Es war gut, Devin alles anzuvertrauen.

»Wir machen übrigens nichts, um Akne wegzukriegen. Die Pumpernickelbrötchen sind für Leute mit Blähungen –«

»Das sollte nur ein Beispiel sein.«

»Wir wollen mit unseren Backwaren unseren Nachbarn in Calamity Falls nur ein bisschen helfen«, setzte ihm Rose auseinander und trat auf ihn zu. »Meine Eltern haben mir die Verantwortung übertragen, als sie losfuhren, um nach meiner Tante zu suchen – und es war meine Verantwortung, das Familiengeheimnis zu bewahren.« Ihre Stimme brach. »Ich *wollte* nicht lügen. Ich dachte, ich *müsste* es tun.«

Wieder ertönte ein lautes Schmatzgeräusch. Sie und Devin sahen zu Nella hinauf.

»Mein anderer Fuß klebt auch nicht mehr«, sagte Nella. Sie hing jetzt nur noch an den Händen und versuchte die Füße wieder an die Decke zu schwingen. »Ich will jetzt runter.«

»Hör mit dem Gezappel auf, Nella!«, sagte Rose.

»Warum besprechen wir das alles nicht weiter, wenn wir Nella von der Decke geholt haben?«, schlug Devin vor.

»Du kannst das also richten?«, fragte Rose.

Devin musterte die Stäbe. »Ihr Leute könnt vielleicht mit Essen zaubern, aber wir Stetsons …« Er knackte mit den Fingerknöcheln. »Wir zaubern mit *Technik*.«

Zehn Minuten später tauchten Tymo und Lily wieder in dem leeren Ausstellungssaal auf.
»Wir müssen uns beeilen, *hermana*«, sagte Tymo. »Basil unterhält alle mit der dritten Dudelsackzugabe, aber sein Gesicht ist so rot wie eine Tomate, und ich glaube, dass er jeden Moment explodiert.«
»Das ist unser geringstes Problem«, sagte Rose.
Nella hing nur noch an der rechten Hand und drehte sich langsam wie eine bunt gekleidete Puppe am Faden.
»O nein«, flüsterte Tymo. »Wir müssen sie da rauskriegen!«
»Wo ist Devin?«, fragte Lily und sah sich suchend um.
Rose deutete auf eine offen stehende Tür in der Nähe. »Devin versucht's mit Technikzaubern.«
Ein lautes Getöse kam aus der dunklen Türöffnung, dann ein Knall, gefolgt von einem Schwall weißer Funken. Devin tauchte auf. Er sah wie der klassische verrückte Erfinder aus, dessen Haare wild zu Berge standen. Rückwärts kam er aus der Tür und wickelte eine dicke Spule mit Kupferdraht ab. Während die anderen

zuschauten, kauerte er sich hin und verband den Draht mit etwas, das wie eine alte Sardinenbüchse aussah und einen Drehschalter hatte.

»So«, sagte er. »Geht in Deckung!«

»Der neue Devin gefällt mir«, sagte Tymo zu Rose. »Aber er sollte die Haare nicht zu igelig tragen – das ist *mein* Look.«

Als alle weit genug weg waren, drehte Devin an dem Schalter. Eine Reihe von kurzen Klicklauten kam aus der Büchse, der Kupferdraht summte und vibrierte, und Rose spürte den elektrischen Strom, der durch die Luft schwirrte, ihr um die Haare zischte und durch die offene Tür verschwand.

»Wow!«, sagte Tymo atemlos.

In dem Raum ging etwas mit dumpfen Schlägen los. Es klang, als ob dort plötzlich eine ganze Baustelle in Gang kam und als ob Maschinen angeworfen und gleich der Asphalt aufgemeißelt würde.

»Devin«, sagte Lily besorgt. »Was ist das für ein Geräusch?«

Devin fuhr mit wildem Grinsen zu ihnen herum. Seine blonden Haare standen in alle Richtungen. »*Das* ist die Tunnelbohrmaschine aus dem Raum mit dem historischen Bergwerk. Ich habe sie per Fernsteuerung angeworfen.«

»Aber wozu?«, fragte Lily und machte drei große Schritte zurück.

Rose packte den Rucksack mit dem Schnee-Ball, als es unter dem Fliesenboden zu rumpeln anfing, ein metallisches Kreischen durch die Luft surrte und Putz von den Decken fiel: Ein riesiger, rostiger Bohrer fraß sich durch die Wand.

»Um die Wasser- und Elektrizitätsleitung anzubohren!«

Eine Sekunde später durchstieß der Bohrer eine Rohrleitung, und ein Schwall Wasser rauschte aus dem Loch in der Wand. Es ergoss sich über die Drähte, die knackten und surrten.

»*Soll* denn der ganze Laden nass werden?«, rief Rose durch den Lärm.

Über ihnen fingen die Neonröhren zu summen an, flackerten kurz auf und gingen aus. Jetzt brannten im Saal nur noch die winzigen Lämpchen in den Vitrinen und der eine Scheinwerfer, der auf den Schnee-Ball-Sockel gerichtet war. Rose konnte die Umrisse ihrer baumelnden Schwester erkennen.

»Das Wasser sollte die Elektrizität im Raum kurzschließen«, sagte Devin, »und das soll bewirken, dass die Stäbe hochgezogen werden. Dann können wir Nella holen.«

Wie aufs Stichwort ertönte bei Nella vom oberen Ende des Käfigs ein Klicken, und die Stäbe glitten in die Decke zurück.

»Feinarbeit war das ja nicht gerade« rief Lily durch das rauschende Wasser.

»Nein«, sagte Devin, »aber so macht es viel mehr Spaß.«

Rose konnte Devins Gesicht nur undeutlich erkennen, aber an seiner Stimme merkte sie, dass er lachte. Innerhalb von Sekunden ertönten Rufe die Museumsflure entlang, während immer mehr Wasser in den Saal strömte und die Fliesen überflutete. Die armen Wachleute würden ganz schön viel zu tun haben, und Rose bedauerte diejenigen, die hier aufwischen mussten.

»Lasst uns Nella holen«, sagte sie. Sie war jetzt kurz davor, komplett durchzudrehen. »Und dann nichts wie weg.«

»O-oh, Rosie«, hörte sie Nella von oben rufen.

Voller Entsetzen sah Rose, dass der letzte Sticky-Snickers-Zauber aufgebraucht war. Mit einem leisen Schmatzen löste Nella sich und fiel auf den zehn Meter entfernten Saalboden zu.

Devin ließ sein Gerät fallen und kam mit ausgestreckten Armen durchs Wasser angerannt.

»Nella!«, schrie Rose und sah, wie ihre kleine Schwester – mitten in Devins Armen landete. Sie lachte begeistert.

Inzwischen hatte der Bohrkopf der Maschine zu bohren aufgehört. Immer noch stoben Funken wie von einer Silvesterrakete umher. Rose merkte, wie glücklich sie war, als sie sah, wie Devin Nella triumphierend in seinen ölverschmierten Armen hielt.

»Wie hab ich das gemacht?«, fragte er und zog eine Augenbraue hoch.

Rose hatte Mühe zu sprechen. »Das«, flüsterte sie und schluckte, »war *magisch.*«

Kapitel 15
Katzenaugenpuffer

Die ersten gelblichen Lichtstreifen des Morgens sickerten gerade durch die Vorhänge, als Rose aufwachte. Die vergangene Nacht kam ihr wie ein wilder Traum vor – die Explosionen! Die Überschwemmung! Das endlose Dudelsackgefiepe! –, ganz zu schweigen von dem Diebstahl des Schnee-Balls und Nellas Rettung. In dem Durcheinander, das entstanden war, als der Bohrer die Wand durchstoßen hatte, konnte die Glyck-Gruppe sich einfach unter die Menge der O'Malley-Gäste mischen und sich zusammen mit ihnen aus dem Museum retten lassen.

Der restliche Abend war völlig verschwommen.

Rose konnte sich noch ungenau daran erinnern, wie Basil mit seiner schottischen Familie verhandelt hatte, dass sie, Tymo, Nella und Devin über Nacht bleiben durften. Was sie genau erinnerte, war, dass Isadora Nib ihre ausgeliehenen Kleidungsstücke eingesammelt und entsetzt ausgestoßen hatte: »Sie sind ja ganz *schmutzig*! Was habt ihr gemacht, euch auf dem Boden gewälzt?« Lily hatte sich eilig verabschiedet und war in ihr eigenes Hotel zurückgekehrt. Sie wollte dort sein, ehe Graf Caruso oder die anderen Mitglieder der Internationalen Nudelholzgesellschaft merkten, dass sie fehlte.

Irgendwann musste Rose eingeschlafen sein, wenn sie sich auch nicht daran erinnern konnte, wie sie in das riesige Hotelbett gekommen war.

Jetzt duftete es von irgendwoher nach Morgenkaffee, und Nella lag neben ihr und lutschte sanft am Daumen. Am Fußende hatten Gus und Jacques sich aufgerollt, dicht beieinander, beide schliefen ebenfalls noch fest und schnarchten leise.

Nachdem sie geduscht hatte, zog Rose ein frisches weißes T-Shirt und Khakishorts an. Vorsichtig, um Nella nicht zu wecken, schlich sie aus dem Schlafzimmer in das Vorderzimmer der Suite. Es war leer bis auf das Einhorn. Vielleicht schliefen die anderen ja noch.

Rose ging hinüber zu der Tür des grauen Konferenzraums, in dem sie am Tag zuvor Basil gefunden hatten, nahm die Schlüsselkarte heraus, die ihr Dougal gegeben hatte, schloss auf und schlüpfte hinein.

Puh. Das Backbuch, Nellas Rucksack mit dem Schnee-Ball darin, die Blume der Erleuchtung und die silbern beschlagene gelbe Kiste mit magischen Zutaten – alles war noch da wie am Abend zuvor. Dougal hatte versichert, der Raum sei »sicher wie ein Stahlsafe«, was sich jetzt auch bestätigte.

Rose setzte sich an den langen Tisch, schlug das Backbuch auf und blätterte die Seiten um, bis das Papier sich unter ihrer Berührung anders anfühlte. *Da.* Das alte Rezept für die Blume der Erleuchtung. Sie las die Geschichte erneut durch. Im Gegensatz zu Reva Glyck musste Rose nicht allein fliegen. Sie hatte Tymo und Basil, Nella und Devin, Gus und Jacques und sogar Lily Le Fay.

Ganz bestimmt schafften sie es, gemeinsam einen so mächtigen Zauber hinzubekommen, dass nicht mal der blauzahnige Graf Caruso sie würde aufhalten können.

Rose klappte das Backbuch zu und stand auf. Es war Zeit, sich an die Arbeit zu machen.

Um zehn Uhr kam Tymo in den Konferenzraum geschlichen. Seine roten Fransen hingen ihm über die Augen. Er war als Letzter der Kinder aufgewacht. »Bist du sicher, dass ich nicht noch ein bisschen länger schlafen kann, *hermana?*«, nuschelte er. »Sogar meine Haare sind schlapp. Siehst du?«

»Ach, hör schon auf zu jammern.« Rose blätterte ihr kleines Notizbuch durch und suchte nach ihren Aufzeichnungen. »Es gibt eine Menge zu tun. Zuerst müssen wir den Schnee-Ball einschmelzen, dann damit die Blume der Erleuchtung benetzen, dann die Blütenblätter einsammeln, die die Blume abwirft, sie vorbereiten und sie ins Kongresszentrum schaffen, ehe die Torte serviert wird.«

»Puh«, sagte Devin. »Klingt kompliziert.«

Das klang tatsächlich so – sehr kompliziert, um genau zu sein –, aber Rose hatte ein gutes Gefühl, weil Devin jetzt mit dabei war.

»Auf mich müsst ihr verzichten.« Basil trug wieder schottische Klamotten – ein Kilt, ein bauschiges Hemd, eine Jacke und eine Mütze, die aber statt wie sonst aus Schottenstoff, jetzt aus glänzender weißer Seide war. »Ich habe eine wichtige Verabredung mit den Ladys.« Er musterte sich in einem Handspiegel, leckte sich die Finger an und strich seine Haartolle glatt. »Verzeihung, habe ich *Ladys* gesagt? Ich meinte Prinzessinnen. Herzoginnen. Adelige Erbinnen. Sogar eine Gräfin ist dabei.«

»Das ist ungerecht«, stöhnte Tymo. »*Ich* sollte derjenige sein, der eine Verabredung mit Prinzessinnen hat.«
»Ja, ja«, sagte Rose spöttisch. »Du Armer.« Sie erhob sich und drückte das Backbuch an die Brust. »Jeder nimmt etwas mit. Solange die Schotten mit Basil beschäftigt sind, machen wir uns in der Küche zu schaffen. Kommt!«

In der Küche der Suite band Rose sich eine Schürze um, dann setzte sie einen Topf auf den Herd, der groß genug war, um den riesigen Eisstein aufzunehmen. Rose befürchtete, dass die Flamme, selbst wenn sie ganz aufgedreht war, nicht heiß genug wurde, um den gigantischen Schnee-Ball zu schmelzen.
Zum Glück enthielten ihre Aufzeichnungen eine Lösung für das Problem.
Tymo hievte Roses Kiste auf den hölzernen Küchentisch und setzte sich auf den Küchenblock. Schweiß klebte an seinen frisch gegelten Haaren wie Tau auf einem wächsernen Blatt. »Du brauchst wirklich eine Reisegröße von diesem Ding.«
Rose überging seine Bemerkung, schloss die Kiste auf und öffnete das Geheimfach.
»Was ist das?«, fragte Devin. Auch er trug eine Schürze und sah fast professionell aus.

»Das«, sagte Rose und zog mit einer Pinzette behutsam eine leuchtend rote Feder heraus, »ist eine Phönix-Feder.«

»*Ah*«, sagte Devin und rieb sich die Hände. »Magie.«

»Jep.« Rose war froh, nichts mehr verheimlichen zu müssen. »Einem richtigen Phönix ausgezupft, als er sich als Feuerball aus der Asche erhob. Damit kann man auf wundersame Weise eine Flamme noch *heißer* machen.« Sie deutete auf Nellas lila Rucksack. »Kann jemand den Eiskristall in den Topf legen?«

»Ich mach das!«, rief Nella.

Nella legte den fußballgroßen glitzernden Edelstein auf die Anrichte, dann kletterte sie auch auf den Tisch. Sie nahm den Stein in die Arme, hievte ihn über den Rand des Topfes und ließ ihn hineinfallen. Er landete mit einem *Plumps!*

»Danke«, sagte Rose und half ihrer Schwester wieder hinunter. »Jetzt alle mal zurücktreten.«

Nachdem alle hinter ihr standen, streckte Rose die Phönixfeder aus, bis die Spitze ganz knapp in die blaue Flamme unter dem Topf reichte. Sofort zischten leuchtend rote Flammen auf und schlugen unter dem Topf hervor. Als sie schließlich wieder erstarben, blickte Rose in den Topf. Es war eine kristallklare Flüssigkeit darin.

Der dicke Schnee-Ball war ganz geschmolzen – in Sekunden!
»Was würde passieren, wenn du die ganze Feder verbrennen würdest?«, fragte Devin.
»Das willst du lieber nicht wissen«, sagte Rose und steckte die Phönixfeder wieder in das Geheimfach. »So, Tymo und Devin, ihr müsstet jetzt den Topf kippen und die Flüssigkeit vorsichtig in das Gefäß mit der Blume geben.«
»Verbrennt die heiße Flüssigkeit die Blume nicht?«, fragte Devin und zog Ofenhandschuhe an.
»Hier geht's um Magie, Alter«, sagte Tymo und streifte ebenfalls Handschuhe über. »Was für *uns* heiß ist, ist nicht unbedingt heiß für Zauberzeug.«
Als die Jungen den Topf auf den Tisch trugen, auf dem die Blume stand, sprang Gus herunter. »Das Zeug verbrennt vielleicht nicht die Blume«, sagte er, leckte eine Pfote an und fuhr sich damit übers Gesicht, »aber wer weiß schon, was es mit meinem perfekt gestriegelten Fell anrichten würde.«
Devin fielen die Augen aus dem Kopf, und er stolperte beinahe über seine Füße.
»Ach! Habe ich vergessen, dir zu sagen, dass unser Kater reden kann?«, sagte Rose verlegen.
Devin fing zu stottern an. »Äh –«

»*Oui*, und ich auch«, sagte Jacques, huschte an Nellas Bein hoch und ließ sich auf ihrer Schulter nieder. »Ich bin, wie man so sagt, ein Linguist. Was bedeutet, dass ich mich mit Sprachen auskenne und außerdem Linguini liebe.« Jacques kicherte vor sich hin.

»Das wird ein echt abgedrehter Tag, habe ich recht?«, fragte Devin.

»Du wolltest die Wahrheit«, erwiderte Tymo und klopfte ihm auf den Rücken. »Da hast du sie. Willkommen in der Familie Glyck.«

Die beiden Jungen ließen den dampfenden, geschmolzenen Schnee-Ball in das blaue Einmachglas mit der Blume der Erleuchtung tröpfeln. Die klare, brodelnde Flüssigkeit sickerte in die Erde, die dunkel wurde und den Stängel der Blume in ein leuchtendes elektrisches Grün verwandelte.

Die ganze Blume bebte. Vor ihren Augen dehnte der Stängel sich und wuchs, als würde man einen Kaugummi lang ziehen. Immer länger wurde er, bis die violett-rote Blüte aus dem Glas schaute wie ein Erdmännchen, das aus seinem Loch lugt.

»Wow«, sagte Devin atemlos.

Rose lächelte. »Dabei haben wir gerade erst angefangen.«

Die Blütenblätter der Blume rollten sich zusammen

und entfalteten sich wieder, als würden sie von einer heimlichen Brise geschüttelt. Nach und nach verloren die größten Blätter ihre Farbe, bis sie durchsichtig waren wie Glas, dann fielen sie mit sanften Klängen wie von einem Glockenspiel auf die Tischplatte darunter. Das Gleiche passierte mit der nächsten und der übernächsten Lage von Blütenblättern, gleichzeitig wuchsen da, wo die alten abgefallen waren, neue pinkfarbene Blätter nach.

Es war ein schönes Schauspiel – aber es blieb jetzt keine Zeit, um Schönheit zu bewundern. Die abgefallenen Blütenblätter hatten schon ein schönes Häufchen gebildet.

»Schnell«, befahl Rose, »füllt sie in eine Schüssel!«

Während weitere Blütenblätter abfielen, schoben Rose, Tymo und Devin sie über die Tischkante in eine große Salatschüssel aus Holz.

»Schneller, schneller, schneller!«, trällerte Nella und klatschte in die Hände.

Nachdem schließlich alle Blütenblätter abgefallen waren, durchlief ein letztes Zucken die Blume der Erleuchtung, dann schrumpfte sie wieder und zog sich in das blaue Einmachglas zurück. Die rot-violette Blüte war nur noch halb so groß wie zu Beginn, aber immer noch funkelte sie leuchtend.

»Was kommt jetzt?«, fragte Devin neugierig. Er schien sich prächtig zu amüsieren.
»Er hat Magie gerochen«, sagte Gus zu Rose, »und jetzt ist er süchtig. So wie ich, als ich das erste Mal Thunfisch gegessen habe.«
»Jetzt kommt der letzte Schritt«, sagte Rose, verschloss das Einmachglas und räumte es beiseite.
Die Jungen stellten die Schüssel mit den durchsichtigen Blütenblättern auf eine der Arbeitsflächen aus Marmor, während Rose ihr Notizbuch zurate zog. »Gletscherglyzerin«, sagte sie und stöberte in ihrer gelben Kiste. Schließlich zog sie ein Reagenzglas heraus.
Schnell schüttete sie den Inhalt in einen Messbecher und goss ihn über den schimmernden Haufen der glasigen Blütenblätter. Sie blubberten und hicksten und verpufften mit lautem Zischen und Knallen.
Kurz darauf sah es aus, als ob nichts in der Schüssel wäre: nur Luft.
»Die Blütenblätter!«, rief Jacques. »Reine Magie!«
Verwirrt fuhr Devin mit der Hand durch die Schüssel. »Wow!«, sagte er und zog den Arm zurück, als sei er gebissen worden. »Es sieht aus, als ob nichts drin ist, aber ich kann die Blütenblätter spüren.« Ungläubig schüttelte er die langen blonden Haare. »Diese Zauberkunst ist anders – ganz anders – als un-

ser Technikkönnen.« Er grinste. »Aber auch unglaublich cool.«
»Findest du wirklich?«, fragte Rose und merkte, wie ihre Wangen heiß wurden.
Devin nickte. »Ja. Echt, finde ich wirklich.«
Eine Moment lang sah es so aus, als wolle er sich herüberbeugen und sie küssen. Aber da platzte Tymo dazwischen. »Los, ihr Beiden«, sagte er. »Wir müssen unsere Kellnerklamotten anziehen und ins Kongresszentrum, und zwar pronto. *Tia* Lily wartet schon!«

Als sie im Kongresszentrum ankamen, war es kurz nach zwölf. Die Küche brummte vor Köchen, die das nächste große Festessen zubereiteten. Lily hatte Rose, Tymo und Devin auf ihre spezielle Gästeliste setzen lassen, daher ließen die Wachleute sie in den Fahrstuhl, der zu der Hauptküche über dem Bankettsaal führte.
Fast.
»Was ist in der Schüssel?«, fragte ein kahlköpfiger Wachmann.
Rose lächelte nervös. »Nichts! Sehen Sie doch!«
Der Wachmann spähte hinein, dann deutete er auf Nella und sagte: »Kleinkinder dürfen nicht in die Küchen. Sicherheitsvorkehrungen.« Er musterte sie erneut. »Und was hat sie in dem Rucksack?«

Rose betete, dass der Wachmann weder die Umrisse des Katers in Nellas Sack erkannte noch die der Maus in ihrer eigenen Tasche.

»Ich muss euch bitten, den Rucksack zu öffnen«, sagte der Wachmann, der beobachtet hatte, wie der Sack sich bewegte.

Plötzlich erklang aus Nellas Richtung die Stimme eines Mannes. Sie kam allen bekannt vor. »Ihr Trottel! Lasst Ms le Fays Gäste sofort durch!«

Alle richteten den Blick auf Nella, die mit großen, unbewegten Augen zurückblickte.

»Hast du das eben gesagt, kleines Mädchen?«, fragte eine Wachfrau, die dabei stand.

Nella schüttelte vehement den Kopf.

»Klang wie Caruso«, sagte der Wachmann.

»Es ist da aus der Sprechanlage gekommen.« Rose deutete auf die Wand, während sie ihre kleine Schwester mit Devin und Tymo zum Fahrstuhl führte. »Wir müssen wirklich los – Ms Le Fay braucht unsere Hilfe.«

Mit einem Lächeln drückte Rose auf den Knopf, neben dem *HAUPTKÜCHE* stand. Kaum waren die Türen zu, ließ sie sich an die Fahrstuhlwand sinken. »Gut nachgemacht, Gus.«

Als Antwort kam nur ein Schnurren aus Nellas Rucksack.

Lilys Küche war genauso, wie Jacques sie beschrieben hatte, und zudem – was Rose mit einem Frösteln feststellte, als sie eintraten – so kalt wie eine Tiefkühltruhe. Alles war aus blauem Stahl, die Fliesen auf dem Boden, die rumpelnden Backöfen, ja sogar, die Decke über ihnen. An einer Wand stand ein Glasschrank mit beschlagenen Scheiben, hinter denen man die drahtumwickelten blauen Einmachgläser undeutlich erkennen konnte. Kein Mensch war in Sicht – nicht einmal Lily.

»Das ist ja wie in der Antarktis«, sagte Rose. Küchen sollten doch gemütliche Räume sein mit allen möglichen verschiedenen Utensilien, denen man ansah, dass sie schon seit Jahren in Gebrauch waren – mit handgestrickten Ofenhandschuhen und geblümten Spitzengardinen vor den Fenstern. Dieser Ort hingegen war so gemütlich wie eine Leichenhalle.

Rose, Tymo, Devin und Nella schlichen weiter und stellten die Schüssel mit den unsichtbaren Blütenblättern auf einen Beistelltisch. Dann zog Rose Jacques aus ihrer Tasche und Nella ließ Gus aus ihrem Rucksack.

»Nach diesem Abenteuer«, sagte Gus, »möchte ich nie wieder das Innere eines Rucksacks oder einer Mütze sehen.«

»*Oui!*«, rief Jacques. »Nach diesem Abenteuer werden wir Monate frei herumstreifen!«

»Sieht aus, als ob wir zu früh dran sind, *hermana*«, sagte Tymo.
Mitten im Raum stand ein breiter Tisch auf Rädern. Und auf dem Tisch thronte eine riesige Torte.
Sie war drei Meter hoch und in einem warmen Gelb gehalten und bestand aus Schichten, die immer kleiner wurden, je höher die Torte zur Decke wuchs. Jede Etage war mit feinen Mustern aus Schokoladenkuvertüre verziert sowie mit Zuckerperlen bestreut.
»Hübsch«, sagte Rose.
»Schon«, sagte Tymo, »aber erinnert sie dich nicht an, du weißt schon an …«
Rose wusste es nicht. »Eine Torte?«
»An eine *bestimmte* Torte«, sagte Tymo. »Sie erinnert mich an eine Hochzeitstorte.«
Rose beugte sich vor. Wenn man es genau betrachtete, dann sah Graf Carusos KIKK-Jubiläumstorte *wirklich* wie eine Hochzeitstorte aus.
»Oben drauf sind sogar zwei kleine Figuren«, sagte Devin. »Allerdings haben beide Personen Röcke an.«
Tymo spähte genauer hin. »Nö, eines davon ist doch ein Kilt.«
Seltsam, dachte Rose.
In dem Moment flogen die Küchentüren auf, und Lily kam hereingerauscht. Abgesehen von ihrer blendend

weißen Schürze war sie ganz in Schwarz – und ihre schwarzen Haare waren oben auf dem Kopf zu einem perfekten Dutt gesteckt. Ihr Gesichtsausdruck verriet ernste Entschlossenheit.
Aber nur, bis sie die Glyck-Kinder entdeckte. Jetzt sah sie auf einmal erschrocken aus.
Wieder flogen hinter ihr die Türen auf, und herein trudelte der kleinwüchsige, blauzahnige Graf Caruso.
»Was den Zeitpunkt angeht, je früher, desto besser –« Graf Caruso verstummte und sah Rose und die anderen unwillig an. »Was machen diese jungen Kellner hier?« Er entblößte angewidert die Zähne und deutete auf Gus. »Und wieso haben sie einen *Kater* dabei?«
Als Caruso eingetreten war, erstarrte Gus mitten im Pfotenlecken. Jacques hatte sich allerdings schnell versteckt – Rose konnte seine graue Schwanzspitze gerade noch hinter der Schüssel mit den unsichtbaren Blütenblättern verschwinden sehen.
Obwohl das Gesicht von Lily glatt wie Seide blieb, bemerkte Rose, dass ihre Tante Angst hatte. »Tja, eine sehr gute Frage. Ich habe für heute zu meiner Hilfe zusätzliche Kellner bestellt«, sagte sie und deutete auf Rose, Tymo und Devin, »und Sir Zsigismond hat mir wohl speziell diese zugeteilt.«
»Was hat der Idiot sich nur gedacht? Er weiß doch, dass

ich eigenes Personal habe.« Graf Caruso schnippte mit den Fingern. Auf der Stelle traten die zwei riesigen Gorillas ein, die am Tag zuvor Graf Carusos Tochter bewacht hatten, wie Rose sich erinnerte. Rose hatte ganz vergessen, wie solariengebräunt sie waren (sehr) und wie kurz rasiert ihre blonden Haare waren (sehr) und wie unangenehm sie aussahen (sehr, sehr, sehr). Anders als gestern trugen sie jetzt die rosafarbenen Seidenhemden und schwarzen Fliegen wie die Oberkellner von Sir Zsigismond. Die schlecht sitzenden Hemden schienen fast über ihren dicken Muskelpaketen zu bersten.

»Wie jedermann sehen kann«, sagte Graf Caruso, »habe ich es gerne, dass meine Kellner genau das Gegenteil von meinen Muffins sind: nämlich *groß*!« Er stieß ein kurzes schauriges Lachen aus. »*Meine* Kellner sind stark und gesund und können viel auf einmal mit ihren Händen tragen. Und nicht nur das – sie können auch ihre Köpfe benutzen!«

Ja, ja, dachte Rose. *Daher diese flachen Frisuren.*

»Diese Torte ist viel zu wichtig, um sie *so* jungen Kellnern anzuvertrauen«, regte Graf Caruso sich auf. »Vor allem nicht Kellnern, die mit Katzen kommen.« Er wich zurück, als sei Gus eine Art ansteckender Krankheit.

»Wir müssen die Torte mit den Blütenblättern überziehen«, flüsterte Rose Devin und Tymo zu, während Graf

Caruso mit seinem Meckern fortfuhr. »Ich dachte, wir hätten so viel Zeit, dass uns Lily anleiten könnte, aber jetzt ist der Typ da.«

»Wie wär's, wenn wir die Beleuchtung abstellen, damit sie nichts sehen können?«, fragte Devin.

»Dann können *wir* doch auch nichts sehen«, erwiderte Rose.

»Und was ist mit der da?«, donnerte jetzt Caruso und deutete auf Nella. »Sie ist noch ein Baby! Ein Baby kann doch keine Torte servieren! Ein Dessert ist eine Delikatesse für reife Gaumen!«

Rose versuchte so beleidigt wie möglich auszusehen. »Wie können Sie es *wagen*, Sir.«

»Äh, Rose, Schätzchen …«, fing Lily an.

»Das ist kein Baby«, sagte Rose und erfand schnell eine Notlüge. »Das ist niemand anders als Nella Lolly, die Wunderbäckerin aus Frankreich.«

Alle drehten sich nach Nella um, die hickste und »Hi!« sagte.

»Das ist ein Wunderkind?«, fragte Caruso ungläubig. »Aus Frankreich?«

Rose nickte bestätigend. »So wundersam, dass sie vom Präsidenten der Vereinigten Staaten höchstpersönlich hergeschickt wurde, um Lily Le Fay kennenzulernen und mit ihr einige ihrer Geheimnisse zu teilen.«

»Ist das so?« Graf Caruso beugte sich zu Nella hinunter. »Ich, Graf Caruso aus San Caruso, einem Land, das bekannt ist für die winzigen Minimuffins, mir sind alle winzigen Mini-Bäcker bekannt, junge Dame.« Er lächelte spöttisch, und sein blauer Zahn blitzte. »Wenn sie so berühmt ist, warum habe ich dann noch nie von dieser Nella Lolly gehört?«
Rose verdrehte die Augen. »Vielleicht benötigen Sie einen Beweis.« Zu Nella sagte sie: »Chef Lolly, würden Sie uns eine Ladung *Katzenaugenpuffer* machen?«
Als sie das sagte, huschte ein Grinsen über Lilys Gesicht. Rose merkte, dass ihre Tante wusste, was sie vorhatte, und dass sie einverstanden war.
»*Katzenaugenpuffer?*«, sagte Graf Caruso und kaute auf dem Wort herum, als schmecke es sauer. »Nie davon gehört.«
»*Katzenaugenpuffer* sind Chef Lollys Spezialität«, sagte Rose.
»Und deshalb«, mischte Tymo sich ein, »braucht sie … Sie verstehen schon … eine Katze.«
Dazu konnte Gus nur mit dem Schwanz peitschen. Alle sahen zu, während Nella am Daumen lutschte und nachdachte. Dann sagte sie: »Ich hab's!« Sie hüpfte vom Tisch und sprang auf einen der Profi-Backöfen

zu. Graf Caruso, fasziniert von dieser geheimnisvollen kleinen Bäckerin, folgte ihr.

»Wie sieht dein Plan aus, *hermana?*«, flüsterte Tymo leise. Am anderen Ende des Raumes schleppte Nella wie eine Miniatur-Bodybuilderin Mehlsäcke herbei und stöberte mit lautem Klirren in Schubfächern mit Messlöffeln und Messbechern.

»Mit Hilfe der Hefepuffer können wir im Dunkeln sehen«, flüsterte Rose zurück, »was uns zugute kommt, wenn Devin den Strom abdreht.«

»Wie soll er denn das bewerkstelligen mit den beiden Wachen an der Tür?«, fragte Tymo.

Devin knackte mit den Fingerknöcheln und musterte ein elektronisches Kontrollfeld in seiner Nähe. »Kurzschluss.« Er ergriff einen zum Bersten gefüllten Teigspritzbeutel und machte sich langsam rückwärts davon.

Zwölf Minuten später kam Nella angehüpft. Sie trug ein Blech mit frisch ausgebackenen Hefepuffern. Der Teig hatte Blasen geworfen, und aus den dadurch entstandenen Löchern rann bernsteinfarbener Honig. Rose hatte gar nicht gemerkt, dass Nella schon mit Backen *angefangen* hatte, ganz zu schweigen davon, dass sie bereits *fertig* war.

»Erledigt!«, sagte Nella, die von Kopf bis Fuß mit Mehl bestäubt war.

»Ungewöhnlich ist sie auf jeden Fall«, sagte Graf Caruso zu Lily.
Tante Lily lächelte. »Das sind die Besten immer.«
Rose, Tymo und Devin nahmen sich jeder einen Hefepuffer und bissen hinein. Nella hielt Lily das Blech hin – und dann, wie Rose erschrocken feststellte, auch Graf Caruso. Aber wenn er ebenfalls einen Puffer aß, wäre der ganze Plan ja nichts wert!
»Die sind ja so gut!«, rief Rose. »Ich muss noch einen haben!«
Sie holte mit dem Bein aus und kickte Nella das Blech aus der Hand. Die Hefepuffer flogen in hohem Bogen durch die Luft und landeten mit der Honigseite auf dem Boden.
»Na bitte!«, rief Graf Caruso. »Diese Kinder taugen absolut nicht als Kellner!«
»Wirklich schade, mein lieber Graf«, sagte Lily und betupfte sich die Lippen mit einer Serviette. »Diese Puffer sind wirklich außergewöhnlich lecker.«
Graf Caruso wandte sich naserümpfend ab. »Mir völlig einerlei. Das einzige Gebäck, das ich mag, sind ganz kleine Muffins, so klein, dass einer auf die Zungenspitze passt! Diese Puffer sind viel zu groß. Ich finde sogar, sie sind eine Beleidigung. Warum –«
Die Küche wurde in Finsternis getaucht.

Aber nicht für diejenigen, die von den *Katzenaugenpuffern* gegessen hatten.
Für Rose erschienen alle im Raum in einem hellen Licht, als ob man die Wärme, die von den Körpern ausging, sehen konnte. Die Küchenutensilien und die Torte und die Schüssel mit Blütenblättern waren als Silhouetten erkennbar.
»Was ist passiert?«, brüllte Caruso. »Hallo?«
Rose sah, wie der Graf und seine Wachen einander in der Dunkelheit anrempelten. Stumm deutete sie auf die Schüssel mit den unsichtbaren Blütenblättern. Gus und Jacques brachten sich schnell in Sicherheit. Tymo hob die Schüssel hoch, und seine schimmernden Umrisse eilten auf die große Torte zu.
»Grrr!« Graf Caruso taumelte zur Wand und tastete suchend nach dem Lichtschalter. »Es ist stockfinster!«
Seine zwei muskelbepackten Lakaien stießen aneinander und an Arbeitstische, dann gingen sie zu Boden und krochen herum.
»Ist jemand da?«, rief Graf Caruso. »Ich habe ein bisschen Angst vor der Dunkelheit! Schon seit ich ein kleiner Junge war! Hilfe, Hilfe!«
Ohne weiter auf Carusos Flehen zu achten, machte der Glyck-Clan sich rasch und geräuschlos an die Arbeit. Sie verteilten Hände voll seidiger unsichtbarer Blüten-

blätter auf dem gesamten Zuckerguss der Torte. Sobald die Blätter anklebten, leuchteten sie violett auf – bald schimmerten alle Flächen der Torte. Zum Schluss kletterte Nella auf Tymos Schultern und schüttete die übrigen Blütenblätter auf die oberste Schicht der Torte. Jacques huschte geschickt umher und verteilte die Blüten wie welkes Herbstlaub.

»Wachen, beschützt die Torte!«, brüllte Graf Caruso. Er lehnte an der Wand und versuchte sich vergeblich an dem Lichtschalter. »Lily, hoffentlich haben Ihre Helfer das spektakuläre Dessert nicht beschädigt, sonst kennen Sie ja den Preis, den Sie dafür zahlen müssen!«

Plötzlich brummte ein Stromgenerator laut auf, und eine Reihe der Neonröhren ging flackernd an.

Einen Augenblick lang standen alle geblendet und stumm da.

»Ach, mein lieber Graf«, sagte Lily mit vorgetäuschter Besorgnis. »Alles ist bestens. Sehen Sie? Das war wohl nur ein kurzer Stromausfall.«

Argwöhnisch zurrte Graf Caruso seine Schärpe zurecht und näherte sich der Torte. Er schnupperte daran, aber die unsichtbaren Blütenblätter hinterließen keine Spur, und der Zuckerguss sah so unberührt aus wie zuvor.

Devin näherte sich Rose, die Hände hinter dem Rücken versteckt. Sie warf einen Blick auf das Schaltfeld, das er bearbeitet hatte, und sah, dass weiße Creme daran herunterlief. »Was hast du gemacht?«, flüsterte sie.

»Kurzschluss durch Zuckerguss«, flüsterte er zurück. »Hat besser geklappt als gehofft!«

Rose bemerkte, dass Jacques' Pfoten mit Zuckerguss überzogen waren. Sie hielt ihre Tasche auf und steckte die Maus hinein. »Tut mir leid«, flüsterte sie.

»Also gut«, sagte der Graf. »Helga, Olaf – rollt die Torte zum Lastenaufzug. Ich kann hier keine Zeit mehr vergeuden. Ich muss die Hochzeit vorbereiten.«

»Eine Hochzeit?« Lily legte die Hand auf seinen dürren Unterarm. »Ich dachte, die Torte sei der Nachtisch zum Festmahl.«

Caruso nickte. »Ja, für das Festmahl. Und gleichzeitig für eine Hochzeit. Beides in einem. Warum sollte ich sonst die Figuren auf die Torte gestellt haben?«

Kein Wunder, dass der Kuchen wie eine Hochzeitstorte aussah – es war eine Hochzeitstorte. Aber wer heiratete denn?

»Wie reizend«, sagte Lily und klang genauso verwirrt, wie Rose es war. »Wer heiratet denn?«

Graf Caruso rieb sich die Hände. »Schon lange wollte ich meine Tochter mit einem Mann von königlichem Geblüt vermählen. Als dieser verlorene Sohn von Schottland aufgetaucht ist ...« Er zuckte mit seinen dicken,

schwarzen Augenbrauen. »Da wusste ich, dass ich den geeigneten Dummkopf gefunden hatte.« Caruso räusperte sich. »Den Prinzen, meine ich.«
Roses Herz pochte ihr laut in den Ohren. Caruso redete von Basil!
»Keiner hat *mir* jemals den Respekt gezollt, der mir zusteht«, sagte Caruso ernst, »wohingegen diese nichtsnutzigen O'Malleys viel zu viel davon bekommen. Haben sie etwa ein Mini-Muffin-Imperium erschaffen? Nein!« Er stieß ein Knurren aus.
»Liebt Ihre Tochter den Prinzen denn?«, fragte Lily.
»Lieben?« Caruso schlug sich auf die Brust. »Ich halte nichts von Liebe. Hier geht es um was ganz anderes. Nachdem mein glückloser Schwiegersohn vorzeitig das Zeitliche segnen wird, werde *ich* es sein, ich, Graf Caruso, der die Regentschaft von Schottland übernimmt! Endlich werde ich in aller Welt bekannt sein!«
Er sah in die entsetzten Augen von Rose, Lily, Tymo und Devin, dann räusperte er sich. »Ha-ha. Kleiner Scherz. Ihr wisst doch, wie gerne ich zu scherzen beliebe, nicht? Wie vorhin, als ich so tat, als ob ich Angst vor der Dunkelheit hätte.«
»Euer Scharfsinn ist legendär, Graf Caruso«, sagte Lily trocken. »Wir haben alle gemerkt, dass Sie nur Quatsch gemacht haben.«

»Gut, gut.« Graf Caruso verschwand durch die Schwingtür, und seine beiden Wachleute rollten die Torte hinter ihm her.

Sobald sie draußen waren, ließen alle ihr falsches Lächeln fallen.

Gus jaulte und schlug mit dem Schwanz. »Das arme Mädchen. Muss Basil heiraten.«

»Hast du nicht richtig zugehört?«, fragte Rose, und ihre Stimme brach vor Verzweiflung. »*Vorzeitig das Zeitliche segnen wird*. Er hat vor, Basil *umzubringen!*«

»Dann müssen wir die Hochzeit verhindern«, sagte Tymo.

»Das können wir nicht«, sagte Lily atemlos. Sie nahm Nella auf den Arm und wandte sich der Tür zu. »Wenn wir das tun, dann bekommen die Gäste, die die Gezeiten der Venus gegessen haben, nichts von dem Gegenmittel in der Hochzeitstorte und fallen ins Koma und sterben.«

»Klingt echt schlimm«, sagte Devin. »Dieses Zauberzeugs scheint ja ziemlich gefährlich zu sein.«

»Aber wir können die Hochzeit doch auch nicht zulassen«, sagte Rose. »Oder?«

»Nein«, stimmte Lily zu. Sie war tief in Gedanken. »Irgendwie müssen wir beides schaffen, sonst …«

»Sonst verlieren wir Basil für immer«, beendete Rose ihren Satz.

Kapitel 16
Gebt ihnen Torte

Rose ging voran.

Eine Steintreppe führte in einen leeren Durchgang, an dessen Ende eine Tür war, auf der BALLSAAL stand. Die Schritte der anderen kamen klappernd hinter ihr her, als Rose den Saal betrat. Donnernder Applaus begrüßte sie.

Basil mochte ja vieles sein – ein fürchterlicher Komiker, eine ziemliche Nervensäge, ein bisschen fanatisch –, aber er war immer noch ihr kleiner Bruder. Ihr Fleisch und Blut. Sie würde nicht erlauben, dass ihm jemand etwas tat, vor allem nicht dieses blauzahnige Monster Graf Caruso.

Auf der erhöhten Empore mitten im Saal waren die

Ehrenplätze. Mittendrin saß Basil und klatschte mit allen anderen, während Sir Zsigismond das Mikrophon nahm. Links von Basil saß Grandma O'Malley in ihrem Rollstuhl. Sie trug mehrere Reihen Perlen um den Hals, und ihre grauen Haare waren unter einem riesigen weißen Hut versteckt.

Zu Basils anderer Seite saß das große, gertenschlanke Mädchen, das, wie Rose jetzt wusste, die Tochter von Graf Caruso war. Sie trug ein langes grünes Kleid, das um ihre Füße wallte, und hatte die pechschwarzen Haare zu einem glatten Pferdeschwanz zusammengerafft. Sie ließ ihren Kaugummi knallen und tippte ohne Unterlass auf ihrem Handy. Was um sie herum geschah, interessierte sie nicht.

Lily, Tymo und Devin blieben hinter Rose stehen – Nella und Gus sahen zwischen ihren Beinen durch. Rose konnte spüren, wie sich Jacques winzige Krallen in ihre Schulter bohrten, wo er sich verzweifelt festhielt.

»Ach, Gott sei Dank«, sagte Lily und seufzte erleichtert. »Wir sind noch nicht zu spät.«

Die riesige Torte war vor die Bühne gerollt worden. Wieder dachte Rose, dass sie noch nie eine so große oder hohe Torte gesehen hatte, nicht mal im Fernsehen. Graf Carusos Wachen, Helga und Olaf, schnitten feier-

lich Stücke ab und gaben sie mit einer Verbeugung an Sir Zsigismonds Oberkellner weiter, die in Pirouetten durch den Raum wirbelten und die Stücke vor die applaudierenden Gäste stellten.
»Bravo!«, rief jemand. »Eine Torte für Götter!«
Die Lichter wurden gedimmt, und die ersten quietschenden Weisen feierlicher Dudelsackmusik setzten ein. Bei dem quälend hohen Gefiepe hätte Rose sich am liebsten die Ohren zugehalten.
»Das schon wieder?«, fragte Tymo genauso gepeinigt.
Ein Scheinwerferstrahl fiel auf Basil und das gelangweilte Mädchen neben ihm. Basil blickte auf – das erste Anzeichen dafür, dass er merkte, dass um ihn herum Seltsames vor sich ging.
Eine Prozession von Männern in Kilts strömte aus der Küche, zwischen sich ein Banner, das an zwei hohe Stangen gebunden war.
»Schottland weiß, wohin es will«, fing einer der Männer zu singen an. »Und Schottland lebet immerdar.« Das Banner schien aus Blumen gewebt zu sein, und als die Männer in ihren Schottenröcken es quer über der Bühne absetzten, konnte Rose sehen, dass die Blumen einen Schriftzug bildeten: SEAMUS UND FELA stand da.
»O nein«, flüsterte Rose.
»›O nein‹ ist genau das, was ich auch denke«, sagte Gus

und legte die Pfoten über die Ohren. »Was jetzt folgt, ist eine schottische Hochzeit!«

Die Dudelsackmusik wurde leiser, und Sir Zsigismond überreichte das Mikrophon an Graf Caruso. »Gäste aus aller Welt, ehe Sie die große Jubiläumstorte kosten, möchte ich Sie zunächst dazu auffordern, mit mir zu feiern. Meine Tochter, Contessa Fela von San Caruso, und unser Überraschungsehrengast, Seamus O'Malley junior, Königssohn der Schotten, werden –«, er beugte sich ganz nahe ans Mikrophon und flüsterte – »*heiraten*. Ich bitte um eine Runde Applaus.«

Die Menge klatschte, wenn auch ohne große Begeisterung.

»Was?« Basil sprang auf. »Ich kann sie nicht heiraten – ich kenne sie ja nicht mal!«

»Du kennst doch den Spruch.« Contessa Fela ließ ihr Handy sinken. »Mich nicht zu kennen, heißt, mich zu lieben.«

»Ich glaube, der Text lautet etwas anders!«, rief Basil aus.

Graf Caruso legte die Hand über das Mikrophon, aber Rose konnte dennoch hören, wie er mit drohender Stimme sagte: »*Setz dich*, Seamus. Die Vorkehrungen sind bereits getroffen.« Zwei von Graf Carusos Schergen packten Basil bei den Schultern.

Das bezauberte Publikum klatschte weiter höflich – und dann fiel Rose wieder ein, dass ja keiner der Gäste *bezaubert,* sondern alle *verzaubert* waren. Keiner der Würdenträger hatte bisher von der Torte gegessen, sie waren zu sehr mit Klatschen beschäftigt, wie von Graf Caruso aufgefordert. Rose musste einen Weg finden, sie zu animieren, das Gegenmittel zu sich zu nehmen, ehe etwas Schreckliches passierte.

»Diese Hochzeit spottet jeder schottischen Tradition«, sagte Gus. »Ich komm dich holen, Basil!«, jaulte er.

Der graue Kater sprang auf den nächsten Tisch. Dann nahm er die Bühne ins Visier und sprang weiter von Tisch zu Tisch, wobei er Gläser umwarf, Teller umkippte und Bestecke mit lautem Getöse zu Boden schleuderte. Keiner der Gäste schien es zu bemerken.

»Seht ihn euch an!«, sagte Jacques. »Er benimmt sich wie eine pelzige Flipperkugel!«

Mit lautem Fauchen schwang Gus sich vom letzten Tisch hoch und flog durch die Luft direkt auf Basil zu.

Im selben Moment schnappte sich Helga von einem der Schotten den Dudelsack, riss ihn mit bloßen Händen auf und hielt den Blasebalg in die Luft.

Gus segelte direkt hinein.

Sein Kampfesschrei wurde zu einem überraschten Jaulen, als Helga den Blasebalg fest zuhielt. Er blähte sich in ihren Armen, und die Pfeifen quietschten unter dem Gestrampel von Gus.

»Das ist mein Kater!«, schrie Basil. Er setzte an, von der Bühne zu springen, doch die zwei Schergen hielten ihn fest.

»Rosie, ich weiß, was wir tun müssen!«, rief Nella. »Ich stehle die Ringe!« Sie rannte ein paar Meter auf die Bühne zu, dann strauchelte sie. Ihr Gesicht verzog sich vor Ratlosigkeit, sie drehte sich um sich selbst, dann steckte sie den Daumen in den Mund und setzte sich auf den Boden.

»Was ist denn mit Nella los?«, fragte Tymo.

»Wie es scheint, hat mein Zaubermittel zu wirken aufgehört«, sagte Lily und zuckte die Schultern. »Aber um ehrlich zu sein, wer hätte gedacht, dass die Wirkung eines Kekses mit Diktatordatteln und Geistesgemüse überhaupt so lange anhält?«

Helga hatte den Blasebalg mit Gus unter den linken Arm geklemmt und benutzte die freie Hand dazu, einen Spitzenschleier über Contessa Felas langen Pferdeschwanz zu ziehen, während Olaf Grandma O'Malley von der Bühne an den Tisch der schottischen Delegation rollte, wo ein dickes Stück Torte auf sie wartete.

Inzwischen hatte Basil die Hände gehoben und beschwor

Graf Caruso. »Bitte, Sir, das ist keine gute Idee. Mein Zimmer ist immer unaufgeräumt! Ich mache nie meine Hausaufgaben! Ich kann noch nicht mal ein Auto fahren!«

Contessa Fela warf einen Blick auf Basil. »Puh! Warum sollten wir denn eigenhändig irgendwo hinfahren?«

»Sorge dich nicht, meine Liebe«, sagte Graf Caruso. »Ich würde dich niemals Auto fahren lassen.« In den Saal rief er: »Lasst uns mit der Zeremonie beginnen! Damen und Herren, Anführer der zurzeit noch freien Welt, wir haben uns heute hier versammelt …«

»Was können wir machen, *hermana*?«, fragte Tymo.

»Ich weiß nicht.« Rose waren die Ideen ausgegangen.

Und dann hörte sie, wie Graf Caruso sagte: »Hat jemand Einwände gegen die Verbindung dieser beiden sich sosehr liebenden Königskinder? Ha! Natürlich nicht! Daher bitte ich jetzt um Ihre ungeteilte Aufmerksamkeit, wenn ich sie zu Mann und Frau –«

»*Ich* habe Einwände!«, hörte Rose sich rufen.

Sie ging zwischen den Tischen der zu Marionetten gewordenen Würdenträger hindurch, vorbei an ihrer Daumen lutschenden kleinen Schwester und schwenkte die Hand durch die Luft. »Ich habe Einwände«, wiederholte sie. »Ich habe Einwände!«

»Mademoiselle«, rief Jacques und grub die Krallen

in ihre Schulter, um sich festzuhalten, »was hast du vor?«

»Ich habe Einwände!«, rief Rose erneut und blieb mitten im Saal stehen. »Hört alle auf zu klatschen.«

Der Applaus ebbte ab. Alle Gäste und ihre Sicherheitsbeamten und Sir Zsigismonds Kellner verharrten still und sahen mit ausdruckslosen Augen und marionettenhaftem Lächeln zu. Die Tortenstücke vor ihnen blieben unangerührt.

»*Du.*« Graf Caruso starrte Rose von der Bühne her böse an. »Warum muss ich immer wieder *dich* sehen, Kellner-Mädchen? Warum mischst du dich in die Zeremonie ein?«

»Ach, Sie haben also auch schon Ärger mit ihr gehabt?«, fragte Sir Zsigismond, der neben dem Grafen stand. »Ich versichere Ihnen, Graf Caruso, dass ich ihrer Agentur einen sehr unfreundlichen Bericht schicken werde.«

»Zsigismond«, donnerte Graf Caruso, »holen Sie die Ringe, damit wir Nägel mit Köpfen machen können.«

Der Maestro eilte von der Bühne.

»Und du, kleines Mädchen, sag, was du willst«, wandte Graf Caruso sich an Rose.

»Ihre Tochter kann auf keinen Fall mit dem schottischen

Prinzen verheiratetet werden«, sagte Rose, »weil … er bereits verheiratet ist! Mit mir!«
Basil zog vor Entsetzen die Luft ein. »Entschuldigung«, sagte er, als sich alle Blicke auf ihn richteten. »Bin nur etwas überrascht.«
»Ihr solltet alle überrascht sein!«, rief Rose. »Denn ich bin seine Frau!« Sie drehte sich zu der Menge der Gäste um und setzte hinzu: »Und um das zu feiern, müssen wir jetzt alle diese delikate Torte essen, *auf der Stelle*!«
Die Menge stöhnte erstaunt auf, dann griffen alle zu ihren Gabeln.
»Hört auf zu stöhnen!«, schrie Graf Caruso. Sofort verstummten alle. »Und nehmt nichts von der Torte! Es ist noch nicht der richtige Moment!«
So schnell wie die Würdenträger die Gabeln genommen hatten, ließen sie sie wieder fallen. Das Klappern von Besteck erfüllte den Saal.
»Ich bezweifle schwer, dass du mit Seamus O'Malley verheiratet bist«, knurrte Graf Caruso. »Zum einen bist du eindeutig nicht von edlem Geblüt. Seamus dagegen ist es. Männer von adeligem Geblüt sehen immer verlottert und hohlköpfig aus, ganz so wie dieser Junge hier.«
»He!«, rief Basil. »Ich habe viel im Kopf!«

»Während *Frauen* von adeligem Geblüt immer von perfekter Schönheit sind«, fuhr der Graf fort, »wie meine Tochter, Contessa Fela. Zeig diesem Kellner-Mädchen, was du kannst, Liebling.«
Fela legte die Hände auf die Hüften und rollte die Schultern zurück, dann warf sie ihren verschleierten Pferdeschwanz herum wie für einen Fotografen, der allerdings nicht anwesend war. Mit Blitzesgeschwindigkeit führte sie ein paar Posen und Stellungen vor, verbeugte sich kurz und sank dann wieder über dem Display ihres Handys zusammen.
Hinter Rose sagte Tymo: »Das war ja wirklich irgendwie beeindruckend, das muss man schon zugeben.«
»Jedermann kann eindeutig erkennen, dass Fela Caruso und Seamus O'Malley junior dafür bestimmt sind, Könige zu werden«, sagte Graf Caruso. »Du hingegen eindeutig *nicht.*«
Rose wurde es langsam übel. Keiner rührte seine Jubiläumstorte an, so wie es Graf Caruso angeordnet hatte. Sie standen alle noch unter dem Bann der Gezeiten der Venus. Und ihr Versuch, Basil zu retten, misslang völlig.
Graf Caruso strich seine Schärpe glatt und sagte: »Ich weiß nicht, was für ein Spiel du spielst, Kellner-Mädchen, aber dank der mir übertragenen Macht weise ich

deinen Einwand ab. Abgelehnt! Zurück zu der Zeremonie – wo war ich stehengeblieben? Ach, ist doch egal, oder? Ich erkläre hiermit Prinz Seamus und Contessa Fela zu Mann und –«

»Stopp!«, schrie Rose. »Sie haben recht, ich bin nicht von königlichem Geblüt. Aber Seamus genauso wenig! Eine Vermählung Ihrer Tochter mit ihm bringt Ihnen gar nichts!«

Contessa Fela zog die Nase kraus, als würde sie saure Milch riechen. »Igitt!«

»Basil, bitte«, sagte Rose. »Sag allen die Wahrheit. Auf dich werden sie hören. *So wie gestern.*«

Ehe Graf Caruso ihn davon abhalten konnte, riss Basil sich von den beiden Bodyguards los, die ihn hielten, und schnappte sich das Mikrophon aus der Halterung. »Äh, hört nicht auf das Mädchen«, sagte er und fiel seiner Schwester damit in den Rücken. »Ich war und bin Baby Seamus O'Malley, königlicher Sohn von Schottland. Hört nicht auf, mich zu lieben und zu verehren!«

Rose war zu schockiert, um etwas einzuwenden.

»Aber Basil –«, rief Jacques von ihrer Schulter.

Graf Caruso pfiff seine Schergen zurück. »Baby Seamus hat wieder Vernunft angenommen! Sprich zu der Menge, kleiner Teigkloß! Sag ihnen, wie begeistert du

bist, dass ich, Graf Caruso, dein Schwiegervater werde und dein Nachfolger!«
Basil betrachtete den verwachsenen Mann mit dem blauen Zahn.
Es ist vorbei, dachte Rose. *Basil lässt alles fahren für ein bisschen Ruhm und Anerkennung.* Er hatte keine Ahnung, was auf dem Spiel stand. Er wusste nicht, dass die Gezeiten der Venus die versammelten Würdenträger umbringen würden, und er hatte nicht mitbekommen, dass Caruso vorhatte, auch ihn auszuschalten. Aus diesem Grund zog er lieber seine schreckliche Komikerkarriere dem Leben all dieser Menschen vor. Und um alles zu krönen, unterzeichnete er unwissentlich damit auch noch sein eigenes Todesurteil.
Rose sah zu, wie Basil die Aufmerksamkeit des Publikums einsaugte. Er öffnete den Mund, doch nun tat er das Seltsamste, was er wohl jemals vor einem Mikrophon getan hatte.
Er erzählte *keinen* Witz.
Basil sah erst Rose an, dann Tymo, Nella und Tante Lily. Ein Lächeln huschte über sein Gesicht, und zum ersten Mal, seit sie in Washington D. C. angekommen waren und dieser ganze Schlamassel losgegangen war, hatte Rose das Gefühl, ihren echten kleinen Bruder zu sehen.

»Baby Seamus?«, sagte Graf Caruso. »Halte deine Rede, damit die Heirat abgeschlossen werden kann.«

Basil nickte. »Erstens, Rosmarin Glyck ist *nicht* meine Frau.«

»Ich wusste es!«, rief Caruso aus.

»Sie ist meine *Schwester*«, sagte Basil. »Und dieser Mann, der sich Graf Caruso nennt, ist *verrückt*. Keiner von euch sollte auch nur auf *irgendwas* hören, was er *jemals* wieder sagt.«

»Nein!«, heulte Graf Caruso und holte mit seinen dürren Armen nach Basil aus. Doch Roses Bruder wich ihm aus.

Und landete in Olafs Armen. Noch während er zurückgezerrt wurde, konnte Basil einen letzten Satz rufen: »Und jetzt, *esst bitte alle diese Torte*!«

Ein leises Klirren und Klappern zog sich durch den Raum und ließ darauf schließen, dass alle der Anweisung folgten und sich über ihren Nachtisch hermachten. Alle herausgeputzten Würdenträger, Kellner, Wachleute schoben sich Gabeln voll Torte mit Zuckerguss in den Mund wie hungrige Roboter.

»Aufhören!«, kreischte Graf Caruso. »Hört sofort auf, den Nachtisch zu essen!«

Aber sie hatten die Anweisung bekommen, nie mehr auf ihn zu hören, daher gehorchten sie nicht.

Ein ersticktes Miau, das fast wie ein Jubelschrei klang, kam aus dem Dudelsack unter Helgas Arm hervor.

»*Glyck?* Rosmarin Glyck?! Den Namen kenne ich doch!«, rief Graf Caruso und deutete mit dem Finger auf Rose. »Ich weiß, wer du bist! Warum bist du hier? Was hast du gemacht?« Sein Blick glitt durch den Bankettsaal, von Tisch zu Tisch, wo die Gäste einen Bissen nach dem anderen von der Hochzeitstorte in den Mund schoben.

Graf Caruso kreischte: »Zsigismond, komm rein! Verhindere, dass die Leute die Torte essen! Die Glyck-Kinder haben sie vergiftet!«

Der Maestro kehrte mit der Ringschatulle zurück, aber auch er kam zu spät, um noch etwas zu unternehmen.

Wie auf Kommando setzten alle Gäste sich gleichzeitig aufrecht hin und ließen die Hände sinken. Gabeln fielen aus ihren schlaffen Fingern klappernd zu Boden, und alle machten gleichermaßen unbewegte Gesichter. Und dann sank bei allen das Kinn auf die Brust, und ihre Augen fielen zu.

Bis zur letzten Person im Saal waren alle – all diese guten Menschen, die sich um das Wohl der gesamten Welt kümmerten – in einen tiefen Schlaf gesunken.

Rose hatte versucht, sie zu retten.

Und sie war gescheitert.

Kapitel 17
Ein Unglück kommt selten allein

»Zu spät!«, krähte Graf Caruso.

Neben ihm machte Contessa Fela mit ihrem Handy ein Foto von der trostlosen Szenerie. »Das twitter ich«, sagte sie. »Hashtag *verrücktehochzeit.*«

Jacques murmelte verzweifelt von Roses Schulter: »*Quelle horreur!*«

Rose sah sich im Bankettsaal um. Die Gäste, die allesamt unter dem Bann standen, hatten die Augen geschlossen, und ihre Köpfe waren nach vorne gesungen. Selbst die Kellner standen regungslos da, leere Teller waren ihnen aus den Händen gefallen. Es war wie in einem Wachsfigurenkabinett. Hätten sich ihre Brustkästen nicht langsam gehoben und gesenkt, hätte

Rose annehmen können, dass alle in diesem Saal tot seien.

Rose schluckte. Sie musste beim Zubereiten der Blume der Erleuchtung einen Fehler gemacht haben. Sie wusste, welchen Fehler sie zu Anfang bei der Eisbombe gemacht hatte, aber diesmal hatte sie keine Ahnung, was schiefgelaufen war.

Caruso hatte gewonnen und Rose verloren. Sie hatte geglaubt, wie Polly oder Reva Glyck sein zu können, aber sie konnte ihnen nicht das Wasser reichen und würde es nie schaffen. Sie hatte einen Fehler nach dem anderen gemacht. Ein ganzer Saal voll mit Weltanführern samt ihrem Gefolge – komatös. Ihr Bruder Basil – zwangsverheiratet und entführt und bald schon ermordet. Ihre Eltern – weggesperrt, womöglich für immer. Rose war nach Washington D.C. gekommen, überzeugt, alles retten zu können, aber sie hatte alles nur noch schlimmer gemacht.

»All diese Schickmicki-Leute, sie haben Graf Caruso behandelt, als sei er ein *Nichts*«, frohlockte der Graf, »und man sehe sie sich jetzt nur an. Wer ist *jetzt* ein Nichts?«

»Sie, Graf, sind *immer noch* ein Nichts!«, schrie Rose den Grafen an und versuchte verzweifelt, Zeit zu gewinnen und sich einen neuen Plan einfallen zu lassen – einen genialen Coup, um dieses Ekel aufzuhalten.

»Stimmt nicht!«, sagte der Graf aufgebracht. »Hör sofort mit dem üblen Gerede auf.«

»*Ein Nichts*«, wiederholte Rose. »Ihr großer Plan? Verfehlt. Sie wollten Marionetten, um die Welt zu beherrschen, doch jetzt haben sie *nichts*. Ein dickes, fettes *Nichts* – so wie Sie selbst eins sind.«

»Du liegst völlig falsch«, sagte Graf Caruso und hob drohend den Finger. »Schon bald habe ich einen Schwiegersohn und nach seinem Tod die rechtmäßig abgesicherte Machtposition.« Er breitete die Arme aus. »Und wer werden die Machthaber sein, die mich aufhalten könnten? Nicht diese Leute hier im Saal, nicht diese schnarchenden ewig Gestrigen. Die Menschen in der ganzen Welt brauchen jetzt neue Anführer. Und da komme ich …«

»Selbst wenn Sie der einzige Mensch auf Erden mit einem Titel sind, wird keiner auf Sie hören«, sagte Rose. »Sic sind und bleiben ein großes *Nichts*.«

»Hör mit diesem Wort auf!«, kreischte Caruso. »Ich *bin* jemand, und bald wird mich jeder kennen – mich, den einzigen Überlebenden des Vergiftungsattentats durch eine Glycks-Torte.«

»Hey!«, rief Tymo. »Das ist Verleumdung!«

»Ach papperlapapp«, sagte Graf Caruso trocken. Sein Blick wurde aufmerksam.
Tymo, Devin, Lily und Nella bewegten sich langsam auf die hinteren Ausgänge zu.
Hinter dem Grafen räusperte sich Sir Zsigismond. »Entschuldigen Sie, Sir. Weltherrschaft stand nicht auf der Speisekarte. Ich wurde angestellt, um –«
»Mund halten, Zsigismond!« Der Graf deutete auf die rosa gekleideten Elitekellner, die zusahen. Im Gegensatz zu den normalen Kellnern hatten sie nichts von der Torte abbekommen und waren nicht ins Koma gefallen. »Oberkellner, haltet die Leute da auf!«
Doch keiner von ihnen folgte dem Kommando von Caruso.
»Verflucht seiest du, Baby Seamus, dass du ihnen befohlen hast, nicht auf mich zu hören!« Graf Caruso wandte sich um und fuhr fort: »Zsigismond, gib deinem Team die Anweisung, diese Leute zu mir zu bringen!«
Die Miene des Maestro zuckte, und einen Augenblick hoffte Rose, er würde meutern und sich auf ihre Seite schlagen.
Doch dann wurde sein Gesicht ausdruckslos und seine Pupillen winzig wie Nadelstiche. Er war von den Gezeiten der Venus ebenso verzaubert wie alle anderen, aber er hatte Basils Befehl nicht gehört.

Der Arm des Maestro hob sich, als würde jemand an einer Schnur ziehen, und er deutete mit schlaffem Finger auf Tymo, Devin, Nella und Lily hinten im Saal. »Oberkellner!«, leierte er. »Fertig zum Squaredance? Face your partner – do si do!«

Tymo spurtete auf den Ausgang zu, aber zu spät: Eine der Oberkellnerinnen stemmte die Hände in die Hüften und tänzelte ihm in den Weg. Geschickt ergriff sie Tymo am Ellbogen, drehte ihn im Kreis und riss ihm beide Arme auf den Rücken.

Gleichzeitig tanzten zwei Männer in die wartenden Arme von zwei anderen, die sie durch die Luft wirbelten. Sie zogen die Knie an die Brust, landeten wie aus Kanonen geschossen mit Saltos und geschmeidig wie Katzen auf den Füßen und packten Devin und Tante Lily an den Armen.

Alle drei wurden vom gesamten Team der rosa Seidenhemden nach vorne gezerrt, bis sie mitten im Saal neben Rose standen. Nella wurde von Hand zu Hand durch die Luft geworfen, bis ein Oberkellner mit Schnurrbart sie Tymo in die Arme legte.

»Nie wieder witzel ich über Kellnerballett«, grummelte Tymo.

»Bitte«, flehte Lily, »lassen Sie die Kinder gehen. Ihr Groll gilt mir, nicht Ihnen.«

»Lily, Lily, Lily«, sagte Graf Caruso und schnalzte mit der Zunge. »Sie haben sich mit der Familie Glyck zusammengetan? Nachdem diese Familie Ihre Träume zerstört hat? Ihretwegen sind Sie doch überhaupt nur der Internationalen Nudelholzgesellschaft beigetreten. Wir haben Sie zu dem gemacht, was Sie heute sind. Und ohne die Internationale Nudelholzgesellschaft sind Sie, Lily Le Fay, *gar nichts.*«

»Nichts?« Lily sah Tymo, Nella und Devin an, die mit ihr gefangen waren. »Ich war vielleicht mal ein Nichts – wie Sie –, aber nur deshalb, weil ich allein war. Doch jetzt habe ich eine Familie. Ich brauche die Internationale Nudelholzgesellschaft nicht mehr, und *Sie* brauche ich schon gar nicht. Ich trete aus.« Sie crgriff Tymo und Devin bei den Händen. »Und ich nehme diese Kinder mit. Sobald Ihre Schergen uns loslassen.«

Caruso lachte. »Ha-ha! Lily, Sie bringen mich immer wieder zum Lachen!« Er verstummte abrupt, dann fuhr er fort: »Sie gehen nirgendwo hin. Zumindest nicht bis die Hochzeit meiner Tochter übern Tisch ist. Schließlich brauchen wir ja Trauzeugen, damit alles rechtens ist.«

»Das funktioniert nicht!«, rief Basil, als Olaf ihn nach vorne brachte. »Ich bin nämlich gar nicht wirklich Prinz Seamus. Und überhaupt, Sie werden niemals Anführer von Schottland. Wissen Sie denn nicht, dass Schottland zum Vereinigten Königreich gehört?«

Olaf stellte Basil neben das Blumenbanner. Fela trat seufzend an seine Seite.

»Psst«, zischte Devin. »Da drüben.«

Rose sah an Lily und Tymo vorbei und bemerkte, wie Devin eine Kopfbewegung machte. Nur, dass er nicht sie ansah, sondern Jacques.

Weder Caruso noch seine Wachen bemerkten, wie Jacques über die Schultern der Glycks zu Devin huschte. Der blonde Junge flüsterte der Maus fieberhaft etwas zu, was Rose allerdings nicht verstehen konnte. Vielleicht, weil der Graf mit der Trauungszeremonie fortfuhr.

Graf Caruso legte die Hand auf die Schärpe, die über sein Herz lief, und sagte: »Willst du, meine liebe Contessa Fela – die leuchtendste und hübscheste Blume von San Caruso, dem einzigen Ursprungsland der echten, wahren Minimuffins –, willst du, liebliche Contessa, diesen bekloppten Jungen zum Mann nehmen?«

Die Contessa sah von ihrem Handy auf und blinzelte, als sei sie gerade in ein grell erleuchtetes Zimmer getreten. »Klaro.«

»Und du«, wandte Graf Caruso sich mit unwilligen Falten auf der Stirn an Basil, »du spielst keine Rolle.

Keiner außer dir und deiner Familie weiß, dass du *nicht* der Erbe von Schottland bist, und keiner wird auf ihre verrückten Geschichten hören, wenn sie erst im Gefängnis sind. Zsigismond, die Ringe.«

Mit ausdruckslosem Gesicht kramte Zsigismond in seiner Tasche und suchte nach der Ringschatulle.

Graf Caruso sagte: »Okay, dank der mir zustehenden Macht blablabla seid ihr verheiratet.«

»Es tut mir so leid, Rosmarin«, sagte Lily, während sie mit Rose die Zeremonie betrachtete. »Wenn ich nur könnte, würde ich das gesamte Jahr rückgängig machen.«

Auch für Rose gab es viel, das sie gerne rückgängig gemacht hätte, wenn sie gekonnt hätte. Vielleicht waren sie und ihre Tante sich ähnlicher, als sie geglaubt hatte. Beide hatten sie Fehler gemacht und bedauerten das. Beide wollten sie, jede auf ihre Art, die Besten werden, und beide strauchelten sie.

»Es wird schon werden«, flüsterte Rose zurück. »Wir denken uns was aus.« Aber obwohl sie diese Worte zuversichtlich aussprach, hatte sie keine blasse Ahnung, wie sie jemals diesem Schlamassel entkommen könnten.

Endlich fand Sir Zsigismond die Ringschatulle und legte sie auf Helgas Hand.

»Das ist entsetzlich«, flüsterte Tymo. »Ich fass es nicht, dass Basil noch vor mir heiratet. Die Chancen waren eher auf meiner Seite, und ich habe so viele Freundinnen –«

»Beeilung!«, raunzte Caruso.

Basil ballte die Finger zu einer Faust, so dass der Ring nicht aufgesteckt werden konnte. »Streck die Finger aus oder ich hacke dir die Hand am Handgelenk ab und stecke den Ring auf den Stumpf!«, knurrte Helga.

»Nicht so unhöflich!«, murrte Basil.

Mit einer Hand bog Helga Basils Faust auf und mit der anderen versuchte sie, ihm den Ring auf den Finger zu rammen. Dabei glitt der Dudelsack, den sie unter den Arm geklemmt hatte, zu Boden. Er zerbarst zu einer grauen Fellkugel.

»Gus!«, rief Rose.

Mit ausgefahrenen Krallen sprang Gus zielsicher Graf Caruso an.

»Aua!« Graf Caruso kreischte laut, dann wickelte der Kater sich um seinen Kopf und brachte ihn zum Schweigen. »Zsigismond!«, kam es erstickt unter Gus' Bauch hervor. »Hilfe!«

Doch der Maestro konnte ihn nicht hören und blieb bewegungslos stehen.

»Das ist unsere Chance!«, schrie Tymo und versuchte

sich aus dem Griff des Oberkellners zu befreien, der ihn festhielt – aber der Mann hatte einen Klammergriff. »Ich – kann – nicht – loskommen!«

»Vielleicht würde etwas Wasser helfen«, rief Devin zu den Kronleuchtern hinauf. »Lass es regnen!«

Rose warf einen Blick zur Decke. Mit wem redete er?

Von oben hörte man ein gurgelndes Geräusch.

Und dann ergoss sich ein Strom kalten Wassers nach unten.

In Sekunden waren alle durchnässt, und die Kleider klebten an den Körpern.

»Es hat geklappt!«, rief Devin und versuchte, den Lärm, den die spritzende Sprinkleranlage machte, zu übertönen.

»Das haben *wir* ausgelöst?«, fragte Rose. Ihre schwarzen Haare klebten ihr an der Stirn.

»Ich habe Jacques instruiert, wie man die Sprinkleranlage anstellt. Ich dachte, es könnte uns vielleicht bei einem Fluchtversuch nützlich sein.«

»Ich weiß nicht, wie uns das was nützen soll!«, sagte Tymo und spuckte Wasser aus. »Wir sind immer noch gefangen, und jetzt sind wir auch noch klatschnass!«

Wasser lief Rose in Strömen über das Gesicht, als sei sie ohne Schirm in einen Sturzregen gekommen. Nella, die neben ihr auf Tymos Arm saß, kicherte und rief:

»Mehr! Mehr!« Die prächtigen Kleider der schlafenden Würdenträger wurden dunkel vor Wasser.
Und dann erwachte mit einem Mal der französische Präsident und spuckte aus.
»Seht mal!«, sagte Rose.
Sie sahen, wie der Präsident der Vereinigten Staaten, die First Lady und der gesamte Geheimdienst blinzelnd aufwachten und verwirrt zur Decke starrten.
Mit einem Grunzen riss Graf Caruso sich schließlich Gus vom Gesicht und warf den durchnässten Kater von sich. »O nein«, sagte er, als er sah, was im Saal passierte. »Schlaft alle wieder ein! Erstarrt! Hört auf, euch zu bewegen!« Doch nacheinander husteten und spuckten die Gäste und schlugen die Augen auf, geweckt von dem eiskalten Wasser, das auf sie herabregnete.
»*Hermana!*«, rief Tymo durch das prasselnde Wasser. »Die Anführer der Welt sind keine Kohlköpfe mehr!«
Immer mehr Menschen kamen zu sich, und ihre erschrockenen Rufe erhoben sich über das Geräusch der Sprinkleranlage.
Caruso schnippte mit den Fingern. »Jetzt«, sagte er zu seinen Wachen, »ist es an der Zeit zu verschwinden.«
Contessa Fela hielt die Hände über den Kopf und stieg von der Bühne, doch sie rutschte aus und fiel auf den

Rücken. »Mein Handy!«, rief sie. »Hashtag *Helft mir!*«
Helga half ihr auf und Olaf sprang von der Bühne herunter, Basil immer noch fest im Griff.
»Lass mich los!«, brüllte Basil und wand sich und zappelte. »Rose! Tymo! Hilfe!«
Stolpernd und rutschend eilte Graf Caruso zu seiner Tochter. »Wir müssen weg! Zsigismond – eine Eskorte!«
Sir Zsigismond rief seinem Eliteteam zu: »Oberkellner! Beschützt uns!«
Sofort ließen die Oberkellner Rose, Tymo und Nella frei, rannten los und umringten in einem rosafarbenen Kreis den Grafen und seine Tochter – und Basil. Basil versuchte, auf Händen und Knien aus dem Knäuel auszubrechen, aber Olaf packte ihn mit seiner riesigen Hand am Kragen und zog ihn zurück. Spritzend bewegten sie sich zum Ausgang, hin und her rutschend wie ein wabbeliger Puddingklumpen.
Rose drehte sich nach den durchnässten Staatsführern um. »Der Mann, der Ihnen das angetan hat, versucht zu fliehen!«, rief sie. »Jemand muss ihn aufhalten!«
Aber es war sinnlos – die erwachenden Würdenträger waren noch zu benommen und verwirrt. Einige duckten sich unter die Mäntel, die von ihren Bodyguards

über sie gehalten wurden, andere liefen spritzend durch die Fluten auf den nächsten Ausgang zu.
»Ich verstehe das nicht«, sagte Rose zu Tymo. »Sie waren doch alle wie leblose Kohlköpfe. Hat das Wasser vielleicht irgendwie die Blütenblätter der Blume der Erleuchtung aktiviert?«
»Du hast die Blütenblätter der Blume der Erleuchtung eingesetzt?«, drang eine Stimme zu ihnen durch. »Gut gemacht!«
Die Stimme der Frau tönte durch das trommelnde Wasser und durch das Stöhnen der durchnässten Würdenträger wie das helle Läuten einer Glocke. Es war die letzte Stimme, die Rose zu hören erwartet hätte, aber die Stimme, die sie sofort beruhigte, als sei sie in eine wärmende Decke gehüllt worden und jemand habe ihr einen Becher heißer Schokolade gekocht. Rose hatte schon befürchtet, diese Stimme nie wieder zu hören.
»Alle vergessen immer, eine der Nebenwirkungen der Blume der Erleuchtung zu erwähnen«, fuhr Polly Glyck fort. »Das erholsame Schlummern.«
In dem Augenblick spotzten die Sprinkler an der Decke mit einem komischen Geräusch – und dann tröpfelte das Wasser nur noch.
»Diese Leute waren niemals in Gefahr«, sagte Polly zu

ihren Kindern. »Sie haben nur von sich selbst geträumt. Das ist der Grund, warum – *uff!*«

Rose war auf ihre Mutter zugestürzt, umarmte sie fest und spürte, wie die Arme der Mutter sie umfingen. Hinter Polly stand Albert Glyck und strahlte seine Kinder an – sehr glücklich und *sehr* nass. Rose hätte am liebsten vor Glück geweint – ihre Tränen hätte vor lauter Wasser ohnehin niemand sehen können. Wenn nicht noch eine Sache gewesen wäre: Basil war noch immer gefangen.

Es war keine Zeit zum Feiern – noch nicht.

»Mom! Dad!«, rief Tymo und kam mit Nella auf der Hüfte angerannt. »Wie seid ihr aus dem Gefängnis entkommen?«

»Eine sehr seltsame Geschichte.« Albert nahm Tymo Nella ab, und das kleine Mädchen klammerte sich an seinen Hals. »Aus irgendeinem Grund hat uns die schottische Delegation zu Ihresgleichen erklärt und unter diplomatischen Schutz gestellt!«

»Das könnt ihr uns später erzählen«, sagte Rose und deutete auf die fliehende Gruppe. »Erst mal müssen wir Basil retten – die Leute da wollen ihn entführen!«

Der rosa Kreis hatte auch schon fast die Tür erreicht.

»Was?«, rief Polly und lief spritzend hinter Carusos Eliteteam her. »Hände weg von meinem Jungen!«

»Seamus!«, heulte Grandma O'Malley. Auch die schottische Delegation, die ebenfalls vom Nachtisch gegessen hatte, war wie alle anderen aufgewacht. »Dougal, hol mir meinen Enkel!«

Dougal bewegte sich schnell – schneller, als Rose es einem Mann in seiner Größe und in einem Kilt zugetraut hätte – und stürzte sich spritzend mitten in das Servierteam. Kellner flogen in alle Richtungen über den Boden, als Dougal einen nach dem anderen aus dem Weg zerrte, bis er bei Basil war, der in seinem triefenden Hochzeitsornat dastand. Graf Caruso und Contessa Fela hätten bei ihm sein müssen, aber sie waren verschwunden. Genau wie Olaf und Helga.

»Deine Familie hat mich geschickt«, sagte Dougal und zog Basil auf die Füße.

»Mom!«, schrie Basil und rannte direkt auf Polly zu.

»Nicht *die* Familie«, sagte Dougal, schnappte Basil sich am Kragen und schob ihn auf Grandma O'Malley zu. »Deine wahre Familie!«

»Baby Seamus!«, rief Grandma O'Malley und kam durch das knöcheltiefe Wasser gerollt. Iain folgte ihr auf dem Fuß.

»Ich versteh nur Bahnhof«, sagte Albert zu seinen andern Kindern.

»Das ist 'ne lange Geschichte, *padre*«, erwiderte Tymo und strich seine triefenden Haare zurück.
»Basil ist der Prinz von Schottland und ist von einer Ziege großgezogen worden!«, sagte Nella.
Tymo zuckte die Schultern. »Na gut, vielleicht doch nicht so lang.«
Rose spürte eine warme, raue Hand, die sich in ihre schob – Devin. »Komm«, sagte er, »lass uns deiner Mutter helfen, den O'Malleys die Hiobsbotschaft zu überbringen.« Fest drückte sie seine Hand. Und wollte sie nie wieder loslassen.
Zusammen mit Devin trat Rose zu ihrer Mutter.
»Jeder kann sehen, dass er ein O'Malley ist!«, zeterte die Königin. »Seht euch doch nur das unselige Knäuel seiner Haare an!«
»Verknäueltes Haar liegt in unserer Familie«, erwiderte Polly. »Sie sollten meinen Mann sehen, wenn er nicht rechtzeitig zum Friseur geht.«
»Das mit der Sprinkleranlage hast du super gemacht«, raunte Rose Devin zu.«
Aber er ging nicht darauf ein. »Graf Caruso und seine Tochter – wie haben sie abhauen können?«
Rose drehte sich schnell und sah sich im ganzen verwüsteten Bankettsaal um. Graf Caruso war nicht mehr zu sehen. Anwesend waren nur einige letzte Würden-

träger, die auf die Ausgänge zueilten, während um sie herum Kellner heruntergefallenes Geschirr und Besteck aufhoben und Stühle mit zusammengeknüllten Tischtüchern abwischten.

Alle waren in Sicherheit. Gerettet.

Die Blütenblätter der Blume der Erleuchtung hatten also doch noch ihre Wirkung getan. Graf Caruso war ihnen zwar entkommen, aber dank der Hilfe von Lily –

Roses Blick fiel auf Lily Le Fays zu Boden gefallene, zerknüllte, triefende Schürze. Ihr ging ein Licht auf, und sie griff nach Devin, um nicht zu wanken.

»Was ist?«, fragte Devin nervös.

»Nicht nur Graf Caruso ist entkommen«, sagte Rose. »Tante Lily ist auch fort.«

Kapitel 18
Ein Gewitter von ferne

Eine Woche später saß Rose auf einer der Schaukeln hinter der Bäckerei ihrer Familie und schaukelte in der warmen Nachmittagsbrise. Alles, was in Washington D. C. passiert war, beunruhigte sie sehr, und nicht mal die *Chilligen Beruhigungs-Crêpes* vom Morgen hatten ihr Erleichterung gebracht.

Nach den Geschehnissen im KIKK-Bankettsaal hatten sie den kompletten restlichen Tag gebraucht, um alles zu klären. Der amerikanische Präsident und seine Leute hatten die Geschichte, die die Glyck-Kinder erzählten, erst gar nicht glauben wollen – dass alle Weltanführer vergiftet worden waren (natürlich hatten die Glycks nicht erzählen können, dass sie *verzaubert* worden waren). Doch dann war den Glycks Sir Zsigismond zu Hilfe gekommen. Er und sein Team hatten nach Carusos Flucht Stücke von der durchnässten Hochzeitstorte gegessen und waren wieder bei Sinnen.

»Diese Glyck-Kinder«, hatte Sir Zsigismond zu Protokoll gegeben, »sind miserable Kellner. Aber sie sind wunderbare Menschen. *Sie* haben nichts mit den üblen Machenschaften zu tun gehabt. Das war alles die Arbeit von Graf Caruso.«

Rose hatte Sir Zsigismond zugelächelt, dankbar, dass er jetzt auf ihrer Seite war.

Grandma O'Malley war nicht so leicht zu überzeugen gewesen. Polly hatte in allen Einzelheiten über Basils Leben berichten müssen, vom Augenblick seiner Geburt bis hin zu dieser Woche. Zum Glück hatte Polly Hunderte von Fotos auf ihrem Handy in einer Datei mit dem Namen *Mein kleiner Scherzkeks* gespeichert, und somit gab es genug Beweise, wo er seine Kindheit tatsächlich verbracht hatte.

»Aber er konnte so gut Dudelsack spielen«, jammerte Grandma O'Malley, bevor sie ohne ein weiteres Wort ihre Gefolgschaft um sich versammelte und die Hotelsuite noch in derselben Nacht verließ, um sich nach Schottland zu begeben.

»Sie wird mir fehlen«, sagte Basil. »Und Iain und Dougal auch. Siobahn allerdings eher weniger.« Dann drehte er sich zu Rose um und sagte: »Danke, dass du mich vor der Hochzeit gerettet hast.«

»Ach, eigentlich war es unser Ansinnen, die Contessa davor zu bewahren, *dich* heiraten zu müssen«, sagte Tymo und versetzte seinem Bruder eine Kopfnuss.

»Ha-ha, sehr komisch«, sagte Basil. »Aber immerhin witzig.«

Und dann durften die Glycks abreisen. Polly und Albert waren frei, und Devin hatte Rose verziehen und mochte sie wieder so wie vorher. »Noch mehr, um genau zu sein«, sagte er zu ihr. »Wegen dem, was du machst. Das ist so cool.«

»Das Zaubern, meinst du?«, fragte sie.

»Klar«, sagte er. »Auch das.«

Die Internationale Nudelholzgesellschaft und Caruso waren geschlagen und auf der Flucht. Alles war zu einem guten Ende gekommen.

Was also genau beunruhigte Rose so sehr?

Sie schaukelte weiter und dachte an Tante Lily.

Hatte Lily Le Fay sich wirklich gebessert? Oder war alles, was sie gesagt hatte, nur wieder gelogen gewesen? Rose hätte es wunderbar gefunden, ihrer Tante glauben zu können, dass sie ihre Fehler aus der Vergangenheit wiedergutmachen wollte. Und immerhin hatte Lily ihr ja auch geholfen, die Gäste des KIKK zu retten und Graf Caruso zu schlagen … aber warum war sie dann geflohen, ohne sich zu verabschieden?

»Rosie!« Nella kam aus der Backstube gerannt und ließ die Fliegentür hinter sich zuknallen. »Devin ist hier!«

Rose stieg von der Schaukel, strich ihre Bluse glatt – und da kam Devin auch schon aus der Bäckerei. Er hatte Basil und Tymo geholfen, den Teig für eine Ladung *Heile-Segen-Törtchen* zu machen, die eigentlich für verletzte Kaninchen gedacht waren, aber sich durchaus auch für einen Kater und eine Maus eigneten, die sich bei dem Guss aus der Sprinkleranlage erkältet hatten.

Heute trug Devin ein blaues Hemd mit Kragen, das zu seinen Augen passte, und sein schmutzig-blondes Haar war frisch geschnitten, seit sie nach Calamity Falls zurückgekehrt waren. Jetzt ging es nur bis kurz über die Ohren und war nur obenauf *etwas* länger.

Er sieht umwerfend aus, dachte Rose. Aber das fand sie ja immer.

Sie hob grüßend die Hand. »Hey.«

Devin ergriff ihre Hand und verschränkte seine Finger mit ihren. »Ebenfalls hey.«

Sie gingen jetzt offiziell miteinander.

Keine Geheimnisse mehr.

»Igitt«, sagte Nella und drängte sich an Rose vorbei. Sie

kletterte auf die frei gewordene Schaukel und versuchte vergebens, Schwung zu kriegen.

»Warte. Ich schubs dich an.« Rose ergriff die Ketten und stieß das kleine Mädchen hoch in den Himmel, der klar und schön und völlig wolkenlos war.

»Was machst du hier draußen so ganz alleine?«, fragte Devin. »Denkst du dir wieder irgendwelche sagenhaften …«, er senkte die Stimme, »… *Zauberrezepte* aus?«

»Du weißt, dass es nicht so läuft«, sagte Rose und schubste Nella immer wieder an. Devin hatte versprochen, das Geheimnis der Familie Glyck für sich zu behalten.

Nella quietschte vor Freude und schaukelte auf und ab. »Höher, höher!«

»Ich habe über Tante Lily nachgedacht«, sagte Rose. »Warum sie wohl mit Graf Caruso abgehauen ist.«

»Vielleicht hat sie sich ja auch allein davongemacht«, überlegte Devin und lehnte sich an das Gestell der Schaukel. »Schließlich nennt ihr sie ja *El Tiablo* und erzählt, wie böse sie ist – vielleicht hat sie sich geschämt.« Devin zuckte die Schultern. »Keine Ahnung. Mir kam sie eigentlich ganz nett vor.«

»Diesmal schon«, sagte Rose, »aber du hast sie früher nicht gekannt. Und ich kenne sie anscheinend immer noch nicht richtig. Sie hat mich so schlimm durcheinandergebracht, dass ich keinem mehr richtig trauen will.«

»Mir kannst du trauen. Und ich bin froh, dass du dich mir anvertraut hast. Ich fühle mich dir viel näher, nachdem ich jetzt euer Geheimnis kenne.« Devin half ihr, Nella anzustoßen, und ihre Arme berührten sich.

»Dann hab ich ja wohl wenigstens eine Sache richtig gemacht«, sagte Rose. »Ich habe mein Versprechen dir gegenüber gehalten.«

»Spinnst du?«, sagte Devin. »Du hast *alles* richtig gemacht. Was du da in Washington D. C. geschafft hast, war unglaublich, aber deine Brüder haben mir von dem Backwettbewerb in Paris und der Geschichte mit dem Greatcake-Snack-Gebäck-Konzern erzählt. Du machst die ganze Zeit unglaubliche Dinge. Du bist so was wie eine heimliche Heldin.«

Eine Heldin? Rose dachte über das Wort nach. Passte es wirklich zu ihr?

Eine Meisterbäckerin zu sein, bedeutete vielleicht nicht, alles perfekt zu machen. Vielleicht bedeutete es einfach, dass sie das Rezept für ihr Leben durch Ausprobieren Schritt um Schritt verbessern lernen musste. Wie viele Kuchenbleche waren ihr verbrannt oder anderweitig missglückt, ehe sie die ersten leckeren Schokokekse fertiggebracht hatte?

»Eine Heldin?«, sagte sie leise. »Ich glaube, heute möchte ich lieber einfach nur Rose sein.«

In ihrer Nähe ertönte ein Trillern, und ein kleiner Singvogel schoss zwischen ihnen durch. Sie ließen sich los und fuhren auseinander.

»Was sollte das denn, Vögelchen?«, rief ihm Devin hinterher. »Frechheit!«

Auf einmal erfüllte ein Flattern die Luft, als würden Tausende Fahnen im Wind schlagen. Rose und Devin sahen in den Himmel. Eine Wolke stand plötzlich wie aus dem Nichts über der Glücksbäckerei, pulsierend wie ein lebender Schatten. Sie verdunkelte den blauen Himmel. *Das ist keine Wolke,* dachte Rose.

Devin kniff die Augen zusammen. »Was geht da vor sich?«

»Vögel«, flüsterte Rose. »Unmengen von Vögeln.«

Das flatternde Geräusch kam von Tausenden von Flügeln. Schon war die Sonne völlig verdeckt von dem Vogelschwarm über ihnen.

»Rosie!«, schrie Nella. »Ich hab Angst!«

Die Vögel kamen herunter und ließen sich überall auf dem Grundstück der Glycks nieder. Sie bedeckten das Dach der Bäckerei und den ganzen Rasen. Mehr als vierzig saßen auf dem Gestell der Schaukel, und eine kleine Armee ließ das Trampolin so einsinken, dass es das Gras berührte. Auch der gesamte Garten war voller Vögel – eine Schicht von zwitschernden, flatternden gefiederten Gesellen.

»Das ist ja wie in einem Horrorfilm«, flüsterte Devin. »Nur, dass es wirklich passiert.«

Die Vögel raschelten mit den Flügeln und starrten Rose aus ihren glänzenden Knopfaugen an. Es waren keine Krähen oder Raben, sondern kleine Singvögel mit grauen Rücken und leuchtend gelben Bäuchen. Aus der Nähe machten sie einem gar keine Angst. Aber woher waren sie alle gekommen?

»Was wollen die?«, fragte Devin aus dem Mundwinkel.

Rose zuckte die Schultern. »Vogelfutter?«

Ein paar Dutzend der Vögel piepsten und flogen auf, als die Hintertür aufging.

»Keine Panik!«, sagte Polly in ihrer roten mehlbestäubten Schürze. »Ich glaube, jemand schickt uns eine Botschaft.« Vorsichtig stieß sie die Vögel auf den Stufen zur Hintertür mit der Schuhspitze aus dem Weg. »Lasst Rose, Devin und Nella mal durch, wenn ich bitten darf!«

Hinter ihr lehnten Tymo und Basil sich aus der Tür, um zu sehen, was da los war.

Einige der Vögel zwitscherten sich an, als würden sie

sich Anweisungen zurufen, dann hüpften Hunderte auf die Seite, bis ein Weg zwischen der Schaukel und der Hintertür frei war. Rose, Nella und Devin überquerten den Rasen vorsichtig.

»Was willst du damit sagen, wir hätten eine Botschaft bekommen, Mom?«, fragte Rose, als Polly sie in die Backstube schob.

»Vogelschwärme als Botschafter sind ein uralter Zauber.« Polly ging zum Küchenblock und schlug das Backbuch auf. »Aber ihr Gesang ist niemals umsonst.«

»Du meinst, wir müssen sie entlohnen?«, fragte Rose.

»In gewisser Weise.« Polly strich die Seiten des Backbuchs glatt. »Ah, da haben wir es schon. Komm und hilf mir.« Mit einem Blick auf Devin fügte sie hinzu: »Da du unser Familiengeheimnis ja nun auch kennst, kannst du ebenfalls mithelfen.«

»Aber gerne, Polly«, sagte Devin.

Polly sah ihn verdutzt an. »Du solltest Mrs Glyck zu mir sagen.«

Rose band sich eine Schürze um und las das Rezept vor.

Schwatzgummis aus der Gerüchteküche

Um Lippen, Schnauzen, Schnäbel und Kinnladen zu lösen (je nach Bedarf)

Es war im Jahr 1922 in dem deutschen, an einem Fluss gelegenen Ort Tragenstadt –

Rose unterbrach sich. »Habe ich das richtig ausgesprochen?«
»Lies weiter«, befahl ihr Polly.

– als Kolten Glyck erfuhr, dass Süßwaren-Geheimnisse aus dem Laden seines Freundes, des erfinderischen Zuckerbäckers Ber Knopf, gestohlen worden waren. Schnell suchte er nach einem Rezept, das den Missetäter alles ausplaudern lassen würde.

In eine flache Schüssel gab Kolten vier Walnüsse Gelatine, zwei Eicheln zerstampfte Hörensagen-Weintrauben und eine halbe Tasse Wasser.

Während Gelatine und Hörensagenbrei sich langsam auflösten, schüttete Kolten sechs Walnüsse Zucker, vier Walnüsse Maissirup und eine gute Tasse Brombeersaft aus Petzhausen in einen Topf. Er löste den Zucker über kleiner Flamme auf und rührte die Mischung aus Gelatine und Hörensagenbrei hinein.

Kolten goss die Mischung in Formen, die wie geringelte Würmchen aussahen. Mit Bers Hilfe verteilte er dann die erstarrten Schwatzgummis an verschiedenen Stellen des Süßwarenladens von Ber Knopf. Alsbald wurden diese von einer Ratte verspeist, die daraufhin verriet, dass sie für den Diebstahl verantwortlich war, weil sie für den Süßigkeitenfabrikanten des benachbarten Ortes Nagerdorf spionierte.

Die Ratte war also eine wahre Verratterin.

Nachdem man die Diebin erwischt hatte, konnte man die Rezepte wieder in Sicherheit bringen, und der Laden von Ber Knopf florierte.

»Tja«, sagte Rose und blickte von dem Backbuch auf. »Ich glaube, ich weiß, was wir zu tun haben. An die Arbeit!«

Die Glycks-Bande – mit Devin – suchte sofort den Zucker und den Sirup, den Saft und die Hörensagen-Weintrauben zusammen, die für das Rezept nötig waren. Da sie keine passenden wurmartigen Formen hatten, begnügten sie sich mit Trinkhalmen, die sie aufrecht in Gläser stellten und in die sie die Gelatinemischung hineingossen. Nachdem die Mischung sich verfestigt hatte, nahm jeder ein paar Trinkhalme und drückte die Gummiwürmchen mit Hilfe von Nudelhölzern heraus.

Polly gab die weichen Würmchen in Plastikbecher und reichte jedem Kind einen Behälter.
»Cool! Diese Gummidinger sind ja wie …« Tymo unterbrach sich und überlegte einen Moment. »Wie Gummi eben.«
»Mmmm … von Weingummi muss ich immer lachen!«, witzelte Basil und wollte schon einen in den Mund stecken.
Rose packte sein Handgelenk. »Ich würde nichts davon essen, falls du nicht willst, dass wir deine ganzen geheimen Klatschgeschichten erfahren!«
Basil warf das Würmchen wieder in den Becher. »Danke, Schwesterherz.«
»Ach, komm schon, *hermana*«, sagte Tymo. »Bestimmt hat er doch einen Haufen königlicher Geheimnisse erfahren, von denen er uns nichts erzählt hat.«
»Auf geht's«, sagte Polly und öffnete die Hintertür. »Fütterung der Vögel.«
Sie folgten Polly hinaus, wateten in das Vogelmeer und verstreuten die Gummiwürmchen. Die Vögel flatterten auf, fingen sie mit den Schnäbeln und verschlangen sie im Ganzen.
»Habt ihr denn nie zu kauen gelernt?«, sagte Basil. »Was für Sitten!«
Die Kinder kümmerten sich um die Vögel am Boden,

während Polly eine Leiter aus dem Schuppen holte und zum Dach hinaufstieg, um die Vögel dort oben ebenfalls zu füttern.

Bis schließlich alle Vögel etwas abbekommen hatten, war es Abend geworden, und der Himmel am Horizont verfärbte sich lila und orange.

Einer der Vögel flatterte vom Gestell der Schaukel und landete vor Rose im Gras. Er war etwas größer als die anderen, und seine Brust war etwas leuchtender gelb. *Ob das wohl der Anführer ist?*, fragte sich Rose.

Er wandte sich dem Heer der Vögel zu, sperrte den Schnabel auf und trällerte einen einzigen, langen Ton.

»*Ahhhh.*«

Die Singvögel antworteten und stimmten sich mit einem harmonischen »*Ahhhh*« ein.

»*Liebe Kinder der Glücksbäckerei,*
hier kommt die Botschaft von Lily Le Fay.
Bin nicht verduftet, bin nicht geflohen,
ich wurde entführt – auf heimlichen Sohlen!«

Die letzten Wörter wurden harmonisch dreistimmig getrillert, trotzdem erschauerte Rose.

»Das hat sich nicht gerade gut gereimt, oder?«, flüsterte Tymo.

»Vielleicht hatte sie keine Zeit zum Überarbeiten«, sagte Polly. »Wie es aussieht, ist Lily verschleppt worden!«
Rose spürte, wie Schuldgefühle in ihr aufstiegen. Ihr war nie der Gedanke gekommen, dass Lily nicht freiwillig verschwunden war. Die Vögel sangen weiter:

»Ich brauch eure Hilfe,
ihr kennt den Verräter,
es ist Graf Caruso,
der Missetäter!«

Devin schnappte nach Luft. Dann sah er sich um – alle starrten ihn an. »Ich bin einfach … ich bin nur erstaunt, sonst nichts.«
»Aber daran ist doch nichts Erstaunliches«, sagte Basil. »Wer hätte sie denn sonst entführen sollen? Immerhin gut zu wissen, dass sie uns nicht im Stich gelassen hat.«
»Aber wohin hat er sie verschleppt?«, überlegte Rose. Wie zur Antwort stimmten die Vögel erneut an:

»Wollt eure Tante ihr suchen,
müsst nach Italien ihr buchen.
In einem Turm, ganz dick und fies
findet ihr mich, im stinkenden Verlies.«

»Das ist ja ganz schön holperig!«, stieß Tymo hervor. Devin zuckte die Schultern. »Sie ist schließlich Bäckerin, keine Dichterin.«
»Na gut«, sagte Tymo. »Manno, das Lied ist ja vielleicht lang, länger als jedes Lied, das mir von meinen vielen Freundinnen jemals –«

»Ich darbe und habe nur schmutzige Kleider.
Flöhe und Wanzen sind meine Begleiter.
Vor Tränen sind meine Augen ganz rot!
Rettet mich schnell, sonst bin ich tot!

Kommt schnell und holt mich,
bevor man mich umbringt.
Jetzt finde ich keinen Reim mehr
Alles Liebe
Eure Lily.«

Als das Lied endete, ging quietschend die Verandatür auf. Albert Glyck kam herausgeschlichen und stellte sich neben Polly. Alle standen wie gebannt da, während die Vögel die Flügel ausbreiteten und sich verneigten. Dann erhoben sie sich nacheinander in den Himmel und flogen in langer Reihe in die Dämmerung davon. Rose hatte sie schnell aus den Augen verloren. Bald war

nur noch ein Singvogel da, dessen vereinzelter klagender Ton wie ein Schluchzen klang.
Dann flatterte er hinter den anderen her.
»Wir müssen etwas unternehmen«, sagte Rose mit brechender Stimme. »Sonst stirbt sie.«
»Und wenn das alles nur ein Trick ist?«, wandte Basil ein. »Dieser Caruso-Graf lauert womöglich schon wieder mit einer Hochzeit auf mich. Ich bin ein Freigeist. Ich kann mich doch mit zehn Jahren noch nicht binden.«
»Ich glaube, wegen einer Hochzeit brauchst du dir so schnell keinen Kopf mehr machen«, sagte Rose. Sie hatte das Gefühl, den ermutigenden Händedruck von Lily bei ihrem Abenteuer in Washington D. C. noch zu spüren. Rose hatte sich *nicht* in ihrer Tante getäuscht. Lily hatte sich *wirklich* geändert.
Ihre Tante hatte geholfen, sie alle zu retten.
Polly seufzte. »Ich weiß nicht. Ich habe Lily nur als Lügnerin und als Meisterin schlimmer Machenschaften erlebt.«
»Sie hat ein neues Leben begonnen, *madre*«, sagte Tymo. »Wirklich. Sie hat auf unseren Befehl einen Cancan getanzt und so weiter. Sie hat sogar geweint, so dass uns ganz ungemütlich wurde. Ich bin einer Meinung mit *mi hermana. El Tiablo* ist Geschichte. Sie ist jetzt nur noch *Tia* Lily.«

»Und sitzt ganz allein in einem Turmverlies«, sagte Basil. »In einem *stinkenden* Turmverlies. Ich weiß nicht mal, was das sein soll, aber es klingt schrecklich.«
»Ich glaube, ein Verlies ist ein dunkles, feuchtes Gefängnis«, sagte Devin.
»Lily!«, jammerte Nella auf. »Lily!«
Rose schob die Hände in die Taschen und sah ihre Familie an. Sie hatte so sehr darum gekämpft, dass sie alle beieinander blieben, aber nun war offensichtlich, dass ihnen etwas fehlte – ihre Tante. »Graf Caruso glaubt, dass Lily ganz allein auf der Welt dasteht und dass keiner nach ihr suchen wird. Wenn wir uns also nicht auf die Suche begeben, dann behält er sogar recht.«
»Aber –«, begann Polly.
»Aber Lily hat sehr wohl eine Familie«, beharrte Rose. »*Uns*. Und eine Familie muss doch zusammenhalten.«
Albert biss sich auf die Unterlippe. »Ich bin nicht sicher, was wir tun können, Rose. Wir haben all unser Erspartes für die Reise nach Washington D. C. aufgebraucht, und eine großangelegte Rettungsaktion zu einem bewachten Turm in Italien benötigt eine gute Planung. Und Geld.«
In ihrer Tasche stieß Rose auf ein abgegriffenes Stück Papier. Sie zog es heraus: eine verblasste Visitenkarte, die ein paarmal durch die Waschmaschine gelaufen war.

Rose konnte undeutlich das Logo erkennen – das lächelnde Gesicht einer Meisterbäckerin und darunter die Wörter KATHY KEEGAN – DIREKTE DURCHWAHL

Rose lächelte. »Wie sich herausstellt, kenne ich jemanden mit Geld, der uns helfen kann. Ich verspreche euch allen hier und jetzt: Wir werden Tante Lily retten und diesem Graf Caruso das Handwerk legen. So wahr ich eine Glyck bin.« Sie sah ihre Brüder an.

»Mom? Dad?«, sagte Basil. »Rose hat recht. Lily ist jetzt ein guter Mensch geworden.«

»Sie ist *uns* zu Hilfe gekommen«, sagte Tymo. »Und hat uns ja auch irgendwie gerettet.«

Polly und Albert sahen ihre Kinder an. Die vier waren wild entschlossen – das war eindeutig. »Wir haben ja wohl keine andere Wahl«, sagte Albert.

»Jetzt nicht mehr«, sagte Devin. »Rose hat ein Versprechen gegeben. Und ich mag ja wohl neu in dieser Runde sein, aber eines weiß ich: Meisterbäckerin Rosmarin Glyck hält ihre Versprechen. Immer.«

Alle Bücher von Kathryn Littlewood

Habe ich		*Wünsche ich mir*
	›Glücksbäckerei – Das magische Rezeptbuch‹ (Band 1)	
	›Glücksbäckerei – Die magische Prüfung‹ (Band 2)	
	›Glücksbäckerei – Die magische Verschwörung‹ (Band 3)	
	›Glücksbäckerei – Die magische Verwandlung‹ (Band 4)	
	›Glücksbäckerei – Die magische Rettung‹ (Band 5)	

Deine Wunschliste bitte hier ausschneiden.